民國文化與文學_{研究}_{文叢}

十七編

李 怡 主編

第 **2** 冊

思想東北 文學東亞
—— 1931～1945 年東北文學研究（下）

劉 曉 麗 著

國家圖書館出版品預行編目資料

思想東北 文學東亞——1931～1945 年東北文學研究（下）
／劉曉麗 著 -- 初版 -- 新北市：花木蘭文化事業有限公司，
2024〔民 113〕
目 4+184 面；19×26 公分
（民國文化與文學研究文叢 十七編；第 2 冊）
ISBN 978-626-344-842-1（精裝）
1.CST：現代文學 2.CST：殖民主義 3.CST：東亞
820.9   113009388

特邀編委（以姓氏筆畫為序）：

丁　帆	王德威	宋如珊
岩佐昌暲	奚　密	張中良
張堂錡	張福貴	須文蔚
馮　鐵	劉秀美	

民國文化與文學研究文叢
十七編　第二冊　　　　　　　　ISBN：978-626-344-842-1

思想東北 文學東亞
—— 1931～1945 年東北文學研究（下）

作　　者　劉曉麗
主　　編　李　怡
企　　劃　四川大學中國詩歌研究院
總 編 輯　杜潔祥
副總編輯　楊嘉樂
編輯主任　許郁翎
編　　輯　潘玟靜、蔡正宣　美術編輯　陳逸婷
出　　版　花木蘭文化事業有限公司
發 行 人　高小娟
聯絡地址　235 新北市中和區中安街七二號十三樓
　　　　　電話：02-2923-1455 ／傳真：02-2923-1452
網　　址　http://www.huamulan.tw 信箱 service@huamulans.com
印　　刷　普羅文化出版廣告事業
初　　版　2024 年 9 月
定　　價　十七編 11 冊（精裝）台幣 28,000 元

思想東北 文學東亞
——1931～1945 年東北文學研究（下）

劉曉麗 著

作者簡介

劉曉麗，博士，華東師範大學中文系教授。主要致力於「東亞殖民主義與文學」「中國現代文學」「東北文學」研究，研究專著有《異態時空中的精神世界——偽滿洲國文學研究》《偽滿洲國文學與文學雜誌》《國土淪陷　文人何為》（韓語）《思想東北　文學東亞》等，海內外發表論文百餘篇，編著有《中國現代文學期刊目錄新編》《偽滿洲國文學研究資料彙編》《偽滿洲國老作家書簡》《偽滿洲國的文學雜誌》《創傷——東亞殖民主義與文學》等，主編「偽滿時期文學資料整理與研究叢書」34 卷。

提　　要

　　本書重啟東北文學概念，考察九一八事變後東北文學的流變，藉此以中國東北為思想，重繪東北文學認知地圖，重新理解中國現代文學、東亞文學中的某些問題。書稿由三部分構成，試圖解決三個問題。首先，解構東亞殖民主義時代在東北出現的知識話語。政治上以「新滿洲」為核心，文學上以「滿洲文學」為核心，清理殖民統治時代「新滿洲」「滿洲文學」話語體系，透視其修辭來源，揭示其背後的帝國主義邏輯。其次，考察東亞殖民主義與文化抗爭多樣性問題。專注描述東亞殖民主義時代東北在地文學是如何應對日本的入侵與殖民，產生何種文學，提出反殖文學、抗日文學、解殖文學的文學分析框架，展示抵抗文學的多種樣態。最後，構建東亞殖民主義文學理論，解釋中國現代文學及東亞文學中的某些問題。面對現有的殖民／後殖民主義文化理論，本書提出東亞殖民主義文學理論，並以該理論解讀東亞殖民主義時代的文學作品，構建東亞殖民主義、解殖文學、弱危美學等理論概念，解決殖民文化研究中的一般問題或基本問題，重新解釋文化殖民現象。由東北出發，建構東亞殖民主義文學闡釋理論。

目次

第六章　作家、作品的面相

　　本章進入作家作品分析，選取偽滿洲國的五位作家——古丁、山丁、爵青、梅娘和楊絮，理解他們的精神世界和作品世界。這四位作家在當時文壇各具特色，古丁和爵青是「藝文志」派文學代表，山丁和梅娘是「文選、文叢」派文學代表，楊絮是歌手、演員、職員和作家，且是位疏離於主流文壇的通俗作家。他們的作品觸及了日本殖民統治中的核心文化議題——啟蒙、風景、他者、審美，透過這四個關鍵詞，可以一窺東亞殖民地文學的特殊性、多元性與複雜性，以及糾纏於東亞現代性、視覺權利、文化抵抗和生存感覺的東亞殖民主義。

第一節　古丁——錯置的啟蒙主義者

　　1936 年 10 月 19 日魯迅先生在上海去世，北方的偽滿洲國《新青年》雜誌第六卷第四期（1937 年 2 月）刊出了「魯迅語錄」，《明明》雜誌第二卷第二期（1937 年 11 月）刊出了「魯迅紀念特輯」系列紀念文章和《魯迅著作解題》長篇譯文，「藝文書房」出版單行本《一代名作集——魯迅集》（1942），這些活動都是由一位名叫古丁的偽滿洲國青年作家組織的。

一、古丁其人其事 [註1]

─────────────

〔註 1〕關於古丁的生平研究，有古丁之子徐徹先生提供的《古丁簡歷》（未刊），李春燕編輯《古丁作品選》之《古丁小傳》，〔日〕岡田英樹《偽滿洲國文學》之《啟蒙主義者——古丁》、《偽滿洲國文學 續》之《古丁論再考》，劉曉麗《異態時空中的精神世界》，梅定娥《妥協與抵抗——古丁的創作與出版活動》，劉暘的博士論文《古丁研究》。本文亦參閱了偽滿洲國時期出版的書刊、報紙上關於古丁的信息。

　　古丁〔註2〕，長春人，原名徐長吉、徐汲平、徐突薇，曾用筆名古丁、尼古丁、史之子、史從民等，是偽滿洲國文壇的核心人物之一，「東亞文壇」稱他為「滿洲國唯一無二的作家」〔註3〕，他的同輩文人這樣給他「畫像」：「比較早熟的一個青年。多肉的巨臉，不十分齊整的頭髮，眼神稍有些板滯，不大斜視，顯示著一副勤勉家的型。（中略）大家在學校裏遇見過很多『高材生』吧，先生出什麼題，他們都能答一百分，活潑的同學和他們多少有點合不來。嫌他們古怪。古丁就屬於這一類。（中略）他在文學上的前途，是得請關心他的人隨便向文學史上找出人名來形容或比喻他的。」〔註4〕古丁年輕而沉穩，勤勉而適應環境，他在偽滿洲國的文學成就、文化事業的確沒有人可以出其左右。

　　古丁以小說、雜文、文評、翻譯、編輯、出版事業而著稱。在滿洲傀儡國13 年半時間，古丁出版了 13 部作品：

　　譯著《魯迅著作解題》（1937）

　　小說集《奮飛》（1938）

　　文藝雜文集《一知半解集》（1938）

　　譯著《心》（夏目漱石著，1939）

　　散文詩《沉浮》（1939）

　　長篇小說《平沙》（1940）

　　譯著《學生與社會》（中島健藏著，1941）

　　譯著《英美東亞侵略史》（大川周明著，1942 年）

　　雜文集《譚》（1942）

　　短篇小說集《竹林》（1943）

　　譯著《悲哀的玩具》（石川啄木著，1943 年）

　　長篇小說《新生》（1945）

　　譯著《井原西鶴》（武者小路實篤著，1945 年）

〔註 2〕古丁的生卒年有很多說法，其生年有 1907 年、1909 年、1914 年、1916 年四種說法，其卒年有 1960 年，1964 年兩種說法。〔日〕岡田英樹《偽滿洲國文學 續》第一部分《古丁論再考》對此進行了詳細考辨，確定為 1914～1964 年，筆者認同此說法。

〔註 3〕東亞文壇消息〔J〕，華文大阪每日，1940-4（8）。

〔註 4〕藝文志同人群像及像贊〔J〕，藝文志，1940（3）。

此外，還有散落在中日報刊雜誌中未編成文集的文章數百篇。有 52 篇／部作品被翻譯成日文或直接用日文寫作發表〔註5〕，古丁是偽滿洲國作家中作品被翻譯成日文最多的一位。作為雜誌編輯及出版人，古丁創辦了 3 種重要文化、文學雜誌，《明明》（1937～1938，共 19 期），《藝文志》（1939～1940，共 3 輯），後期《藝文志》（1943～1944，共 12 期）。古丁還積極向日本文壇和華北、華東地區的文壇，推薦當時的東北作家和東北文學，與川端康成等一起編輯《滿洲國各民族創作選》兩卷（第一卷 1942；第二卷 1944）在日本發行，為《華北作家月報》撰寫《滿洲文學通訊》（1943）。1941 年古丁開辦了書店兼出版社的藝文書房，出版了「駱駝文學叢書」：爵青《歐陽家的人們》《青服的民族》《歸鄉》，小松《人和人們》《野葡萄》，疑遲《天雲集》《同心結》，慈燈《老總短篇集》，古丁《譚》《竹林》，山田清三郎《滿洲文化建設論》，大內隆雄《文藝談叢》，匡昨非《匡廬隨筆》，魯迅《一代名作集——魯迅集》等。「少年群書」：共鳴《老鱷魚的故事》，季春明《風大哥》，慈燈《月宮裏的風波》，野泉《歐羅曼的護符》，似琼《夢裏的新娘》，田寧《約瑟夫的故事》，古丁《學生與社會》等。「日本文學選集」：儒丐譯《古崎潤一郎集》，杜白雨譯《島崎藤村集》等。這些叢書的刊行，推動了偽滿洲國的漢語文學事業，增添了偽滿洲國文化中的漢語文化份額。古丁還計劃模仿「中國新文學大系」出版「滿洲新文學十年大系」，其編集計劃為：共 7 卷，分別是《史略》秋螢編、《評論》辛嘉編、《小說‧上》山丁編、《小說‧下》小松編、《散文》金音編、《新詩》外文編、《劇本》吳郎編，古丁為總主編，顧問為大內隆雄、藤田菱花，同時計劃翻譯成日文在日本發行。〔註6〕因為戰爭和紙張緊缺等諸多原因，「大系」未能刊印發行。

一位普通的文人，在偽滿洲國成就如此文化事業，如果沒有日偽支持，很難成功。的確，古丁在偽滿洲國不僅僅是一位文人，他還是偽滿洲國官廳裏的官員，曾任「國務院」總務廳統計處事務官，企劃處事務官，民政部編審官。古丁的很多文化事業是在日本人資金資助下完成的，〔註7〕他本人的作品也深

〔註5〕古丁的作品以日文寫作及被翻譯成日文情況，請參見〔日〕岡田英樹，在滿中國人作家的日譯作品目錄〔M〕劉曉麗、葉祝弟主編，創傷——東亞殖民主義與文學，上海：上海三聯書店，2017：89～92。

〔註6〕關於「滿洲新文學十年大系」計劃，文壇消息〔N〕，盛京時報，1941-11-12。

〔註7〕例如《明明》雜誌，島城文庫叢書，《藝文志》雜誌都由日本人資金資助等，也可以說古丁利用日本人的資金拓展中國新文學的陣地。

得日偽文化部門的青睞，小說集《奮飛》獲第三屆「盛京文學賞」，長篇小說《平沙》獲第二屆「民生部大臣文學賞」，長篇小說《新生》獲第二次「大東亞文學賞」次賞。偽滿洲國期間，古丁四次赴日本。1934 年，作為「國務院」總務廳統計處職員赴日本參加內閣統計局統計職員養成所學習；1940 年，作為偽滿洲國的文化代表赴日參加「日本紀元 2600 年」的紀念儀式；1942 年，作為偽滿洲國的作家代表赴日參加第一次「大東亞文學者大會」，在日本《朝日新聞》上發表《亞洲文學是一體》《寫在大東亞文學者大會結束之際》等文章；1943 年，再次作為偽滿洲國的作家代表赴日參加第二次「大東亞文學者大會」，作了符合會議精神的發言。每次赴日古丁都肩負著偽滿洲國「國策」內容，適應環境的他都能妥善地完成任務。古丁還和偽滿洲國的文化行政機構有密切關係，「在從文話會到文藝家協會，在往戰時動員體制推進的文化政策實施中，古丁常常是起到了中國人核心的作用。」〔註 8〕他曾出任「文話會」本部文藝部委員，「滿洲文藝家協會」本部委員，「滿州文藝聯盟」「大東亞」聯絡部部長。

古丁的複雜性來自諸多方面。第一，在偽滿洲國，古丁積極推進中國新文學事業，使東北地區的新文學得到前所未有的拓展，讓殖民地人們可以閱讀到中國新文學，受到中國文化的薰陶，古丁做了中華民族本位文化的守衛者；第二，古丁深受魯迅影響，他作品中「批判國民性」和「啟蒙大眾」思想均傚仿魯迅。古丁文風追隨魯迅，雜文具有魯迅風，散文詩《沉浮》模仿魯迅的《野草》，小說創作也有很多魯迅的影子。第三，古丁很多作品具有左翼色彩。學生時代參加北方左聯，翻譯日本左翼作家作品；偽滿洲國時期與來滿的日本左翼「轉向作家」山田清三郎、大內隆雄等交往密切，創作具有左翼色彩的作品。第四，日偽政權非常重視古丁，扶持其文化事業，器重其文學創作，同時委以文化重任。第五，古丁與日偽政府積極合作，響應日偽的文藝政策，提出「康德文藝」，參加三次「大東亞文學者大會」。此外，在偽滿洲國時期，時人對古丁評價也褒貶不一，讚美者稱古丁「筆鋒和老舍、張天翼有相似之處。」「有著一種幽默的筆調，然而幽默裏含憤懣。又有著一種憎恨的筆調，然而憎恨裏含著愛惜。」〔註 9〕批評者稱古丁為「御用文人」，「士大夫階級的蛻化物」，

〔註 8〕〔日〕岡田英樹，偽滿洲國文學〔M〕，靳叢林譯，長春：吉林大學出版社，2001：70。

〔註 9〕丹寧，評《奮飛》〔M〕//陳因，滿洲作家論集，大連：實業印書館，1943：114。

「以及為自己造紀念碑者，金元主義者，寫印主義者之類……」，〔註10〕「沒味的鹽」「高等點心」「不結果的花」；〔註11〕而日偽當局對古丁並不信任，稱其為「面從腹背」者，「左翼作家」「共產主義者」等〔註12〕。如此多的身份聚集在古丁周圍，該如何理解古丁的多重複雜性？這裡從古丁與魯迅這條線索出發，提供一種解釋。

二、古丁與魯迅

　　1938 年 6 月 29 日的《大同報》刊出署名為「全」的文章《魯迅似的作家》，諷刺古丁彷彿「魯迅風」，這是從反面提及古丁與魯迅的關係。古丁與魯迅的關係得從古丁的學生時代說起。

　　古丁曾經就讀於「滿鐵」經營的長春公學堂和奉天的南滿中學堂，1930 年 9 月進入東北大學教育系學習，這個成立於 1923 年的東北大學，是張作霖、張學良父子主政東北時期重要的文化舉措，「消滅鄰邦野心，武的要辦好東北講武堂，文的要辦好東北大學。」〔註13〕而且自 20 年代左翼活動就在學校展開〔註14〕，熱愛文學的青年學生古丁在這樣的校園氛圍中，有機會讀到魯迅作品。1931 年「九一八」事變後，古丁隨東北大學學生一起成為第一批流亡關內的知識人。1932 年古丁入北京大學國文系學習，1933 年 9 月返回故鄉東北。古丁旅居北平期間，有幾個重要的事件影響其一生，一是參加北方左聯〔註15〕，

〔註10〕孟素，寫與印主義〔J〕，文最（1940），這裡引自黃玄，東北淪陷期文學概況（二）〔J〕，東北現代文學史料，1983（6），黃玄即王秋螢。

〔註11〕半島鵬子，沒味的鹽──《原野》讀後感〔N〕，大同報，1938-4-12，全，高等點心〔N〕，大同報，1938-6-28，蘇克，不結果的花──論古丁的創作〔N〕，大同報 1938-7-12。

〔註12〕如此談論古丁的日本人很多，有文字記錄的有：「滿洲文藝春秋社」社長池島信平，文化官員山田清三郎、林房雄，作家北村謙次郎、大瀧重直，《月刊滿洲》社記者東野大八，還有總務廳統計處的同事內海庫一郎、古丁的日本老師古賀鶴松等。

〔註13〕徐徹，張學良〔M〕，北京：中國文史出版社，2012：198。

〔註14〕東北大學校志〔M〕，瀋陽：東北大學出版社，2008 年。

〔註15〕古丁加入「北方左聯」的確切日期尚不得而知，但從端木蕻良回憶看，1932 年 5 月徐突微（古丁）介紹他加入北方左聯的，可以推算古丁加入北方左聯事件要早於 1932 年 5 月。參見端木蕻良，「左聯」盟員談「左聯」──部分「左聯」盟員來函輯錄〔J〕，中國現代文藝資料叢刊，1980（5）：146。

　　北方左聯，文學團體，1930 年秋成立於北平。北方左聯並非中國左聯的分支機構，在系統上沒有隸屬關係。作為中國共產黨的外圍文化團體，它直接接受北方局的領導，在組織上是獨立的。主要成員有潘訓（潘漠華）、劉尊棋、楊

二是見到魯迅，三是編輯左翼刊物〔註16〕，四是被捕出賣左聯戰友〔註17〕。一、三、四事件均有學者詳細考證，這裡關注被學者忽略的與魯迅關聯的事件。

1932年11月13～28日，左翼的精神領袖魯迅因探望生病的母親逗留北京，分別在北京大學、輔仁大學、女子文理學院、北師大、中國大學舉辦了五場演講：《幫忙文學與幫閒文學》《今春的兩種感想》《革命文學與遵命文學》《再論「第三種人」》《文學與武力》，魯迅的「北平五講」轟動了北平文化屆，尤其是北方左聯的成員們。據北方左聯領導人孫席珍（1906～1984）回憶，「魯迅的北平五講，並非由北方左聯主辦，但是和北方左聯也不是完全無關。（中略）北方左聯計劃敦請魯迅做報告，但是考慮到安全問題，就由左聯成員王志之等人以北師大大學生代表的名義邀請魯迅演講。（中略）講的是《再論「第三種人」》。」〔註18〕這次演講消息傳出後，有上千人前來聽講，房間容納不下，臨時改為露天演講。「無數青年，課不上了，其他工作暫時放下了，冒著北平的寒冷和風沙，跑很遠的路去聽講。」〔註19〕身為左聯成員、北大國文系學生的古丁應該是前來聆聽演講的學生之一。魯迅在北平的16天，「五講」之外，還與北方左聯部分成員見了面，魯迅記錄其中一次會面，「同席共八人」〔註20〕，鼓勵北平左翼團體創辦左翼刊物。26日晚魯迅還參加了北平地下黨

剛、馮毅之、孫席珍、陳北鷗、陳沂、臺靜農、謝冰瑩等。《行動綱領》中規定「我們文藝運動目的在求普羅階級的解放，故必須參加無產階級所領導的革命鬥爭──蘇維埃政權鬥爭」。聯盟成立後，積極開展革命文學活動，參加群眾運動，在反對國民黨文化圍剿和日本帝國主義侵略的鬥爭中發揮了積極作用。曾創辦機關刊物《北方文藝》《文學月報》《文學雜誌》等。1936年繼「左聯」解散後解散。

〔註16〕古丁以「徐突微」的名字，與方殷、臧雲遠、韓保善、端木蕻良等共同編輯出版左聯機關刊物《科學新聞》，於左翼刊物《冰流》，《文學雜誌》上發表多篇作品及譯作，並單行出版了譯作日本普羅詩人森山啟的《新詩歌做法》。參見梅定娥，妥協與抵抗──古丁的創作與出版活動〔M〕，哈爾濱：北方文藝出版社，2017：8～9。

〔註17〕關於古丁「被捕」與「變節」事件，在這方面考證最翔實的學者是岡田英樹，他說「我曾經做過調查，但未能找到能否定這一變節的材料。」〔日〕岡田英樹，偽滿洲國文學〔M〕，靳叢林譯，長春：吉林大學出版社，2001：73。

〔註18〕孫席珍，關於北方左聯的事情》〔J〕，新文學史料，1979（4）。

〔註19〕陸萬美，追記魯迅先生「北平五講」前後〔M〕//魯迅回憶錄，上海：上海文藝出版社，1979：47。

〔註20〕魯迅日記（1932年11月24日）〔M〕//魯迅全集（第16卷），北京：人民文學出版社，2005：335頁，「同席共八人」，魯迅專家注釋：「在范文瀾家與北平左翼文化團體的代表見面」（337頁），並未標出八人為誰。

所組織的歡迎會，「出席的不僅有左翼各文化團體的代表，還包括反帝、互濟會的代表二十餘人。」〔註21〕左翼文壇領袖魯迅對北平左翼團體的文藝活動與文學青年的鼓舞影響深遠。

雖然尚無直接材料證明古丁與魯迅有過面對面的接觸，但從「北平五講」的轟動效應來看，身為北方左聯成員、文學青年、北京大學國文系的學生古丁會親歷魯迅的演講現場。一個疑問，如果古丁見過魯迅，那麼古丁的作品中為什麼沒有見面的記錄？連魯迅的「北平五講」也不見蹤跡？這與古丁的另一事件相關——「被捕出賣左聯戰友」，這個事件是青年古丁的創傷之一，他要深深地隱藏自己在北平的經歷。在偽滿洲國時期，他要隱藏自己參加過北方左聯，在中華人民共和國時期，他要隱藏背叛左聯的行為。由此我們看到古丁的作品，除《頹敗》〔註22〕（短篇小說）描寫東北學生在北平的讀書生活外，再無作品寫過北平生活。

1930 年代，魯迅是左翼青年的偶像，也是古丁一生的偶像。在《大作家隨話》和《譚一 私淑》等文章中，古丁豪不掩飾對魯迅的敬仰之情，甚至遭到同時代日本文人村夫的諷刺，「魯迅隨便寫的一封信，隨便寫的一個字，也都很珍惜的披露給大家看。」〔註23〕魯迅逝世一週年之際，古丁主持的《明明》雜誌刊出紀念魯迅專輯，他本人翻譯出版《魯迅著書解題》；開辦「藝文書房」後，編輯出版《一代名作集——魯迅集》。更重要的是，古丁在偽滿洲國踐行魯迅的啟蒙精神，而且他的小說筆法、雜文遣詞、散文詩風格都明顯留下了魯迅的烙印。例如古丁的小說《沒亮世界》肖似魯迅的《在酒樓上》，描寫病態社會裏知識人的精神病苦，小說主人公莫里與呂緯甫一樣，都曾經以「新青年」英姿現身，最後落入頹廢、消沉、平庸的生活，只是莫里更清醒一些，「我現在即便不喝酒、不嫖妓，不抽鴉片，我還能有什麼更好的生活呢？」〔註24〕長篇小說《原野》和《平沙》繼承了魯迅國民性批評的傳統，《原野》批判了鄉村地主階層的劣根性，《平沙》批評了城市上流社會人性的

〔註21〕 魯迅年譜（第三卷）〔M〕，魯迅博物館、魯迅研究室編，北京：人民文學出版社，1984：356，同樣沒有標出二十幾人為誰。

〔註22〕 古丁，頹敗〔M〕//古丁，奮飛，長春：月刊滿洲社，1938。

〔註23〕 古丁，信〔M〕//古丁，一知半解集，這裡引自古丁作品選〔M〕，李春燕編，瀋陽：春風文藝出版社，1995：73。

〔註24〕 古丁，沒亮世界〔J〕，新青年，1937（47、48 合併號），後該題為《莫里》，收入小說集《奮飛》，長春：月刊滿洲社，1938。

潰敗。古丁的雜文，筆法模仿魯迅，「太苛裏有真理」，「太冷裏有創見」。古丁認為魯迅是與夏目漱石、果戈里一樣的大作家，且魯迅「非特是大作家而且是大戰士，他不見容於北京政府，也不見容於廣東政府，也不見容於南京政府。他彷彿沒有年齡，他彷彿沒有自我，他彷彿唯其是大戰士才成了大作家，大作家魯迅是這樣的作家」〔註25〕「魯迅之所以屢次誨人不讀舊書，我想也便在於反證讀古典的人而不被古典壓倒的骨頭太少。」〔註26〕把魯迅作品及魯迅品格表達出來。古丁的散文詩《沉浮》明顯有向魯迅《野草》致敬的意味，用曲折幽晦的意象表達內心苦悶和社會抗爭，語言俏奇瑰麗，意象玄妙奇美。散文詩《浮沉》〔註27〕，收錄了 1937 年 5 月到 1939 年 9 月創作的 10 篇哲理散文詩。「『或浮或沉』是我年來的心境，就題為書名。（中略）《春晨》是沉酣春夢的警覺，《笑顏》是對扼殺性情的憎憤，《夜語》是矛盾撞著的自描，《假寐》《荒地》《聖手》是向無文文豪的嘲諷，《窄門》是低迷文事的比喻，《新歡》是催我自新的呼喚，《獨步》是暗夜行路的孤寂，《墨書》是偶有所得的啟示。」〔註 28〕其中《春晨》「如置身在大莽原，既寂寞而荒涼」；「我只有一座大冰山，大冰山聳立在大冰天。」「大冰山」意象與《野草》中的《死火》的「高大的冰山」相似，「我夢見自己在冰山間奔馳。這是高大的冰山，上接冰天，天上凍雲彌漫，……但我忽然墜入在冰谷中。」〔註29〕《獨步》和《過客》也有類似意象：「我夢見我在夜雨中，在污泥裏獨步。我背負著羊皮新書和線裝舊籍一直在那夜雨中，在那污泥裏獨步。我並無目的，只管獨步。」肖似魯迅《過客》中那位「不知來自何方，去向何處」的孤獨旅人。

　　古丁自始自終地追隨著魯迅，在偽滿洲國介紹魯迅，將魯迅的筆法和意象演繹到自己的作品中，有目的地傳承著魯迅的啟蒙精神，即便到了其與偽政權最為合作的 1940 年代也沒有改變，他的「大東亞文學賞」小說《新生》

〔註25〕 古丁，大作家隨話〔M〕//古丁作品選，李春燕編，瀋陽：春風文藝出版社，1995：31。

〔註26〕 古丁，譚一 私淑〔M〕//古丁作品集，梅定娥編，哈爾濱：北方文藝出版社，2017：133。

〔註27〕 古丁，沉浮〔M〕，作為「詩歌叢刊」叢書之一，長春：「滿日文化協會」詩歌叢刊刊行會發行，1939。

〔註28〕 古丁，自序〔M〕//古丁，沉浮，長春：「滿日文化協會」詩歌叢刊刊行會發行，1939：2～3，下文引用均來自此版本不再一一注處。

〔註29〕 魯迅，野草〔M〕//魯迅全集（第 2 卷），北京：人民文學出版社，2005：200。

（1944）、奉命之作《西南雜感》（1944）《下鄉》（1944）、時局小說《山海外經》（1945）依然有魯迅國民性批判的影子。

那麼，偽滿洲國為什麼要器重一位踐行魯迅精神的文人？而一位踐行魯迅精神的人為什麼會成為日偽政權的協力者？

三、錯置的啟蒙主義

要解釋古丁之複雜性，首先要回到東亞、日本及偽滿洲國的歷史境況。日本關東軍策劃發動「九一八」事變後，炮製滿洲傀儡國，中國政府和國際聯盟不予承認，日本退出國際聯盟，在國際上日漸孤立。為挽回國際形象，日本在偽滿洲國實行「文化治國」理念，欲繁榮東北文化；而與日本合作的溥儀一系的滿清遺老們也欲彰顯中國傳統的文化治理理念。提出所謂的現代版的「王道樂土」以及「五族協和」的意識形態觀念，定制了方方面面的統治方針以及規劃，不單單是行政和經濟的統治，還有系統的文化統治，鼓勵文學藝術創作，出臺各類文藝獎，例如「民生部」大臣獎、《盛京時報》文藝獎、「文話會」獎、「滿蒙」文化獎、王氏文化獎、G氏獎、「協和會」文藝獎等等，舉辦各種美術、書法展覽，大力發展廣播和電影行業。其目的是要製造偽滿洲國文化繁榮的景象，更重要的是為其統治意識形態服務，謀求偽國「法理」和「道統」上的「合法性」。其文化政策直接地宣稱，以「建國精神」為主的「國策文藝」；太平洋戰爭爆發後，又提出以「服務戰爭」「服務時局」為基調的「報國文藝」。先後制定了一系列的文藝法令、制度和綱領。日偽當權者欲借文學藝術作品、文化活動等塑造這樣一套殖民主義修辭：日本是先進的、文明的，滿洲是落後的、低等的。落後的、低等的滿洲需要先進的、文明的日本來改造、統治，把落後的舊滿洲變成現代的「新國家」，改造低劣的國民和蠻荒的土地，把舊滿洲變成文明、現代的「王道樂土」的「新滿洲」。

1933年古丁從北平回到已經變成偽滿洲國的故鄉，曾經活躍的北滿左翼文壇，三郎（蕭軍）、悄吟（蕭紅）、洛虹（羅烽）、劉莉（白朗）等為逃脫異民族統治和言論壓迫先後逃離東北；南滿文壇也因為「九一八」事變及偽滿洲國肇建，同樣人員流失、報刊關閉。當時除了日本文人創辦的幾本文學刊物還在運行之外，可以說東北新文學文壇荒涼而寂靜。愛好文學具有啟蒙意識的青年古丁欲「衝破大寂寞」「馳騁大荒原」，要開拓滿洲的新文學，創建繁榮的新文學讀書市場，他不僅自己在報刊上寫文章，1936年與同在偽滿洲

國國務院工作的外文、疑遲和辛嘉組成了「藝術研究會」，開展藝術活動，計劃辦新文學刊物，以文學啟蒙民智，此時正好古丁就讀過的南滿中學堂的日本老師稻川淺次郎來找古丁，要辦一本《樂土滿洲》雜誌，內容主要是彰顯「新滿洲」，創刊號計劃欄目有「大臣訪問記，職業婦女訪問記，戀愛新講，東洋的性藥，柳巷探險……沒有一篇文藝」〔註 30〕，古丁與舊師討論協商，確定刊名為《明明》，該刊名取自中國典籍《大學》中「大學之道在明明德」，內容以文藝作品為主。稻川淺次郎之所以能夠妥協，是因為日本文化人「月刊滿洲社」社長、《明明》雜誌贊助人城島舟禮（1902～1944），這位《新京日日新聞》主筆的文化官僚深知「滿洲國」的文藝政策，需要繁榮本地文藝。城島舟禮還慷慨地資助了古丁策劃主編的文藝叢書——城島文庫，以及後來的「藝文志事務會」〔註 31〕等。借助日本人資金，開闢自己的文藝園地，這是古丁踐行魯迅「拿來主義」，為此他還主張「沒有方向的方向」「寫印主義」〔註 32〕，古丁成為「滿洲國」文壇引人注目的人物。且古丁的「多寫多印」主張也正合日偽文藝政策，這越發讓古丁成為「滿洲」文壇的明星，他的作品頻繁獲獎，被翻譯成日文在日本出版，成為官辦文藝協會的領袖人物。而古丁本人也利用這種「有利條件」不斷推進滿洲新文學的發展，辦雜誌、出版新文藝叢書，增加偽滿洲國漢語文學份額，使偽滿洲國的青年能夠讀到純正的現代漢語和具有現代思想的新文學。

僅僅因為「多寫多印」的文藝繁榮主義，還不足以讓日偽政權如此青睞古丁，更重要的是，在日偽文化官僚看來，古丁的啟蒙主義思想與日本帝國主義修辭剛好吻合。那麼古丁的啟蒙主義思想是哪一種類型的啟蒙主義呢？

古丁從學生時代起，就是魯迅的追隨者，具有民族危機的憂患意識，開啟民智，批判國民性。古丁的啟蒙主義具有三個突出的特點，一是要繁榮文藝，繁榮文學讀書市場，以文學療效國民；二是以日本文化為文明標準，以日為師，以日為鏡；三是看重現代文明中的物質因素。第一個特點前文已經論及，不再

〔註 30〕 古丁，稻川先生和《明明》〔M〕//李春燕編，古丁作品選〔M〕，瀋陽：春風文藝出版社，1995：58。

〔註 31〕 藝文志事務會，城島舟禮任監理長，參事有三村勇造、大內隆雄的擔任，可見這個事務會也是由日本人資助的。1939 年 12 月藝文志事務會曾經以「詩歌刊行會」的名義出版了《詩歌叢刊》，刊出古丁的《浮沉》、小松的《木筏》、百靈《未明集》、成弦的《青色詩抄》。

〔註 32〕 史之子，偶感偶記並餘談〔J〕，新青年，1937（64），史之子即古丁。

贅述。第二特點是古丁式啟蒙主義更重要的特點，在某種程度上也是偽滿洲國留日知識人的特點之一。〔註33〕前文提到古丁在偽滿洲國末期的附和作品《新生》《西南雜感》《下鄉》《山海外經》依然有魯迅國民性批判的影子，有啟蒙主義意味。之前的研究者也注意到這些作品中的啟蒙主義意味，例如岡田英樹和梅定娥認為《新生》中的「民族協和」背後是知識分子的啟蒙觀念；這樣解讀有其道理，不過我們還可以追問的是，其啟蒙思想的源頭在何處？其啟蒙思想的資源為何？小說《新生》〔註34〕的主要內容是，傳染病「百死毒」流行期間，主人公「滿人」「我」與日本人秋田等相互幫助渡過難關。主題明顯有「民族協和」的內容。小說中反覆描寫「滿人」的落後、曖昧、無序：「我」給鄰居鞋匠陳萬發講解「撲滅老鼠」「細菌感染」「打預防針」等相關醫療知識，鄰居根本不聽，還冷嘲熱諷。在隔離病院中，分發食物時，「滿人」混亂擁擠，日本人井井有條；上廁所時，「滿人」不講公共衛生，日本人乾淨整潔……從這些情節中，我們可以看到古丁的啟蒙思想源於魯迅的國民性批判，而其批判的資源源於文明的日本、現代的日本。小說《山海外經》刊於上海《文友》1945 年 7 月，這也是該雜誌最後一期，再過一個月日本無條件投降。小說敘說在一個貌似「隔離病院」的封閉空間——「買賣城」中發生的故事，具有《山海經》的怪誕不經和某種科幻意味。「市井徒」和「田舍公」兩位「東亞人」誤入英國邱祥爾一族的「買賣城」——「邱祥爾是邱吉爾的一家子……那個擾亂世界和平，侵略東亞的邱吉爾」，〔註35〕買賣城中無論做什麼事都需要錢，最後市井徒和田舍公被剝得一絲不掛、落荒而逃。這是一篇應和「抗擊英美」的「大東亞文學」。但作品主要篇幅描寫市井徒和田舍公在買賣城中參觀「新資源館」，新資源館分別是：「奴膝」「笑顏」「麻痺」「卑怯」「散漫」——以中國人為人形模特的展覽，即國人的民族劣根性——奴性、諂媚、麻木、猥瑣、膽怯和散漫等——才是英美帝國主義的「新資源」。小說具有明顯的國民性批判意味，但要改變這些民族劣根性，需要以日本為師，「聯合東亞十億人民」一起抗擊英美。古丁的雜文中也有同樣的國

〔註33〕王曉恒的穆儒丐系列研究中，論證了穆儒丐思想中「以日為師」的主導傾向。參見王曉恒，《隨感錄》：《盛京時報》時期穆儒丐真實思想的表述〔J〕，瀋陽師範大學學報，2017（6）。

〔註34〕古丁，新生〔J〕，藝文志，1944（4）。

〔註35〕古丁，山海外經〔J〕，文友，1945（7）。

民性批判論調，「只管喝清酒，打麻將，嫖美妓，跳狐步，吹大煙，唱京戲……馬馬虎虎地生存著的滿洲讀書人。」〔註36〕這些評判大多以日本為文明標準，「向日本學習」成為其口號。

魯迅的國民性批判作品主要集中在 1920～1930 年代的中國，基於統一中國的現代轉型問題，其國民性批判在當時振聾發聵，具有療效功能，且魯迅所借用的國民性批判資源豐富，以多元現代文化為目標展開批判。而古丁的國民性批判卻是在殖民地「滿洲國」，在多元現代文化選擇被剝奪的情況下，僅以日本文明為唯一標準。這樣古丁雖然在追隨魯迅，卻落入了殖民者炮製出來的帝國主義話語：「日本是先進的、文明的，滿洲是落後的、低等的；落後的、低等的滿洲需要先進的、文明的日本來統治；這是統治者和被統治者一致的願望。」〔註37〕因此日偽政府不但推崇古丁的文學創作，資助他的出版事業，而且對古丁本人也委以重任，出任「文話會」本部文藝部委員，「滿洲文藝家協會」本部委員，「滿州文藝聯盟」「大東亞」聯絡部部長，多次以偽滿洲國文化人代表出訪日本、華北、華東地區。

古丁本人為什麼會積極協作日偽政權？古丁深知「滿洲國」是日本的傀儡國，也知道日偽統治不會長久，《月刊滿洲》記者東野大八回憶，古丁曾經說過，「滿洲國的壽命最多不過十年。因此，日本不惜重金建設滿洲，這很好呀，請放手去做吧！因為將來我們會毫不客氣地統統接過來的……」〔註38〕古丁不僅想借助日本人資金、日偽文藝政策，開闢自己的文藝園地，實現自己的文學啟蒙夢想，而且還想借用日本力量建設一個現代東北，這與古丁式啟蒙主義的第三個特點相關，在古丁看來現代文明更多的是物質文明。古丁另一篇協力「民族協和」的作品《西南雜感》，其中有對熱河地區的暢想：「高架鐵道的開設，電燈明亮，收音機齊備，興亞礦工大學設立，溫泉旅館和療養所設置，奶酪畜牧業振興，各部落國民學校和縣屬健康所開設，紡織工廠設立，杏、梨、栗、棗之外還有蘋果園，植造的松林，蒸汽船的定期運行……」〔註39〕這種把

〔註36〕古丁，大作家隨話〔M〕//古丁作品選，李春燕編，瀋陽：春風文藝出版社，1995：33。

〔註37〕關於殖民者的帝國主義話語形態的闡論，請參見第一章：打開「新滿洲」——宣傳、事實、懷舊與審美。

〔註38〕東野大八，沒法子北京〔M〕，這裡轉引自岡田英樹，偽滿洲國文學 續〔M〕，鄧麗霞譯，哈爾濱：北方文藝出版社，2017：5。

〔註39〕古丁，西南雜感〔J〕，藝文志，1944（9）。

現代文明變成拜物教式的啟蒙主義，會掩蓋殖民的殘暴性，甚至錯將殖民者壓迫的話語變成了殖民地社會的文明進步。

因為古丁的複雜性，學界對古丁的評價存在著分歧，有學者肯定其文學功績、出版成績但否定他的政治立場〔註40〕；有學者肯定古丁的左翼思想及作品，認為古丁是一位愛國作家〔註41〕；有學者肯定古丁的啟蒙主義，直面分析他的附和作品中的啟蒙意識，稱古丁為啟蒙主義者〔註42〕。本章通過考察古丁與魯迅的關係，辨析出古丁在錯誤的地點、錯誤的時間——日偽統治的滿洲傀儡國，追隨魯迅，形成特殊的啟蒙主義意識，結果卻落入日本殖民主義圈套。

如果從動機論來評價古丁，古丁的確是「面從腹背」者、左翼作家、啟蒙主義者，他有自己的信念和理想，一直以魯迅為典範。如果從後果論來評價古丁，首先得承認古丁對東北新文學的貢獻，同時古丁在客觀上的確成了日偽的協力者，沒有古丁這樣的積極合作的文化人，日偽很難構建所謂的「王道樂土」「五族協和」虛像。古丁自發地協同殖民者觀念的作品，背後確實有作者自己的理想訴求，或啟蒙或改造國民性或物質文明，但是在這個充滿矛盾的危險嘗試中，啟蒙者跌入了殖民者的邏輯。

第二節　山丁——山林小說的詩學與政治

山丁（1914～1997），原名梁夢庚，又名鄧立（1949年以後使用），筆名小蒨、小茜、蒨人、蒨、梁蒨、梁茜、山丁、梁山丁等。祖籍河北冀州，出生於遼寧省開原縣。中學時期開始接觸新文學作品，受到左翼文學薰陶，處女作《火光》發表在東北大學學生創辦的具有左翼文學傾向的雜誌《現實月刊》上。就讀開原師範學校時期曾與同學創辦紅蓼社並出刊《紅蓼》。1933年任稅務局文員的山丁與《大同報》編輯李默映、以及後來成為《大同報》「大同俱樂部」文藝副刊編輯的孫陵（1914～1983）結識，開始在《大同報》《泰東日報》上發表作品。同年《大同報》「夜哨」副刊創刊，山丁得以經由編輯陳華介紹結識哈爾濱的三郎（蕭軍）、悄吟（蕭紅）、洛虹（羅烽）、劉莉（白朗）、金劍嘯

〔註40〕鐵峰，古丁的政治立場與文學功績——兼與馮為群先生商討〔J〕，北方論叢，1993（5）。
〔註41〕李春燕，古丁文學意識中的愛國抗日思想〔J〕，遼寧大學學報，1995（6）。
〔註42〕〔日〕岡田英樹，偽滿洲國文學〔M〕，靳叢林譯，長春：吉林大學出版社，2001。

等人，並由此成為「北滿作家群」一員。此後，殖民統治日益嚴酷，蕭軍、蕭紅、白朗、孫陵等人逃離偽滿洲國，金劍嘯被捕犧牲，山丁也暫時擱筆。1937年山丁重返文壇，堅持反殖文學寫作，提出「鄉土文學」主張，並成為「文選、文叢」作家群的核心人物。1943逃往北京，在新民印書館和《中國文學》雜誌任編輯，此後山丁與袁犀（1920～1979）主編刊物《糧》《草原》等，1948年起先後在《生活報》《生活知識》《東北青年報》任職。偽滿洲國期間，山丁曾在《大同報》《國際協報》《新青年》《斯民》《華文大阪每日》等報刊發表作品，出版的單行本著作有：短篇小說集《山風》《鄉愁》，長篇小說《綠色的谷》，詩集《季季草》。〔註43〕小說《山風》獲第五次「盛京文藝賞」。1944在北京新民印書館出版了短篇小說集《豐年》〔註44〕，其作品多為偽滿洲國時期的創作。

　　前面「異態時空中的文學」和「殖民主義與文化抗爭」兩章，對山丁的「鄉土文學」主張和部分作品進行過詳細描述，本章集中考察山丁的長篇小說《綠色的谷》，討論其中「風景」之意味，因為入侵者／世居民族、現代／本土、商業／農業、當下／歷史等角度不同，風景呈現不同的意味，這些意味生成著某種倫理的、意識形態的、生活風格以及生產範式的種種觀念，由此查看殖民地小說家山丁展示的烙印在自然風物中的殖民傷痕。

一、關於《綠色的谷》

　　《綠色的谷》是山丁在1942年創作的長篇小說，初刊偽滿洲國的《大同報》。

　　迄今，《綠色的谷》共有六個版本，有研究者對部分版本進行過比對性考察。〔註45〕

〔註43〕山風〔M〕，長春：益智書店，1940。
　　　　鄉愁〔M〕，長春：興亞雜誌社刊行，1943，收有作品：《鄉愁》《一天》《熊》《鎮集》《城土》《伸到天邊去的大地》《豬》《峽谷》《殘缺者》《梅花嶺》。
　　　　綠色的谷〔M〕，長春：文化社，1943。
　　　　季季草〔M〕，長春：益智書店，1941。
〔註44〕豐年〔M〕，北京：新民印書館，1944，收有作品：《豐年》《殘缺者》《一個新歡講故事的人》《賭徒的經典》《朋友》《金山堡的人們》《祭獻》《在土爾池哈小鎮上》《北京》。
〔註45〕《綠色的谷》版本及版本比對研究，詳見岡田英樹、蔣蕾、牛耕耘、王越相關著述。筆者的研究以版本三為主，輔以版本五和版本六。感謝李春燕研究員、岡田英樹教授、王越博士、牛耕耘博士提供相關材料。

版本一：《大同報》連載，1942 年 5 月 1 日～1942 年 12 月 3 日。

版本二：大內隆雄翻譯的日語版，連載於 1942 年 7 月—X 年 X 月的《哈爾濱日日新聞》，結束時間不詳。

版本三：漢語單行本版，「新京」（長春）：文化社，1943 年 3 月 15 日。

版本四：日語單行本版，大內隆雄譯，奉天（瀋陽）：吐風書房，1943 年 7 月 5 日。

版本五：漢語修訂版，瀋陽：春風文藝出版社，1987 年 5 月。

版本六：漢語復刻（1943 年漢語單行本）版，見牛耕耘編《山丁作品集》（劉曉麗主編「偽滿時期文學資料整理與研究叢書」之一），哈爾濱：北方文藝出版社，2017 年。

《綠色的谷》以東北一個自然村落——狼溝（林家窩棚）為中心，描寫了各種力量對這個村落的侵蝕與破壞，在鐵路修進狼溝之際，狼溝之子——林彪自己解構了有著一百多年歷史的狼溝，把狼溝的土地和依靠土地生存的人們交給了未知的未來。

狼溝的歷史，小說如此交待：清代嘉慶年間（1796～1820），「林家便佔有了這全狼溝的山野。」〔註46〕那時林家人在北京居官，到了林家第二代人，雖然中了舉人，但厭棄了北京的宦海生涯，全家遷居到狼溝。狼溝當然不是世外桃源，歷經中國現代進程中的各種事件。日俄戰爭，清朝覆滅，民國建立，軍閥混戰（直奉戰爭），偽滿洲國成立等等。雖然小說最後一句是「把滿洲事變的消息捎到狼溝」，似乎小說中的故事時間停在 1931 年的「九一八」事變，但是如果按小說故事的敘事時間推算，林彪的父親林國威戰死於第二次直奉戰爭（1924），當時林彪 11 歲，之後林彪跟隨改嫁到南滿站的母親生活 10 年，此時他中學畢業後回到狼溝，小說主體故事是青年林彪回到狼溝後的所行所為，此時時間應該為 1934 年。〔註47〕

林彪回來之前的狼溝，在動盪的近現代中國維持著固有秩序，雖然幾經變化，但是土地及人倫關係的基本格局沒有變化。雖然狼溝的林家在辛亥革命後

〔註46〕梁山丁，綠色的谷〔M〕，長春：文化社，1943：11，這裡中有關《綠色的谷》的引文，均引自此版本，不再一一作注。

〔註47〕小說作者梁山丁對故事中時間問題有過這樣的說明，「小說最後一節，純係迷惑警犬而添上到尾巴，故意把小說描寫到時間移到「九一八」事變以前。」山丁，萬年松上葉又青——《綠色的谷》瑣記〔M〕//綠色的谷，瀋陽：春風文藝出版社，1987：226。

開始走向沒落：林彪的父親林國威戰死，母親石桂英改嫁給南滿站商人錢如龍；林彪的叔叔林國華嗜賭成性，被林國威趕出林家；林家依靠林彪的獨身姑姑林淑貞勉強維持。林家把希望都寄託於在南滿站讀書的林彪身上。但是也正是因為林家的衰落，沒有一個合適的當家主人，狼溝林家才沒有像「綠色的谷」中其他村落的地主──如老馬堡的佟老秀和邊門堡的呂大東家主動移居到南滿站，以「浮把」〔註48〕的頭銜和城市資產者爭奪、角力，躺在大陸商行代理店的煙榻上長年累月地吞雲吐霧，他們離開鄉村原有的生活秩序和生活倫理，在城裏過著投機商的日子，做著發財美夢。

小說主體故事時間始於林彪回到狼溝，狼溝面臨的種種挑戰。首先是自然力量的挑戰──狼群襲擊林家窩棚。狼溝，從這個村落名稱可以猜測狼曾經居於此。此地本來是狼的家園，林家人到來之後，驅逐了狼群，建成了林家窩棚。但被驅逐的狼，並不是一種從此消失的自然力量，它們依然有重返家園的行動。原始野性的狼群包圍林家窩棚，小說寫得驚心動魄，林家的管家霍鳳命懸一線之時，返鄉的林彪不負眾望開槍打死領頭狼，狼群四散，救出管家霍鳳，也解救出被狼圍困的林家窩棚。小說這一段寫得很精彩，狼的野性被渲染得淋淋盡致，但在擁有洋槍的林家主人跟前，卻不堪一擊。更精彩的一筆在後面，狼群散了，但不等於狼永遠地離開了此地，「東邊的天空刷上一層絳紫色，像一隻透明的紗幔。幾顆星，寒冷地躲在紗幔的後面戰慄著，狼仍在遠處盤旋，嗥叫不時從深邃的山谷中傳來。」偽滿洲國的讀者，尤其是弘報處的文化檢查官讀到此處，會作何感想？〔註49〕

其次是民間的鬍匪──小白龍襲擊狼溝。生活在原始林中的鬍匪和狼群一樣，充滿野性的力量，很難用善惡來描述他們。〔註50〕鬍匪和從事農耕的

〔註48〕浮把，泛指買空賣空的糧棧、糧戶。

〔註49〕據山丁自己回憶，1943 年漢語單行本《綠色的谷》的出版歷經，書已經印刷出來，「突然接到偽滿洲國弘報處的命令；《綠色的谷》一書有嚴重問題，不許出廠，不許發行，聽候處理！」經過出版社調節，最後印上狼「消除劑」大紅戳印得以出版。見《萬年松上葉又青──〈綠色的谷〉瑣記》，1987 年版《綠色的谷》，第 227 頁。消除那些內容，版本研究者沒有給出說明。但論文引述這一段，的確可以有多種多樣的解釋。另外一點，需要說明：筆者藏有的 1943 年漢語單行本未見「消除劑」紅印。《綠色的谷》出版情況更為複雜，山丁本人的回憶僅僅是依據材料之一。

〔註50〕晚年山丁自己說《綠色的谷》要描寫的是綠林好漢。山丁，萬年松上葉又青──《綠色的谷》瑣記〔M〕//綠色的谷，瀋陽：春風文藝出版社，1987：226。

適齡村民身份可以隨時轉換，狼溝村民大熊掌進了原始林跟隨小白龍就成了
鬍匪，而他的老婆還生活在狼溝，也沒有因為是鬍匪的老婆被嫌棄，而當大
熊掌帶著少東家林彪回到狼溝後，又轉身成了狼溝的村民。鬍匪為生存常常
劫掠村莊，也是實情。「小白龍盤踞在狼溝一帶，足足有了兩個月，就像一批
遮天蔽日的蝗蟲，黑壓壓地伏在莊稼人〔註51〕的身上，吮吸著，舐噬著。」
那些亦農亦商的在南滿站生活的地主家被洗劫一空，老馬堡的地主佟老秀家
被鬍匪搶了財產，燒了房屋。「邊門堡不但燒了半趟街，就是那些沒處跑的人
家也全叫小白龍裏去了。」當小白龍率領的鬍匪襲擊狼溝林家時，林家的管
家霍鳳組織林家窩棚的村民——住在下坎的地戶和上坎的地主齊心合力，共
同抵禦鬍匪，打退了鬍匪，保住了財產和村民的性命。被困在狼溝的南滿站
商人錢如龍禁不住感歎林家窩棚的這種「偉大的力量」，深深植根於鄉村倫理
的鄉村自治力量。

　　再次是城市資本的擠壓和侵蝕——鐵路修進了狼溝。城市資本，在小說中
是以南滿站為代表，其與自然界的狼群、民間的鬍匪不一樣，作者在描述南滿
站時，充滿了道德上的嫌惡感。「南滿站的市街像蜘蛛網似的伸張著，浪速通
〔註52〕似一隻披著金甲的爬蟲，從網的左端斜滾下去，穿過轉盤街，一直到商
阜地的邊沿，它帶著滾沸的塵煙，狂暴的哮喘，驚人的速度追趕著年月向前飛
奔，幾乎吞噬了那些星散於附近的類似蒼蠅的屯堡。……柏油馬路地下層的洋
灰管，彙集著街市各處的穢水，濃痰，糞便，病菌，向那條蜈蚣似的寇河流
去。……鐵絲網在街的盡頭擴張著嘴，高壓電流威脅著每個住民的呼吸。」南
滿站所代表的城市資本的力量，不僅吞噬著鄉村，還腐蝕著污染著鄉村，這段
描寫充滿了對南滿站的毫不掩飾的嫌惡。以日本大陸商行為靠山的中國買辦、
地主聚集在南滿站，各懷投機發財夢，計劃在「綠色的谷」投資鋪設鐵路，讓
自己擁有的土地增值。鐵路要橫穿狼溝，商人、地主們通過計謀買賣土地，將
鐵路修進了狼溝。南滿站是作為狼溝的對立面存在的，作者厭惡南滿站、讚美

〔註51〕 1987 年版《綠色的谷》，將「莊稼人」修改為「地主們」。牛耕耘注意到這一
　　　　 點，並指出，改動之後小白龍集團的性質就發生了質變。見山丁作品集〔M〕，
　　　　 牛耕耘編，哈爾濱：北方文藝出版社，2017 年：165。
〔註52〕 今天的瀋陽市中山路，1919～1945 稱「浪速通」。今天的中華路當時叫「千代
　　　　 田通」，民主路叫「平安通」。都是當時「滿鐵」籌建「奉天驛」即奉天火車站
　　　　 為中心按日本風格修建放射狀的街道。由此也可以看出，小說中的南滿站是
　　　　 以奉天為原型。

狼溝，小說對在南滿站生活的商人和地主們進行了抨擊並讓他們有一個落魄的結局，而把希望給予了狼溝。地主買辦們雖然強行把鐵路修進了狼溝，但鬍匪搶劫了他們的家鄉，鐵路投資過程中的舞弊及貪污等被揭穿，這使得商人買辦和地主全部破產。而狼溝的林家經歷了變故，林淑貞被林國榮所殺，被鬍匪綁票的林彪在大熊掌的幫助下回到了狼溝，林彪開始了自己對狼溝未來的規劃。

最後是林彪在狼溝的改革——把土地分給農民，解構狼溝原有的鄉村秩序，讓村民自己探索未來。自然力量挑戰，民間鬍匪的侵襲，沒有讓狼溝凋敝，反而讓狼溝原有的鄉村秩序、鄉村自治、鄉村倫理得到強化。依託於南滿站的城市商業的象徵——鐵路修進了狼溝，雖然作者山丁這樣安排故事——讓南滿站那些利益薰心道德敗壞的亦農亦商的地主們和買辦商人遭到毀滅之災，狼溝林家因林彪的歸來依然充滿希望。但是作者也不得不面對鐵路帶給狼溝的變化。鐵路改變了原有的鄉村秩序，鄉村原有的情感方式和生活方式也被改變著，「我不種地了！我去掘煤，去砍木頭，去到南滿站當苦力，我不種地了！」狼溝村民黃大辮子這樣表達自己的憤怒。此時的狼溝不再是以前的狼溝，此時狼溝的主人也不再是以前狼溝的主人，狼溝不再被動地應對各種力量的挑戰，而是要自我更新自我改革。林彪對地戶們說：「我的土地也並不是我的，我想把它們全部送給你們，只要你們的生活能好起來！你們能……」管家霍鳳的反應是：「少東家！你知道，老太爺立下的家業，多麼不易……如今……想不到，到了你手，就一把灰揚出去……」是的，林彪不想再被動地接受各種力量的挑戰，自己把狼溝林家窩棚原有的土地秩序、鄉村組織「一把灰揚出去」，交給了未知的未來，希望狼溝人自己探索。

二、複數風景與政治隱喻

如果有一種小說分類，可以按照自然景觀來概觀的話，就像文學史上稱康拉德的《黑暗的心》為海洋小說，我們也可以把山丁的《綠色的谷》稱為一篇山林小說，而且在偽滿洲國的確有這樣一種小說分類——山林秘話・謎話〔註53〕。《綠色的谷》中有著山林狼溝的複數風景，這些交錯的風景，隱含著不同的意味，同時生成著某種倫理的、意識形態的、生活風格以及生產範式的種種觀念。

〔註53〕劉曉麗，偽滿洲國的「實話・秘話・謎話」〔J〕，博覽群書，2005（9）。

風景之一：自然野性的生命力與被規劃的政治領土

正如前文分析，狼溝有其自己的歷史脈絡，在這個歷史脈絡的進程中，狼溝逐漸風景化，在不同的歷史階段顯現出與某種特定政治共同體的關聯。

小說一開始，這樣描寫秋天的狼溝：

秋天的狼溝，滿山谷泛濫著一種成熟的喜悅。

青綠色的粗皮酸梨，被八月的太陽曬紅了半面，彷彿擦抹下等胭脂的少女，害羞地藏躲在葉網裏。榛子殼剝裂著，在乾燥的空氣中發著輕脆的響聲，澄黃的榛子有的便落在草叢中，甚至被埋在枯葉堆裏。肥大的山葡萄成群地擁掛在山谷的深處，黑紫的表皮罩上一層烏光。夜裏，西風從寇河上狂吼著經過柳條邊，向北刮過來，猛力地搖撼著狼溝的山野，樹上結著的累累的山楂、山裏紅，便被殘酷地打下來，散落在山野的各處，有時飛揚著漫在半空。

這段對狼溝自然風景的讚美，有兩點引人注目。一是狼溝的旺盛的野性的生命力。「粗皮的酸梨」「剝裂的榛子」「肥大的山葡萄」在太陽下旺盛生長、熠熠生輝，「青綠」「澄黃」「黑紫」的色澤顯示出原始的生生不息的力量。二是政治邊界——「柳條邊」。緊接著太陽下的野性自然，是「夜裏，西風從寇河上狂吼著經過柳條邊」，搖撼著狼溝的山野。「柳條邊」——中國東北的標誌性界限——建於清初的土堤，當時清廷為維護「祖宗肇跡興旺之所」「龍興重地」修築這條呈「人」字形土長城，總長度為 1300 餘公里，其主要用途在於防範漢人進入滿清龍興之地。政治事件的引入導致在自然的地理上形成了領土意義上的區隔，「柳條邊」打破了原始自然的狼溝，在這裡狼溝呈現為生生不息的自然與被規劃的政治領土的風景。

「柳條邊」這條政治區劃的邊界，本來是清代歷任皇帝們都想把這裡作為一塊滿族文化的自留地，然而，隨著持續數百年的禁令被撤銷，漢族農民大量地湧入該地區，小說中的林家也是一例，小說雖然沒有交待林家的族群特徵，但是從敘事中可以探知他們是漢人地主，「柳條邊」僅僅是一個歷史上的政治邊界，歷經數次變動的東北大地，柳條邊不再具有實際的政治意義，而野性的自然狼溝卻依然生機勃勃，這段風景的隱喻如果與下面另一種風景——鐵路修進狼溝對讀，更有意味。

當試開的火車駛入狼溝時，小說這樣描寫：

那些若干年來漫生在草甸上的葦、艾織成的錦席，如今被橫切

了一刀，分開了，在路基兩旁，搖著窈窕的腰肢。當那個鋼鐵的怪
獸──機關車試探著腳步出現在狼溝的山谷的時候，終生不出戶的
莊稼人驚奇地望著它，女人們恐懼地唾罵著：「現世的魔障，在白天
裏出現了。」在這種唾罵詛咒中，鋼鐵的吼鳴每天繼續不斷地響起
來。

　　1934 年的偽滿洲國（小說中故事發生的時間）正在大力展開鐵路建設時
期。1933 年 3 月出臺的偽滿洲國《經濟建設綱領》中，明確指出：「鐵路建
設以經濟開發為重點，同時將鞏固國防以及維持治安作為目的。」〔註 54〕將
鐵路歸為「國」有，由「滿鐵」承擔「國家」鐵路建設，出臺了《鐵道法》，
1934 年在創設了奉天鐵道學院，「王道來自鐵路」的標語口號到處張貼。1935
年，偽滿洲國從蘇聯手中購得北滿鐵路。鐵路建設在偽滿洲國代表著「國家」
政治。鐵路修進狼溝，表面上是南滿站的買辦和亦農亦商的地主們的貪婪發
財夢，實質是「國家」政治對狼溝的接管。政治事件以鐵路為先鋒切開狼溝
的原始自然的紋理，逐漸讓狼溝成為政治安排中的風景。

　　風景之二：如畫的風景與去政治化的殖民臆想

　　近代殖民在某種意義上，是給赤裸裸的侵略穿上開發、建設、文明的衣裳，
就如小說裏所言：「一年比一年更年輕更喜悅的火車，它從這裡帶走千萬噸土
地上收穫的成果和發掘出來的寶藏，回頭捎來『親善』『合作』『共榮』『攜
手』……」〔註 55〕比這更具有隱蔽性質的是一種貌似無害的甚至無功利目的的
審美眼光。

　　小說《綠色的谷》中，日本以大陸商行的名稱出現的，大陸商行經理人
是一個影子似的日本人，僅與商人錢如龍喝茶時出現過一次，其次都是電話
另一端的人物，只在「線上」，不在現場，卻是攪動事件的核心。商人和地主
們之所以能產生投資修鐵路的發財夢，是源於這個大陸商行經理的多年經
營。而大陸商行的女兒美子──一位單純美麗的日本少女──成為狼溝的觀
察者。

─────────────

〔註 54〕〔日〕「滿洲國」史編纂刊行會編，滿洲國史（下）〔M〕，東北淪陷十四年史
　　　　吉林編寫組譯，內部資料，1990：327。

〔註 55〕據岡田英樹教授考察，日譯版的《綠色的谷》刪除了一段。「這裡揭露了隱藏
　　　　在『日滿共存』背後的掠奪，是非常危險的表達方式，所以在大內的譯本中都
　　　　謹慎地用缺字符來表示。」〔日〕岡田英樹，偽滿洲國文學〔M〕，靳叢林譯，
　　　　長春：吉林大學出版社，2001：106。

美子是一位崇拜大陸、讚美大陸、被大陸迷惑的日本女孩，她「彷彿是大陸的一個狂熱的情人似的」。他與狼溝林家窩棚少東家林彪相戀，是因為林彪來自狼溝，帶著大陸山林的氣息，同時林彪可以帶著她領略大陸美好風光，甚至定居於她熱愛的狼溝。美了仰慕地聽著林彪描繪自己的家鄉：

> 像這樣的春天那裏遍地種植著大豆、高粱、小米，山谷長著杏、
> 棗、楊魁、梧桐，開著紫色的丁香，粉紅的榆葉梅，紅白小花的季
> 季草，遍山谷能看見黃色的蒲公英。

> 秋天，滿山谷結著榛子、野葡萄、山裏紅、山梨，奔跑著野狐、
> 黑熊、斑貂、紫貂，田野裏收穫金黃似的黃豆、紅殼高粱、白玉穀
> 子、小粒芝麻、長穗包米……滿堆滿垛。

這裡是林彪的描述，更是美子期待看到的風景——美麗、富饒，美輪美奐的如畫世界。這是審美者看世界的方式，用如畫的美學觀念來看新土地，讚美地看，充滿視覺愉悅地看。風景如畫，首先清洗掉的是人，風景中沒有人的痕跡，沒有勞作的痕跡，這是一塊無人的自然景觀，不是政治領土。其次如畫風景給人以夢想，來這裡看看，來這裡居住，來這裡開啟新的生活——桃花源式的生活。異鄉的土地任憑視覺去審美，任憑他者來規劃，這背後隱藏著殖民者的文化特權、文化神話，但是這些霸權，卻被優美風景所柔化。

以審美的目光替代政治控制，這是殖民者發明的「風景神話」。如畫風景，無人認領，等待著殖民宗主國的國民來欣賞、移居、開啟新生活。被軍事征服的東北大地被風景化，作為新移民的生存場所，隨「滿洲農業移民百萬戶計劃」而來的新移民，沒有道德負擔，卻迎來了「開拓者」的美名。《綠色的谷》中的大陸商行的經理及其女兒美子，以這樣的心理坦然地居住在滿洲。而且美子作為無害的審美者，被滿洲青年林彪愛戀著。同時，如畫風景的觀念，讓殖民地世居民族減弱被強佔的刺疼，審美貌似無害。更重要的是，風景如畫的觀念，還塑造著殖民地知識分子看待自己家園的眼光，用一種外在於我的態度對待家園，或讚美或評判。小說中林彪看待狼溝的態度，不同於一直生活在狼溝作為狼溝山林看護者霍鳳的態度，林彪在南滿站受教育十年，對家園又愛又痛，他讚美地看待家園，已經與日本女孩美子一樣具有了審美者的眼光，但是他不同於美子的是，他是狼溝這塊土地的後代，對這塊土地以及依賴於土地生活的人們負有特別的責任，這個責任讓他做出了一個大膽的決定——無法挽救狼溝時，把狼溝的土地交給狼溝的每個人，讓他們自己探索未來。

風景之三：風景利潤與殖民資本

南滿站的商人錢如龍這樣描繪自己的視覺經驗：「（南滿站）沒修鐵路之前，這兒只不過是幾家馬架，自從鐵路修成了，就變得像現在這樣繁華、熱鬧。說起來，鐵路這東西真夠得上個怪物。」山東流民錢如龍，借著殖民者的經濟殖民進程發了財，同時被調動起更大的發財欲望。生活在綠色山谷裏的地主們，也透過火車、鐵路與南滿站世界互動起來，在他們眼裏土地被重新想像，不再是賴以生活的家園，而是可以投資賺錢的籌碼。

老馬堡的地主佟老秀和邊門堡的地主呂大東家移居到南滿站，開始盤算著如何讓自己擁有的土地帶來更大的利潤。他們一開始僅僅是交易土地上出產的糧食，加入城市資本的流轉，很快他們看到土地還可以帶來更大的利潤──開發帶來的土地增值。大陸商行的買辦商人錢如龍提議在狼溝一帶修建鐵路時，他們立即成為修築鐵路的股東，家園變成了地圖上的發財規劃，山谷、山峰都變成了搖錢樹，變成了可以帶來更高利潤的砝碼。

　　在寫字臺上鋪著一幅狼溝一帶的地圖，綠色的山脈在東北部漫布著，像無數條鱗質的爬蟲似的。山峰宛如錢形的疥瘡，長在鱗質的皮膚上，寇河彎曲著從爬蟲的間隙行過。

呂大東家關心的是，鐵路是否能修到自己家的邊門堡，最好能從家門口經過，他討好著修路技師和錢如龍，盤算著，「這條鐵路倘能修成，從邊門穿過，邊門堡的興隆指日可待……」

殖民體制不僅攜帶各種觀念，同時還調動殖民體制兩邊的人們的各種欲望，這些被調動起來的各種欲望交織在一起推動殖民進程。殖民進程不僅僅是單向、靜態的過程，而是各種觀念各種欲望混雜的方向不一的進程。殖民地有產者的發財欲望被調動起來後，會主動尋求與殖民資本合作。小說中的地主呂大東家是這樣的資產者，希望借助殖民資本發財。而已經發殖民財的大陸商行買辦錢如龍，在與大陸商行經理日本人聊天時，誇張地形容那綠色山谷的壯美和價值，「肥沃的土地，豐富的寶藏。」希冀殖民進程更快地進行，把鐵路修進綠色的谷。

在這裡殖民地的有產者發明一種新的風景──可以帶來利潤的風景。但是這些只做發財夢的殖民地的人們，並沒有看到，殖民者的殖民開發進程其實與他們無關，這些殖民者買辦商人的利益甚至性命生死也不是殖民者關心所在，當他們的土地家園被鬍匪小白龍燒掉時，殖民者並不在意；他們因為自己

的貪婪舞弊破產時，也沒有人關心他們的生死。殖民者往往不過是叫這些人看到一個發財的影子，調動起他們的貪欲，協助殖民進程，隨後便把他們推上了毀滅的道路。

風景之四：看不見的風景

生活在狼溝林家窩棚的人們，不論是地主還是佃戶，林淑貞、霍鳳、於七爺、黃大辮子、疤瘌眼，他們不會把狼溝看作風景，他們過著一種圍繞狼溝自然節奏而建立起來的生活，與狼溝的萬物渾然一體，與狼溝的草木息息相關，他們守護狼溝的土地守護自己。

狼溝的主人林家人，是山谷土地的主人，是下坎〔註56〕所有佃戶的家長，地主林家與下坎貧民們有著非常複雜微妙纏結的關係，林家第二代人林國威娶了下坎小戶人家的女兒——馬販子的女兒石桂英，林彪與下坎佃戶姑娘小蓮相戀。林家人以看守狼溝為最高責任，林淑貞為了守住林家的榮譽和產業，與管家霍鳳因愛戀發生肉體關係，卻義無反顧地做出自我犧牲，無怨無悔地過著毫無個人生活可言的日子。正因為林淑貞的苦苦支撐，狼溝的秩序、生活形態在各種社會動盪中能一直維持著。就連林彪在對佃戶們演講時也說：「土地就是我們的生命，無論誰，離開土地就等於自殺……」

林家管家霍鳳，因為與林家守護者林淑貞有染，被林淑貞的哥哥林國威趕出狼溝，在採木公司做保鏢，卻一直心念著狼溝，犯著懷鄉病。霍家三代生活在狼溝，為林家管家，已經與狼溝與林家有一種類似血緣似的聯繫，只有生活在狼溝的土地上，與林家人在一起，他才能安心生活。當他得知林國威陣亡後，「在一個恬靜的黃昏，走回狼溝。他並非對於林家的產業有了什麼妄想，實在是在想看看狼溝的念頭壓過了旁的欲望。」

於七爺一家三代生活在狼溝，與林家三代有交往，感激地租種林家的土地，與狼溝的土地、與土地上生產的糧食、與林家人有著特殊的情感連帶關係，因為收割的高粱遭雨全部糜爛，心生絕望。於七奶奶，明知鬍匪來襲，卻仍然留在浸透著創業血汗的生身之地迎接死亡。

當然狼溝不是田園牧歌式樂園，這裡有著各種各樣的苦難和壓抑人的觀念，貧窮是下坎的日常狀態，還有對女性的歧視、對主人的無限忠誠、對狐仙的絕對崇拜等頑固觀念，狼溝人與狼溝土地相依相存，過著一種可以稱之為嵌

〔註56〕狼溝的林家窩棚，在空間上分為上坎和下坎，地主林家住在上坎，佃戶及貧民住在下坎。

在「綠色的谷」中拔不出來的生活。當鐵路修進狼溝，切開的不僅僅是狼溝的土地，還有這些嵌在土地上的人們的生活。他們對新的生活樣式毫無準備，不知所措。在狼溝生活三代的黃大辮子，當知道鐵路線路已確定，狼溝的一部分土地賣給了大陸商行時，他本能的反應是：「我們不種地幹什麼呀？……，我們一向是靠東家活著，靠土地活著，我們沒有地能活嗎？」

三、風景政治學

透過前文介紹的《綠色的谷》版本，我們可以得出以下兩個事實：第一，1942～1943 年有四個版本之多，說明該小說深受偽滿洲國時期出版界的關注。第二，小說的日文版僅僅比中文版晚兩個月刊出，幾乎同步，日語讀者或者是日本人非常期待這部小說。

正如前文分析，狼溝不是單純的自然景觀，而是與某種政治領土、政治想像連帶在一起的，這種連帶如一張紙的兩面不可分，但不同目光投射到此，會結出不同的政治後果。

討論《綠色的谷》的出版，我們不得不注意到偽滿洲國文藝政策事件，即1941 年 3 月 23 日，偽滿洲國國務院總務廳「弘報處」發布的《藝文指導要綱》，確定了偽滿洲國文藝的基本方針為——八紘一宇、獨立文藝，「我國文藝以建國精神為基調，並藉此顯現八紘一宇的巨大的精神之美」。「以移植於這一國土的日本藝文為經，以現住各民族固有的藝文為緯，汲取世界藝文的精華，織成渾然獨特的藝文。」〔註 57〕當時偽滿洲國時期出版界之所以歡迎這部小說，多種版本刊行，與小說中濃鬱的地方色彩、地方風俗、地方風景不無關係，至少看到《綠色的谷》和偽滿洲國基本文藝方針的關聯性，看到其可資利用的資源——獨特風景——「獨立國家」。其實就在《綠色的谷》出版單行本之際的 1943 年，偽滿洲國文壇開始提倡「滿洲獨立鄉土文學」，號召文學去描寫「壯美的大自然」「樸素的風俗」「高揚這鄉土之愛」。希望通過「獨立色彩」的文學作品育成「獨立國家」。而「壯美的大自然」「樸素的風俗」「高揚這鄉土之愛」也是小說《綠色的谷》內容的一部分。

當時為什麼要如此積極及時地出版日語版《綠色的谷》，可以有多種多樣的解釋，這裡提及一點：「滿洲農業移民百萬戶計劃」，1941 年完成了「滿洲開拓」政策的第一期計劃，1942 年進入計劃完成的第二期。當時由於多種原

〔註57〕參見附錄一《藝文指導綱要》。

因，這個計劃受到阻擾難以為繼。開拓民的悲慘生活也不時地傳入日本本土，一些以「滿洲農業」開拓生活為題材的作品〔註58〕，描寫了天寒地凍的惡劣的生存環境。重塑大陸形象，成為部分日本知識分子和偽滿洲國官員的議題，「滿洲文話會」在 1941 年編輯了隨筆集《大陸的相貌》。多重身份的翻譯家大內隆雄及時地翻譯出版了《綠色的谷》，在某種意義上與《大陸的相貌》相應和，美子和林彪以審美者的眼光看到的美麗風景，「壯美的大自然」「樸素的風俗」為重塑「滿洲形象」助力，甚至會打動那些欲動未動的要前往大陸的日本農民。

　　當然，上述殖民者的意圖未必是作者本人的意願。恰恰相反，時隔 40 多年後，作者本人表達了與之完全相反的觀念，這是一部寫於 1942 年日本統治最黑暗時期的抗日民族主義小說，「那是寒凝長夜寂無聲的 1942 年，我下決心要寫一部以家鄉狼溝農民武裝為題材的長篇小說。」〔註59〕山丁本人計劃寫成如蕭軍《八月的鄉村》那樣的抗日文學作品，但是因為自己身居偽滿洲國沒有祖國那樣的出版環境，而且大內隆雄沒有與他聯繫就開始翻譯並在《哈爾濱日日新聞》上連載刊出日語版，這些都對他的創作意圖產生了影響。同時山丁還回憶了該書被審查的過程，遭到扯頁處理的出版命運，自己也被迫因此於 1943 年逃亡北京。1980 年代的中國文學研究者，在兩個方向上解讀該作品，一是抗日愛國主義作品，如李樹權撰文《多彩的鄉土畫卷與愛國者的吶喊——論梁山丁的小說創作》；一是階級矛盾階級抗爭作品，如王建中撰文《階級抗爭圖鄉土風俗畫——評長篇小說〈綠色的谷〉》。可以說，這些解讀坐落於 1980 年代中國現當代文學研究範式轉型期，非常有意義，這些研究重新審視中國現代化進程中的文學，打撈出塵封已久的《綠色的谷》，讓這部作品與解放區的革命文學遙相呼應。

　　今天我們重新考察《綠色的谷》，既要看到偽滿洲國當局對該作品的政治盜用以及如何盜用，同時也為 1980 年以來把作品緊緊繫在民族和階級的觀念鬆綁。重回作品原點，回到 1942～1943 年的出版語境，探尋作品內部蘊含著的多種可能。由《綠色的谷》還可以反省近代文明中「發明風景」的

〔註58〕 例如：上野市三郎的農村作品集《縣城の空》，「大陸開拓文藝懇話會」編《大陸開拓小說集》，「農民文學懇話會」編《農民文學十人集》，「滿洲移住協會」編《潮流　大陸歸農小說集》，此外還有一些朝鮮人用日語寫成的大陸開拓小說，這些作品多數為大陸開拓唱讚歌，但會不經意間就流露出開拓生活之艱苦。

〔註59〕 山丁，萬年松上葉又青——《綠色的谷》瑣記〔M〕//綠色的谷，瀋陽：春風文藝出版社，1987：226。

問題，〔註60〕「風景」這種近代認知裝置，產生種種意識形態觀念，例如使風景成為自然與政治之間的遊戲，風景被部署在塑造國家、帝國事業、美好生活等等觀念中，被帝國主義、國家主義、審美主義、民族主義所徵用。在殖民地語境中，風景的這種認知裝置展示得尤為明顯。

第三節　爵青——人間惡的花朵

　　1998 年，中國現代文學館選編的「中國現代文學百家叢書」輯錄了《爵青代表作》（葉彤選編）一卷，這是此套叢書中惟一一卷偽滿洲國作家作品集。《爵青代表作》出版後，在爵青的家鄉——東北文化界引起了不小的反響。東北文學研究者上官纓說：「這本書在爵青的家鄉不會出版，即便出也不是現在這種樣子——沒有前言和後記，『小傳』中也沒有表明他在偽滿時期的政治傾向。」〔註61〕爵青是偽滿洲國受到多方關注的重要作家，他的政治身份至今晦暗不明，他的作品詭異迷離，他的言論光怪陸離，圍繞爵青有許多弔詭之謎。本節試圖通過對爵青的政治身份、作品及言論的考察和分析，給那層層迷霧投一束微光，藉此體察在偽滿洲國那個異態時空下一個中國知識分子的生存狀態。

　　爵青（1917～1962），本名劉佩，曾用筆名爵青、劉爵青、劉寧、可欽、遼丁等，吉林長春人。在偽滿洲國出版的作品集有：短篇小說集《群像》《歸鄉》，中短篇小說集《歐陽家的人們》，長篇小說《黃金的窄門》《青服的民族》和《麥》。其中《歐陽家的人們》獲第七次「盛京文藝賞」，《麥》獲第二回「『文話會』作品賞」，《黃金的窄門》獲第一次「大東亞文學賞」。

一、政治身份之謎

　　爵青，一位深受歐洲「象徵」和「唯美」風格影響的作家，被同時代批評家百靈稱為「鬼才」。在他同時代的作家中，他的身份還是個謎，不同的人對

〔註60〕〔日〕柄谷行人，風景之發現〔M〕//柄谷行人，日本現代文學的起源，趙京華譯，北京：中央編譯出版社，2017。

〔註61〕爵青的女兒劉維聰曾請求上官纓為其父編一本作品集。上官纓拒絕了編書的請求，原因是爵青的政治身份。上官纓認為為爵青出作品集未嘗不可，但爵青的那些已被確定的身份要在書中說明：「我對爵青的感情也很複雜，不願承認他是漢奸，但是不能因為他的作品藝術水平高就否認他漢奸身份的事實。」2003 年 5 月，筆者在長春採訪上官纓先生。

他有不同的記憶和評價。筆者在他的家鄉長春,曾多方尋找他的檔案材料,沒有結果。現只能把時人對他記憶輯錄如下:

爵青在陳隄的記憶中,抑鬱寡言,喜歡穿黑色的衣服。他和寡母生活在一起,非常孝順,生活並不富裕。「劉爵青經常說,大志必須孤獨。」他們經常在一起談文學,有時陳隄就睡在爵青家。陳隄說:「爵青日本話比中國話講得好,說中國話時結結巴巴,說日本話非常流暢。他可以用日文寫作。」陳隄在1941年12月31日因「12‧30事件」被捕入獄〔註62〕,直到東北光復後才恢復自由。他對爵青的記憶,是1942年之前的劉爵青。

同屬於「藝文志」同人的疑遲對爵青抱有警惕,「爵青日語好,和日本人走得很近,還做過日本關東軍司令部日文翻譯,我們都怕他,就連有些日本作家也怕他。」〔註63〕同樣的意思他對上官纓也講過,「據我訪問當年同屬『藝文志』派的疑遲先生說,一次午夜酒酣之後,爵青就曾揚言:別看我們都是朋友,如果誰反滿抗日,我也不客氣。」〔註64〕此為孤證,但從爵青的為人行事來看,或有其真實性。上官纓撰文說:「爵青,無論是《歐陽家的人們》,或是《青服的民族》,還是《黃金的窄門》,都沒有『投敵叛國』的內容,可是他一直被認為是文化漢奸,甚至是特務。」〔註65〕

「作風」同人金湯(田兵)說:「劉爵青有好的地方,也有不好的地方。」他介紹說,當時他想出一本詩集《海藻》〔註66〕。「由爵青、古丁、張文華等這幫出版協會的人來審查,爵青偷偷地對我說:『你呀,別出了,不要腦袋啦!』」還有一次,1940年「文話會」開大會,「當時我在奉天辦《作風》,關

〔註62〕 12‧30事件,太平洋戰爭爆發後,日本為了穩定東北後方,在1941年12月30日,進行了全東北範圍內的「大檢舉」,凡是他們認為不穩定的分子全都拘捕起來,這件事後來被命名為「12‧30事件」。

〔註63〕 2003年8月22日,在長春疑遲先生的家中,疑遲先生對筆者所言,存錄音資料。

〔註64〕 上官纓,論書豈可不看人〔M〕//上官纓,上官纓書話,長春:吉林人民出版社,2001:72。

〔註65〕 上官纓,論書豈可不看人〔M〕//上官纓,上官纓書話,長春:吉林人民出版社,2001:72。

〔註66〕 事情已經過去60多年了,關於詩集的名字,田兵本人也忘記了。後來,詩集被張文華拿去。光復後,部分刊登在國民書店出版的《東北文學》(張文華、李正中、田琳等人編輯)雜誌上。

以上言論,是2003年8月15日,筆者訪問金湯時,他對筆者所言。存錄音資料。

沫南在北滿編《大北風》，他們把我和他都叫到新京，讓我們列席參加大會。可是我們兩都不是『文話會』的會員，就沒有戴『文話會』的徽章。一進會場的大門，被劉爵青看到，他生氣地說：『你們趕緊把徽章帶上！』我們說我們不是『文話會』會員，他說不是現在也是了，不參加也得參加，必須帶上，否則會有麻煩。」這些提醒對於當時的田兵來說，非常重要，甚至可以說因此就避免了一場災難。

田兵的記憶，在關沫南的作品集《春花秋月集》中也有類似表述。關於爵青，關沫南撰文還說：「爵青和作家寒爵（牢罕），30 年代和我同我的戰友打了很長時間筆仗，成了幾乎結下仇恨的論敵。接著爵青竟來訪問我，表示不打不成交，以後要做朋友。他任長春滿日文化協會囑託後，不斷給我寫信稱我為大弟，打聽我各個時期的寫作情況與活動。把我的小說《某城某夜》登在單行集《小說家》裏；把《地堡裏之夜》登在《小說人》雜誌上。日本作家大內隆雄翻譯我的小說《兩船家》，藤田菱花翻譯我的小說《某城某夜》，先後在東北最大的日文報紙《滿洲日日新聞》上連載，此事我不知道和爵青是否有什麼關係？後來這些和別的作品都成了我的『罪證』。」〔註67〕1941 年年底因「哈爾濱左翼文學事件」被捕入獄的關沫南，一直沒有搞清事情的真相。

把爵青歸入「落水作家」之列的臺灣學者劉心皇，在講到爵青時，首先說爵青曾參加「大東亞文學者大會」。之後的描述卻是：「爵青，是一個天才型的人物，他自幼喪父，稍長便伴隨著老母，並負擔起家庭的生計。他待母至孝，甚至於為尊母命結婚，和一位熱戀六年的女朋友，揮淚分手，娶了一個純樸而醜陋的村婦為妻，婚後感情極佳。他十六歲便在外謀生，而且自修堪勤，平時沉默寡言，習於靜思。藏書甚多，日夜苦讀。而且還無師自通的畫得一手好油畫，毛筆字寫得也不壞。後來他雖然在文藝圈子很活躍，但從未寫過對偽滿歌功頌德的作品。」〔註68〕接下來是簡單地介紹爵青的作品風格，沒有提到任何其他和「落水」相關的事情。看來劉心皇把爵青歸入「落水作家」的重要理由就是：他參加過「大東亞文學者大會」。

和爵青相識相交的人無法揣摩抑鬱寡言的他當時的心路，充滿懷疑又不敢確信他的真實身份。1962 年就去世的爵青給我們留下了許多謎。

〔註67〕關沫南，秘捕死屋〔M〕//關沫南著，春花秋月集，瀋陽：遼寧民族出版社，1998：51。
〔註68〕劉心皇，抗戰時期淪陷區文學史〔M〕，臺北：成文出版社，1980：346。

　　經多方考索，現在筆者可以確知爵青在偽滿洲國期間的和日偽有關係的所為有：「日滿文化協會」職員；「文話會」新京支部文藝幹事；「滿洲文藝家協會」本部委員；改組後的「滿洲文藝家協會」企劃部委員，地位僅次於部長宮川靖；參加第一次和第三次「大東亞文學者大會」，並發表了迎和會議精神的言論，回到偽滿洲國後，在報刊雜誌上再次發表擁護「聖戰」的言論；以文藝家的身份出席了「無議會的議會政治」的「協和會」的全國聯合協議會。

　　但即便如此，「首都」文化警察也沒有放過對爵青的偵察。筆者在「偽滿洲國特高警察秘密報告書」中，發現他們這樣分析爵青的作品：

　　每月評論

　　爵青

　　《青年文化》康德十年十月號載

　　原文：（第 81 頁）

　　假如不是對國境深有自覺，文學創作和文學鑑賞就大有成為危險遊戲的可能。

　　分析：

　　這裡所說的「國境」，指的就是民族。這句話的意思是：文學家假如不常想到自己的民族，歸終，他所創作的文學作品將成為危險的遊戲。

　　原文：

　　我並不是說日滿華之間的聚會或交友有消滅國境之虞，而是說，對於文學國際交流的問題，必須從實質上、根本上加以慎重的考慮，而後大力開展。我們需要吸取豐富的日本文學，同時也需要學習中國文學。然而，假如對於國境沒有自覺，那麼，說不定一切都無任何功效，將歸於徒勞。

　　因此，吾等不能不深省：「即使文學沒有國境，人也是有國境的。」

　　分析：

　　日滿華之間的文學聚會或交友，決不是旨在消滅民族界限。其必要在於相互借鑒，而不是消滅各民族的文化防線。這就是向滿系文化人強調，在國際性的文學工作中，不要喪失民族意識。〔註69〕

────────────

〔註69〕見《首都特秘發三六五〇號》「康德十年十一月廿九日」（1943 年 11 月 29 日）。

　　這裡對爵青作品的分析，「偵察」味十足，甚至有些牽強。這樣的分析報告雖然沒有給爵青造成什麼危險後果，但至少可以說明，他也是敵偽偵察的人物之一。

　　爵青的身份最終可以用事實來釐清，但身份背後是一顆什麼樣的心靈呢？那些能把心靈編織其中的作品又是什麼狀態呢？

二、文學創作之謎

　　爵青的作品以小說為主，其文體很有先鋒的味道：詭異、晦澀、風流、華麗，又充滿哲思。

　　偽滿洲國文學剛剛進入中國學人研究視野時，受制於當時的研究環境，因為爵青那種模糊不清的身份，他的作品和研究被排斥在外。當時最重要的搜集和研究東北文學的兩大雜誌，遼寧省社會科學院文學研究所和黑龍江省社會科學院文學所輪值編輯的不定期內部刊物《東北現代文學史料》（後由遼寧省社會科學院文學所更名為《東北現代文學研究》，1980～1989）和哈爾濱業餘文學院編輯的《東北文學研究叢刊》（1984～1988），沒有收入爵青的作品，也沒有研究爵青的文章。1989 年山丁編輯的《東北淪陷時期作品選·燭心集》同樣沒有收入爵青的作品。直到 1996 年張毓茂主編的《東北現代文學大系》（14 卷）才收入了爵青的短篇小說《歸鄉》《哈爾濱》和長篇小說《麥》，1998 年中國現代文學館選編「中國現代文學百家叢書」收入了《爵青代表作》〔註70〕，後來，錢理群主編的《中國淪陷區文學大系》（14 卷）收入了爵青的小說《廢墟之書》《惡魔》《喜悅》《遺書》，孔範今主編的「中國現代文學補遺書系」收入了爵青的中篇小說《歐陽家的人們》。2017 年劉曉麗主編的「偽滿時期文學資料整理與研究叢書」輯錄《爵青作品集》一卷。

　　爵青的小說以都市題材為主，追求問題意識和思辨色彩，由觀念或問題意識來營造小說，小說中具有強烈的自我意識。他思考什麼問題時，就用小說來表現這種問題。打動他或者說觸動他創作的動因有時不是題材，而是觀念和問題。「我在《戀獄》裏，寫了幸福的無計劃性，在《藝人楊崑》裏，寫了生命和藝術的絕對性，在《遺書》裏，寫了生命力的潰退，在《風土》裏，寫了生命源淵的追求，在《對話》裏，寫了生命的讚歌，在《幻影》裏，寫了生命和

〔註70〕這本《爵青代表作》，是「中國現代文學百家叢書」中惟一一本偽滿洲國時期的作家作品集。雖然還有《梅娘代表作》《袁犀代表作》，但他們是以華北地區作家的身份被輯錄的，所收作品也以華北時期的作品為主。

虛妄無力的對決格鬥，在《魏某的淨罪》裏，寫了生命的通融自如。總之，這半年間可以說我吟味生命的一個時期。」〔註71〕爵青會為觀念或問題尋找題材，而對於題材的選擇，他同偽滿洲國的很多作家一樣儘量避免當下性，即便和偽滿洲國有所聯繫，也僅僅是時間和地點的聯繫，作品的人物和發生的事件，常常是超現實，突破時空限制的，甚至有些荒誕。時人對爵青的創作也有如此評價，「一種超現實的神秘怪誕的夢幻，極力逃避眼前的現實，他並不會表現階級社會的嘴臉，自己孤立著不受人的活動所影響，所以作者的作品沒有一篇能表現出社會中人生的高度」〔註72〕並且認為他的這種創作姿態一直沒有改變過，「由他初期發表在《冷霧》的作品起始，一直到最近刊載《新青年》上的幾篇為止，我們會看出作者完全是在做著直線的發展，並沒有一點轉變的企圖。」〔註73〕

　　爵青的作品還具有明確的文體意識，他的思考不僅僅在問題觀念上，對於文學創作本身也有獨到的思考，他推崇文體創新，進行各種文體實驗，在他的作品中可以看到意識流、新感覺、荒誕、黑色幽默等小說，無情節、無環境的小說。爵青信奉英國現代小說家弗斯特的小說觀念：「小說是某一種巨大的散文。在其他的藝術裏，也許需要綱領和秩序，而在小說裏卻不必要。」〔註74〕他認為「小說自身不斷地解放著自身的既定規限。」「英國現代小說中最出名的 G・喬思作的《幽里西思》〔註75〕，和法國現代小說最出名的普魯斯特作的《追求著失掉的時光》等，可以說就完全推翻了我們對小說的觀念。」〔註76〕爵青的小說文體很具先鋒性，執拗的探索、實驗和過剩的自我意識相互糾纏，構成了他小說的主要特徵。而且文字奇異、神秘、朦朧、歐化。「直譯式的文脈，令性急的讀者發燥，但是輸入這新文脈的功勞，卻不能不屬於他。」〔註77〕爵青的小說時常會給時人造成閱讀障礙，他自知這種障礙，也對此不屑一顧。「小說家應該以思想和直觀來構成或表現，內容是小說家再構成的現實，是思索的

〔註71〕爵青，《黃金的窄門》前後〔J〕，青年文化，第 1 卷第 3 期，1943（10）。

〔註72〕光，論劉爵青的創作〔M〕//陳因，滿洲作家論集，大連：實業印書館，1943：339。

〔註73〕光，論劉爵青的創作〔M〕//陳因，滿洲作家論集，大連：實業印書館，1943：339。

〔註74〕轉引自爵青，小說〔J〕，青年文化，第 2 卷第 1 期，1944（1）。

〔註75〕G・喬思作的《幽里西思》，今譯喬伊思《尤利西斯》。

〔註76〕爵青，小說〔J〕，青年文化，第 2 卷第 1 期，1944（1）。

〔註77〕藝文志同人群像及像贊〔J〕，藝文志，第 3 輯，1940（6）。

產物,此現實更組織化,而且小說又能高度的透視人世。這種小說當然不被容於當世,因為當世常是愚蒙的是盲目的,所以小說不該阿諛當世的愚蒙和盲目,只求被少數人理解這種小說就可以了。假若是真價值的小說,在下一代一定會被人愛贊。」〔註78〕

偽滿洲國末期的《青年文化》雜誌中刊有爵青的兩篇小說《藝人楊崑》和《噴水》,既能體現爵青的才華,又透露出爵青的思考困境。

爵青在《〈黃金的窄門〉前後》中說:「在《藝人楊崑》裏,寫了生命和藝術的絕對性。」〔註79〕為了這樣一個觀念,爵青搭建了一個故事。小說設計一個敘事人我——一個渴望放浪生活的中學生,長大後成為一位「文士」。一切故事都在「我」的經驗和思考中發生,「我用愛情和敬愛寫下這江湖藝人的遭遇」。我結交了街頭「浮浪兒」,並成為他們的頭兒楊崑的「軍師」。楊崑因為在給店鋪畫廣告畫時,自作主張地「在餘白的地方繪一隻枇杷」,被師父打罵,他「堂堂地抽過師父的耳光」,後被「摔到大馬路上去」,因此成了浮浪兒。後來楊崑學習滑稽表演,因為他長相似猿,就專心致志的學習模仿猿的行徑,「他用『誠』和『沒我』,創造著天命令他著手來作的大藝術,在這裡他所採取的藝術精神,是怎樣拋棄人性,由人性下降到猿性去。」〔註80〕不久他成了遠近聞名的滑稽明星,使天下人士笑倒在他的演技裏。由「人」到「獸」,楊崑到達了藝術的絕境。之後,楊崑愛上了一個賣笑女,愛得同樣至誠和無我。得到賣笑女的青睞後,楊崑無原因地胖了起來,他想盡各種辦法想瘦回去,甚至自殘、手術,但都沒能阻止這沒有來由的胖,於是他再也不能回到舞臺上扮演猿了。楊崑開始苦練「仙人摘豆」的魔術,最後也達到了出神入化的境地。「我」用法朗士的小說《聖母的江湖藝人》來形容楊崑的藝術已到達了「神」的境界。這時不幸發生了,一場痢疾危及了楊崑的性命,他最後窮困地死在小客棧裏。楊崑,這個在「獸」「神」之間的受難者「人」,以「至誠」和「無我」達到了藝術和生命的絕對狀態。小說有兩條線索,一是楊崑的生命和藝術的流程,一是作為學生和文士的「我」對藝術和生命絕境的思考。智慧和智慧的修辭一起湧現,讓讀者應接不暇,也令讀者困惑不解。是在讀故事呢,還是在讀哲學?

〔註78〕爵青,小說〔J〕,青年文化,第 2 卷第 1 期,1944(1)。
〔註79〕爵青,《黃金的窄門》前後〔J〕,青年文化,第 1 卷第 3 期,1943(10)。
〔註80〕爵青,藝人楊崑〔J〕,青年文化,第 1 卷第 1 期,1943(8)。

　　「《藝人楊崑》的中樞部分，顯然『表現』的密度較希，而有只止於說明之感。尤其是米克蘭羅傑之類的比喻，二十世紀與天才之類的議論太多，反倒證明著只用觀念和知識理解著楊崑，距魂的接觸和體驗猶遠，而大大地減殺了作品的重量和深度。因之，我們所見到的意識過剩的文士的影子，反倒比擁有『生命和藝術的絕對性』的楊崑的影子更明顯，更凸出了。」〔註81〕時人這種評價比較中肯，但文中指出的小說藝術的缺陷，正是爵青要追求的目標吧，因此把這看作爵青小說的特點，更合適一些。

　　小說《噴水》還有一個副標題：一個平凡人的生辰。這是篇「行動」意識流小說，寫一個男子26歲生日這一天的所動所思，沒有核心情節，也可以說幾乎沒有情節，噩夢—起床—占卜—早餐—上班—午餐—下班—散步—觀看噴水—回家。一個男子的腳帶著他的意識，一天裏的平凡行程和不平凡的思考，中間流過幾個沒有姓名沒有面目的人物：妻子、孩子、古董商、畫家、園丁，他們沒有參與情節也沒有參與思考，游離在男子意識之外，僅僅是男子存在的見證。從男子和畫家的對話中，可以知道，這位男子是位作家，而且畫過畫，並且「近來，大家都說你常發妙論」。還可能是個有些名氣的作家。他一天中的意識流過些什麼呢？

　　「一匹形狀獰惡的巨獸，邁著可笑的步伐，蹣跚在他面前；還有一團輻射得光怪陸離的火焰，搖曳在遠遠的地平線上。」〔註82〕這是他的夢境，幾年來，他差不多每夜都要做一場噩夢。是什麼樣的焦慮，讓一個26歲的青年男子噩夢連連？獰惡的巨獸和光怪陸離的火焰有所象徵嗎？

　　醒來，目光落在窗上的霜花上，他認為那裏像一片大洋，「為航過人生的大洋，羅針雖可置信」。「而決定船隻之前途的，卻往往是那船隻自身的命運。所以，真正和船隻同生死的最高的水手，總是用全意志征服自己的命運。並不計較此刻拍在舷板上的浪腳。在船隻本身論來，這全意志較之羅針，實居於優位。」

　　把男子這兩段意識連在一起，我們可以得到一個完整的故事。生存之境險惡，他想揚帆遠行，不靠什麼理論學說，而靠自己的意志前行。這篇小說，作者爵青把自己的意志投射到青年男子身上，青年男子26歲，1943年的爵青也

〔註81〕未已，讀感抄〔J〕，青年文化，第2卷第3期，1944（3）。
〔註82〕爵青，噴水〔J〕，青年文化，第2卷第2期，1944（2），下面引文均源於此，不再一一標明。

是 26 歲，小說中的男子是職業作家、文士，有繪畫天才，這同爵青自己的身份和愛好相同。1943 年左右，爵青的很多朋友到華北去了，很多相識的人被捕入獄，甚至失蹤。這一切對於敏感的爵青不能沒有影響。他深知生存之境的險惡，才會告誡田兵不要出詩集，戴上『文話會』的徽章。藝文志同人辛嘉、杜白羽離開險境到華北去了，好友陳隄被捕入獄。在這樣的環境裏生存，爵青清楚自己有可能就會成為他們中一個。如此的生存之境，令他焦慮，噩夢連連。直接能想到的一個辦法，就是離開。看見霜花，就想到了自己從來沒有見過的異地大洋，想像在大洋裏生存的艱難。

　　妻告訴他今天是他的生日，他想起了每到生日這天，他有占卜的習慣。他一邊占卜，一邊回想以前幾次的占卜不靈驗。「這種占卜，毫無根據。」他這樣告誡自己，卻為 26 歲生日這天占卜的結果是懷疑主義而認為不太吉利。

　　因為他的生日，妻多做了幾個小菜。男子吃著可口的菜，意識中卻流動著：「夫妻云云，只是人生許多美麗的枷鎖之一，由這枷鎖生出來的恩愛，一半是無可奈何的妥協，一半是含滿淚水的義務。」看著妻，「忽而覺得這美麗的枷鎖是堅固得牢不可破，其中的妥協和義務已經到了極點，在他們之間，幾乎完全沒有世人所羨望的愛情了。」由此在上班的路上，男子想到自己的惡與善，無恥與莊嚴。想起自己曾沉湎於人間惡，但現在他要用勇氣直視這人間惡，「他拼命想由這人間惡裏發現一條拔身自救的大道來。」「他在人間的一切善行和罪惡裏，殊死地保持著豐富的感受力。他曾以同樣的步伐出入於淫亂敗德的深淵和崇高莊嚴的廟廊之間，以同樣的心情傾聽毒罵和讚頌。」他認為他們一代人對待人間惡，只有一種情感，就是憎惡，有些人還以為憎惡就是這一代的至高的美德。男子對此有不同的看法。「憎惡留給自己的荒涼感，留給別人的滅亡感，畢竟是用美德二字掩飾不過來的。」「他覺得黑暗無光的憎惡，永遠被謙讓和寬恕拒絕的憎惡，只會造成一場幻景；而且那幻景也無非只是嬌慢淫蕩的人世的廢墟而已。可是站在這廢墟前面，能得到什麼呢？那決不是大歡喜，而只是和大歡喜完全對立的悲哀而已。」「他要擁抱真正的人間惡。由人間惡的泥沼裏，攀上彼岸的峻嶺。」

　　這裡我們當然不能把「人間惡」直接對換成「滿洲國」，但也不能否認他們之間的聯繫，至少我們可以確知這「人間惡」和上文中的噩夢、生存之境有關。男子一邊沉浸在占卜中，一邊清醒地告誡自己占卜的虛妄；一邊享受著妻

子做的美味，一邊認為婚姻是枷鎖；一邊沉湎於「人間惡」，一邊想在其中找到自救的大道。不僅如此，還給自己沉湎於「人間惡」，找到各種各樣的貌似合理的理由。他鄙視「憎惡」的情感，認為其到頭來只是幻景和廢墟。認為只有擁抱「人間惡」，才能達到彼岸的峻嶺。爵青清楚「滿洲國」是日本殖民地，生存其間，又為其效力，還要給自己找個理由。他借小說裏男子的意識，來表達自己的隱蔽想法。但這言說荒唐、無力，這時的「人間惡」不是一般的「人間惡」，是異族入侵、亡國滅種的「人間惡」，此時「憎惡」不是美德，還什麼是美德？生存在「人間惡」之中，沒有罪過，但要擁抱「人間惡」，是有罪吧。爵青不想離開偽滿洲國，可以有諸多理由，但若是想在效力於偽滿洲國的同時，尋找自救的大道，那才真的是幻景和虛妄。

　　爵青可能自己也意識到這種言說的無力，接下來，他讓男子在路上產生了幻覺。「『說謊的鬼！』這幻聽非常執拗，竟在他的耳邊響起來了。」生活峻烈得連說謊都沒有效果了，男子幻覺自己在舞臺上，幕總也不落下來，「作排和臺詞已經表演完畢，他只能有笑，哭，翻筋斗或作鬼臉了。然而，他在這笑，哭，翻筋斗，作鬼臉之間，卻發現了一個絕大真實，就是：他在這醜態的表露裏，出乎意料之外，發覺到自己是在如實地表現著自己的全幅生命了。」沉湎於「人間惡」剩下的就是醜態表演，沒有什麼自救大道，這裡爵青的認識是清醒的。

　　爵青的小說把自己的意識糾纏在其中，通過小說反覆玩味自己的困惑。超強的自我意識左右作品的一切，很多作品是他自己和自己的對話，甚至是寫給自己的。清醒的爵青認為小說並不如偽政府和人們想像的那麼重要。「像今日這樣苛烈緊迫的人類生活，小說能為人類生活添加什麼，是很可疑的。我時常想：在小說家手下的兩三萬字的原稿裏，就想得到最大人生的教訓和陶醉，由生活的現實性論來，既不可能，而且果真作來也是非常危險的。」他不信奉所謂的「文學報國」，他的文學作品中也不存在這種意識。可是，爵青的「言論」卻與之大不一樣。

三、言論的背後

　　爵青「言論」的表述方式和小說完全不同，那個憂鬱、詭異、晦澀、充滿哲思的爵青不見了，代之的是昂揚、明晰、諂媚的爵青。

　　筆者所見爵青的言論有：

決戰與藝文活動	爵青	《青年文化》第 2 卷第 3 期 1944 年 3 月
第三屆大東亞文學者大會所感	爵青	《青年文化》第 3 卷第 1 期 1945 年 1 月
滿洲文藝的東洋性格的追求	爵青	《藝文志》第 1 卷第 6 期 1944 年 4 月
座談會：「怎樣寫滿洲」	爵青、吳郎、田瑯	《藝文志》第 1 卷第 3 期 1944 年 1 月
談小說	爵青、田瑯	《藝文志》第 1 卷第 11 期 1944 年 9 月
出席大東亞文學者大會所感	爵青、吳瑛	《麒麟》第 3 卷 2 月號 1943 年 2 月
座談會：藝文家十年苦鬥快談	爵青、山丁、董鳳、鄧固、保會、其芬	《新滿洲》第 4 卷第 3 號 1942 年 3 月
大東亞文學建設五人掌談	山田清三郎、古丁、爵青、小松、吳瑛	《新滿洲》第 5 卷第 1 期 1943 年 1 月
決戰第三年與滿洲文學	爵青	《盛京時報》1943 年 1 月 9 日

輯錄幾段如下：

> 滿洲文學尚在發展期，其根本精神，早為先年頒布的《藝文指導要綱》道破，深願本著建國精神，在歷史上和精神上，完成北邊護鎮的使命，作為八紘一宇大精神的美的顯現，發揚光大了亞細亞的東洋的性格。
>
> ——爵青《出席大東亞文學者大會所感》[註83]

> 蓋我等當擊退英美乃於去年十二月八日決然而起。實則言之，我等已於十年之前揭開其戰幕，即可稱之為大東亞共榮圈建設之序幕之我滿洲國建國也。……換言之，各國民族雖有自負乃至矜持，然日本精神即八紘一宇之宏大精神必將君臨整個亞洲。
>
> ——爵青在第一次大東亞文學者大會的部分發言[註84]

[註83] 爵青，出席大東亞文學者大會所感［J］，麒麟，第 3 卷 2 月號，1943（2）。
[註84] 爵青在第一次大東亞文學者大會的部分發言。轉引自〔日〕岡田英樹，偽滿洲國文學［M］，靳叢林譯，長春：吉林大學出版社，2001：198。

尤其隨諸戰局的苛烈化，思想戰的分野一定擴大深化，在這一點上，滿洲藝文在今後的任務勢必愈見增大，而對藝文家要求更旺盛的決戰意識和更積極的行動。所以要用更鞏固更熾烈的意志，迎面處理各種難關，誓死以致藝文報國之誠。

——爵青《決戰與藝文活動》〔註85〕

我們的文學作品，每字都要是增強戰力的力量，每行都要是滅敵興亞的誓詞，在文學作品裏深藏著我們的「志」——一國心和大東亞魂，這才是滿洲文學的美和永遠。

——爵青、田瑯《談小說》〔註86〕

我們相信大東亞戰爭必勝，大東亞共榮圈必成，滿洲文學的開花結實，完全在這必勝必成的大決意與大事實上，出席過這第三回大東亞文學者大會，更是鞏固了這信念，身為一個文學者，自慶真是生在最幸福最偉大的時代。

——爵青《第三屆大東亞文學者大會所感》〔註87〕

以上這些毫無個性、肉麻的追隨偽滿洲國當局及其政策的言論，搬弄萬能藥似地來回使用「建國精神」「八紘一宇」「藝文報國」「大東亞聖戰」等詞語，對於當時的偽滿洲國宣傳機構而言可以「堪稱模範」。但那個寫生命和藝術絕境的爵青哪裏去了？那個敏感的噩夢連連的青年哪裏去了？那個執著於問題觀念文體創新的作家哪裏去了？人真的能搖身一變，彷彿魔術一般，由莊嚴的創作者，轉瞬或同時幻出無恥的諂媚者？言論背後的爵青到底是什麼樣的面目呢？

爵青是會變「魔術」的，當時的古丁曾這樣描繪過他，「有跟爵青見過面的，可曾發現他的某一種表情？眼睛一揚，眼珠一翻，就撅起嘴來。——這就是他的『茫然』和『漠然』的表情。千萬不要以為他的『茫然』和『漠然』是愣著眼睛，張著人嘴。他的所謂的『茫然』和『漠然』是一種魔術。尚不揭穿這戲法，是不會懂得最近的力作《麥》的。」〔註88〕古丁借《麥》中人物陳穆

〔註85〕爵青，決戰與藝文活動〔J〕，青年文化，第2卷第3期，1944（3）。
〔註86〕爵青 田瑯，談小說〔J〕，藝文志，第1卷 第11期，1944（9）。
〔註87〕爵青，第三屆大東亞文學者大會所感〔J〕，青年文化，第3卷第1期，1945（1）。
〔註88〕古丁，麥不死——讀《麥》〔M〕//陳因，滿洲作家論集，大連：實業印書館，1943：351。

來評價爵青，借爵青來說《麥》中的陳穆。這位從「空想的天國」來到人間「闖禍」的人物，他的「戲法」是什麼？他的內心想些什麼呢？

「暇中無時，當獨溫習自己底恐怖。自己當然也能自省到這是僻戾的不良趣味。」〔註89〕這是爵青自稱的自己的日課，「他的恐怖之多，實有勝於其他的一切情感，大至偉人底教書和論客底聲明，小至環境的災幸和我身的升降。」「別人盡可處之泰然的小事」，卻令他「心煩意亂不知所從」。〔註90〕

爵青的恐怖也不特別，一種是對「知識」的恐怖——「偉人底教書和論客底聲明」，可以理解為對知識的懷疑和不信任，「我聽過數十種教義，聽過數十種說法，把這些教義和說法灌輸給我的人，當時都自信滿滿，毫無疑色，可惜得很，如今卻都不見了。」〔註91〕作為知性的爵青，這令他感到「焚身不寧的焦急和孤獨。」曾經相信的一切，轉瞬即逝，或者和其反面的「教義」和「說法」成為主流而被人們相信。這種「教義」和「說法」，還可以理解為爵青生活時代各種意識形態，從清朝到中華民國，從張作霖到國民黨政權，到「滿洲國」，每個執政者在統治東北時都宣傳自己的「大道」。這些體驗帶給敏感的爵青恐怖可想而知。「我非常敏感，這敏感恰像手上附著許多漿糊一樣，每當遇見一個對象，無論是思想也罷，是人物也罷，要想感受它，當然是一拍即合，就是不想感受它而要加以反駁，也會因為手上所附的漿糊，落得兩手沾滿了那對象的殘渣和味息。……在這焦急和孤獨的情緒之先，在我的生命裏，不，精神生活裏，已經就蓄滿各種不純的混濁物，而在內部分裂不已了。」〔註92〕這樣在精神生活裏分裂得幾乎不可收拾的爵青，很顯然不會對偽滿洲國持有信心，不會相信「大東亞戰爭必勝」、「大東亞共榮圈必成」，也不會「自慶真是生在最幸福最偉大的時代」。但是他卻在各種公眾場合「眼睛一揚，眼珠一翻」昂揚地喊出相信的口號，這有很大的原因來自於他的另一種恐怖，生存的恐怖——「環境的災幸和我身的升降」。在精神世界裏掙扎、苦鬥、分裂、恐怖的爵青，生存層面的問題同樣令他恐怖。這種恐怖有兩個層次，一個是「災幸」——能不能活下去，一個是「升降」——能不能活得好。爵青的日語熟練，甚至他的日本話比中國話說得還好，他和日本人交往密切，「日滿文化協會」勤

〔註89〕爵青，獨語〔J〕，新滿洲，第 3 卷第 4 號，1941（4）。
〔註90〕爵青，獨語〔J〕，新滿洲，第 3 卷第 4 號，1941（4）。
〔註91〕爵青，《黃金的窄門》前後〔J〕，青年文化，第 1 卷第 3 期，1943（10）。
〔註92〕爵青，《黃金的窄門》前後〔J〕，青年文化，第 1 卷第 3 期，1943（10）。

務的身份以及後來許多「領導層」的身份，讓他耳濡目染偽滿洲國的險惡，所以他才會提醒朋友不要這樣不要那樣。能不能活下來，對當時的文人來說，是一個要面對的問題。而且即便是爵青和日本人合作融洽，也同樣恐怖。當時地位比他高、和日本合作的古丁，之所以離開統計處，是因為統計處新上任的「日系」事務官策動趕他走，古丁調轉到「協和會」後，連斟茶倒水的事都叫他幹。
〔註93〕這樣的冷遇和被排擠同樣也會發生在爵青身上。很多時候，「古丁君走來，兩個人大概就面面相覷地挨過一個夜晚。」〔註94〕這樣一種生活狀態，爵青自稱突然對「死」和「危機」兩語感到了很大的魅力，但最終他還是想活下去，並且想活得好，他開始信奉「生活至上主義」，在諸種矛盾狀態下，尋求精神的平安和生存的良好。「我反駁過頹廢，而自己卻頹廢，我反駁過敗德，虛無，狡詐，享樂，夢幻，懊惱，混亂……而這些情緒，在我身上無不具備。」
〔註95〕這就是爵青的「戲法」，一面是內心的莊嚴，一面是生活的妥協。為了活得好，可以把自己懷疑、反對甚至憎恨的「教義」和「說法」，在他認為應該言說或必須言說的場合，堂皇地說出來。爵青的藝文志朋友這樣給他畫像：「不反對誰，也瞧不起誰，『生活至上主義』，是他的口頭禪。寫小說，他總自稱並不是一生的事業，然而，他卻確寫了數年小說。北條民雄的癩文學能使他神往，可以說明他的一小半，紀德的《新糧》也是他的座右書。就是生活得太圓了。」〔註96〕這是1940年時藝文志同人對他的描述。那時的他就已經「生活得太圓」了。

「這時代複雜得陸離怪奇，豐富得莫可琢磨。」「我想活著，想活下去。至少在精神上活下去。」〔註97〕但對於經歷很多、看到很多、懷疑一切的爵青，那些淺薄的教義和瑣碎的說法已經毫無用處，他虛無地把那些教義和說法並置成適應各種場合的詞條。活下去的理由是把自己的精神沉浸在創作之中，在那裏他找到了生命自救的可能，精神自由的喜悅。他在作品中探索生命問題，探索表述的形式問題。有了精神活下去的理由，他又「練就」了在生存層

〔註93〕古丁在偽滿洲國統計局工作時的好友及同事內海庫一郎給岡田英樹的信中如是說。〔日〕岡田英樹，偽滿洲國文學〔M〕，靳叢林譯，長春：吉林大學出版社，2001：270。
〔註94〕爵青，《黃金的窄門》前後〔J〕，青年文化，第1卷第3期，1943（10）。
〔註95〕爵青，《黃金的窄門》前後〔J〕，青年文化，第1卷第3期，1943（10）。
〔註96〕藝文志同人群像及像贊〔J〕，藝文志，第3輯，1940（6）。
〔註97〕爵青，《黃金的窄門》前後〔J〕，青年文化，第1卷第3期，1943（10）。

面活得好的「本領」，為迎合「時局」準備好了一套「頌詞」，隨時隨地拿出來吟誦，上面那些千篇一律的「讚頌詞」，可以看作爵青眾多生存策略中的一種，他自己並不看中。

四、拷問和思索

　　我們還原爵青的生活環境，可以理解他的生存策略。而且還要追問的是，有沒有「不說」的可能？有沒有「說其他」的可能？被指定為「大東亞文學者大會」的發言者，沒有「不說」的可能。作為「大東亞文學者大會」參加者，回「國」後，要求在雜誌上表態，沒有「不說」的可能。其他場合就很難確定有沒有可能「不說」。我訪問過的李民先生曾經對我說過這樣一件事。一次有古丁、爵青、小松、辛嘉、大內隆雄、山田清三郎和他等一些人的宴會上，大家輕鬆地談論著一些文學問題和文人趣事，古丁站起來敬大家酒，說「祝康德皇帝健康」，頓時酒桌上的氣氛冷下來。李民形容他當時的心情，很厭惡古丁那種諂媚日本人的舉止，「其實當時的山田和大內未必想聽這樣的話」。〔註98〕這也許是古丁不自覺地說出的一句話，但不自覺就是說已經自然而「言」，不需經過大腦便可以流出，如果是這樣，冠以「附逆文人」也不為過。更可能是古丁看到有日本人在場，斟酌許久才說出這句話來的，那說明古丁有意對日本人諂媚，其實這種場合可以說，也可以「不說」。對於爵青而言也是如此，有些言論他是可以「不說」的。

　　在必須說的狀態下，還要追問的是：有沒有「說其他」的可能？同是在「大東亞文學者大會」上的發言，爵青說的是「各國民族雖有自負乃至矜持，然日本精神即八紘一宇之宏大精神必將君臨整個亞洲」。吳瑛說的是──宣揚「我東洋夫人之道德」、「貞節與孝行」，白俄作家拜闊夫說的是「青少年教育之重要性」。當然也許因為吳瑛是女性，拜闊夫是白俄作家，他們身份處於邊緣，可以說些離「時局」稍遠的話題。但同樣也說明了「說其他」可能性的存在。

　　爵青在《滿洲學童》上有一篇隨筆《決戰中國首都──南京的印象》，是他參加第三次「大東亞文學者大會」期間，在南京遊覽的印象記。開篇就是：「在同生共死的盟邦中華民國的首都南京」。這種明晰昂揚的筆調不似爵青的文學文字，而是他言論的出場方式。可以想像下文中的內容一定是以迎合「時

〔註98〕是 2003 年 8 月 20 日，筆者訪問李民先生時，他對筆者言。存錄音資料。

局」為主。但即便有如此思想準備，文中的媚日語句還是深深地刺痛了筆者的
眼睛，「在這裡留給我印象最深的，就是其中有一間祠堂祭祀著日本援助中國
革命的烈士的碑位，由此我們不知不覺地對日本的偉大的志士低下了頭來。」
〔註99〕這是在可以「不說」的狀態下的言說，這是可以「說其他」的情況下的
言說，這是對中國人的傷害。在爵青「漠然」、「茫然」的表情下還有著更為扭
曲的東西，諸如在苟活中主動乞求媚日以謀私利，而不單單是迫於恐怖了。

第四節　梅娘──複述的「他者」:「看」與「被看」的辯證

　　梅娘（1916～2013），原名孫嘉瑞，出生於海參崴，成長於長春。長春曾
經是沙俄中東鐵路的「附屬地」，日俄戰爭後，日俄在此劃分勢力範圍，由此
長春成為多國族雜處之地。梅娘這樣描述自己少年時代的家:左鄰是由梵蒂岡
派遣的法國神父主持的天主教堂，右鄰是俄國主導的華俄道勝銀行長春分行，
隔街相望的是英國卜內門公司和美國勝家縫紉機公司。1928 年孫家搬到屬於
日租界的頭道溝，周圍都是日本人和朝鮮人。〔註100〕從小梅娘對異民族就不
陌生，這也是她與同時代作家相比，異民族出現在作品中較多的原因吧。梅娘
高中畢業即出作品集《小姐集》（1936 年），之後兩次去日本留學旅居，其間
出版小說集《第二代》（1940）。1942 年與丈夫柳龍光（1911～1949）在北京生
活，參加各種文學活動，出版了《蟹》（1944）《魚》（1945）等作品集。

　　本節通過對作家梅娘作品中「他者」敘事的分析，闡論東亞殖民地文學中
「他者」問題的複雜性及其理論意義。

一、東亞殖民地的「他者」問題

　　由歐美學界開啟的殖民地「他者」敘事研究，可以概括為兩個方向:一是
為建構「自我」塑造「他者」，極端時可以表述為「東方學和東方沒有關係」，
而是「想像的地域及其表述」〔註101〕;二是解構這種自我中心的「他者」敘

〔註99〕爵青，決戰中國首都──南京的印象〔J〕，滿洲學童，1945（3）。
〔註100〕梅娘，懷人與紀事〔M〕，張泉，選編，北京:中央廣播電視大學出版社，2014:
　　　　29～60。
〔註101〕〔美〕愛德華‧W‧薩義德，東方學〔M〕，王宇根譯，北京:生活‧讀書‧
　　　　新知三聯書店，1999:61。

事，暴露西歐經典文化中的帝國主義因素。薩義德（Edward W. Said）的《東方學》和《文化與帝國主義》兩部著作，是此項研究的奠基之作。這樣兩種「他者」敘事研究，雖然方向不同，但都是針對西歐文化內部而言，源於同一位置的觀看。一是「帝國之眼」為自己量身定制的瞭望，一是帝國解體後對帝國時代的自我回望。歐美學者自己也不滿意這種自我搭建和自我拆解的理論遊戲，開始把關注點轉移到「他者」如何觀看——原殖民地的文化生產，提出「逆寫帝國」——「地方英語勝於英國英語」〔註 102〕；傑姆遜（Fredric Jameson）的《處於跨國資本時代的第三世界文學》建議一種「第三世界文學的認知美學理論」——「民族寓言」〔註 103〕。這些研究要訴諸原殖民地的視角，突破「他者」敘事研究中的單一視角，同時不再固守「他者」原有的理論定位——屬下、低等、邊緣、未開化者，而是把「自我」「他者化」——「自我」是「他者」的「他者」，殖民者及其帝國也是殖民地人眼中的「他者」，殖民地人如何觀看殖民者？曾經的殖民地如何根據「他者」／帝國／殖民者來建構自己的主體性？這些議題開始逐漸成為殖民地「他者」敘事研究中的課題。但遺憾的是，西歐原殖民地「土著」文化幾乎被連根拔起，所謂的「地方英語」文學以及「地方西班牙語」文學、「地方法語」文學抑或「第三世界文學」，或者是克里奧爾人（Creole）文學——出生在殖民地的殖民者後代的文學，或者是「模仿人」（The Mimic Man）文學——受過宗主國教育的土著精英模仿殖民者的文學，文化的「混雜性」是其主要特徵。於是霍米·巴巴（Homi K. Bhabha）等殖民地文學研究者更專注於模仿（mimicry）、雜糅（hybridization）及妄想（paranoia）等議題〔註 104〕，殖民地人眼中的「他者」議題始終沒有充分展開。

於是，我們把目光投向東亞殖民地的「他者」問題。東亞殖民地，是日本模仿西歐殖民模式擴張的結果，不過也有很多不同於西歐殖民地之處，這裡只說幾點。第一，西歐殖民地與宗主帝國之間文化和人種差異很大，帝國殖民工程以替代、覆蓋方式進行，原殖民地文化和語言消失殆盡，代之以宗主國文化和語言，由此才會有所謂的「地方英語」文學以及「地方西班牙

〔註 102〕〔澳〕阿希克洛夫特（Ashcoft, B.），格里菲斯（Griffiths, G.），蒂芬（Tiffin, H.），逆寫帝國〔M〕，任一鳴譯，北京：北京大學出版社，2014：208。

〔註 103〕〔美〕弗里德里克·傑姆遜，處於跨國資本主義時代的第三世界文學〔J〕，張京媛譯，當代電影，1989（12）。

〔註 104〕霍米·巴巴（Homi K. Bhabha），文化的位置（*The Location of Culture*）〔M〕，New York：Routledge，1994。

語」文學、「地方法語」文學。而日本佔領下的東亞殖民地——臺灣、朝鮮和
偽滿洲國——曾經同屬漢字文化圈、崇尚儒家文化,文化重合範圍很大,「同
文同種」如果不當作政治利用的話語,也是說出了部分事實。即便近代以來,
東亞各國有意識地各自發展本國文化,日本帝國的殖民工程也很難以替代或
覆蓋的方式進行。而且後發的帝國主義國家日本,殖民東亞的時間遠遠短於
西歐對美洲和非洲的殖民時間。在這種情況下,東亞殖民地本土文化還留有
自主的發展空間,「地方日語」文學曇花一現,殖民地母語寫作一直存在。以
偽滿洲國為例,文學最重要的形式是漢語文學,而且偽滿洲國的漢語文學與
中國新文化運動以來的中國現代文學同調進行。第二,與第一點相關,完全
陌異的文化容易被「他者化」,西歐通過其帝國殖民文化工程,把非西方世界
的文化貶損為低等、從屬、未開化,需要被啟蒙被拯救被更新被替代,無視
其殖民地本土文化獨立性。而東亞世界的文化曾經在中國主導下相融相通,
中國文化經由朝鮮半島進入日本。雖然近代以來日本以強權軍事立國,努力
構建文化自信,貶損中國文化和朝鮮文化,使其「他者化」,但是千年歷史累
積的文化秩序不是短時間可以消除的,殖民者強力的背後還有消除不去的對
中國文化的信念。比如日本帝國文化人在貶損中國文化時,卻喜歡漢詩,希
望與中國文人唱和。殖民者在無法順利建構「他者」文化時,就給殖民地本
土文化留下了保存和開拓的空間。第三,日本帝國在其殖民地採取多種多樣
的殖民策略,有納入本土計劃被稱為「外地」的臺灣和朝鮮,還有偽獨立國
形式的「滿洲國」。在偽滿洲國,殖民者一邊鎮壓本土的反抗文化,一邊鼓勵
本土文化事業,允許各族用自己民族語言生產文化產品,及所謂的「滿系文
學」「日系文學」「鮮系文學」「俄系文學」等。我們可以看到這樣一個事實,
偽滿洲國時期也是中國東北現代文學的拓展時期。第四,因為東亞殖民地原
有的千年以來的文化秩序,殖民統治下的中國人的文化自信從未消失,即便
在普通老百姓眼中,強勢的日本人還是「小日本」「小鬼子」。而且日本從未
完全佔領過中國,其殖民統治區和中國主權領域同時並存,這使日本佔領區
的中國知識分子始終對自己文化充滿信心,延續和發展本民族文化成為可
能。而且偽滿洲國號稱「五族協和」,也使得在朝鮮半島難以展開的朝鮮語文
學得以延續。以上原因,我們可以設想,在東亞殖民地文學中可以發現「逆
寫他者」——殖民地人如何觀看殖民者?曾經的殖民地如何根據「他者」/
帝國/殖民者來建構自己的主體性?

但是，當我們進入東亞殖民地文學研究時，特別是偽滿洲國時期的東北文學，發現問題遠比設想的複雜。首先，「他者」成為複數「他者」。偽滿洲國號稱「五族協和」，其實是日本人絕對統治，對其他民族採取分而治之的方式，各民族間不但不能「協和」，還會人為地製造民族間的矛盾。在偽滿洲國，對於中國人作家來說，「他者」不僅僅是日本人，還有朝鮮人、俄羅斯人等，這些民族位於不同的「他者」位置。其次，因為中國人的文化主體性從未失去，也無需借助「他者」來建構自己的主體性，中國人對待「他者」們的態度比較就事論事，不具有自我建構性意義。可見，東亞殖民地文學中「他者」敘事與西歐殖民地的「他者」敘事具有不同的功能和理論意義，東亞殖民地文學中「他者」敘事可以讓我們重新思考殖民地「他者」理論，開啟面對「他者」的新態度。

那麼，東亞殖民地文學中殖民地本土作家的「他者」敘事是怎麼呈現的？進入之前，我們不得不注意到這樣一個事實，在東亞殖民地文學中，以偽滿洲國的漢語文學為例，「他者」──「複數的他者」很少出現在他們的作品中。特別是日本人形象，常常以抽象方式一筆帶過，少被細緻刻畫，而朝鮮人和俄羅斯人也很少被描繪。原因很多，最主要的原因，在殖民地書寫殖民者是一件危險的事情，能夠避開就避開；而殖民者又人為地離間各民族之間的交往，各民族各安其所，交流很少。為此要找到合適的作家樣本，並非易事。本節以梅娘作品中的「他者」敘事為考察內容，緣於梅娘本人的東亞遊走經驗，少年時期在長春、吉林生活，青年時曾經兩次旅居日本；梅娘作品刻畫了諸多「他者」，同時她還翻譯了很多日本作家作品，通過譯作亦可觀察梅娘對殖民者「他者」敘事的回應，借助梅娘作品中的「他者」敘事，可以發現東亞殖民地「他者」敘事的複雜性及其理論意義。

二、「他們也都洗過澡嗎？」VS「她像一個大蛤蟆」

1940 年 9 月 18 日《大同報》刊出了梅娘的譯作《在滿洲所見的孩子》，原作者是日本兒童文學作家長谷健（1904～1957），他來滿洲旅行時，記錄了旅途中他眼中的「滿洲孩子」。

「滿洲底街蹓」的大連碼頭上的「滿洲孩子」，他們如「芝麻樣的蒼蠅」（日本俗語，意即扒手），衣衫襤褸、骯髒，品行不端，不知羞恥，偷拿碼頭上運轉的貨物。

曳著車子的苦力，押著車尾，握著車把一邊努力前行，一邊大
聲叫罵地攆著孩子們，這也許是因為貨物都包裝得很嚴密的緣故吧。
但孩子們卻不肯輕易離去。先是一個全裸的五歲左右地男孩死了心
似地不讓車子走過去。接著在前頭贅著的一個十歲左右的小姑娘也
自動地入了伍。

網籃裏睡著土塊一樣的嬰兒。穿著用醬油煮過似的衣裳的小姑
娘，一邊攆著芝麻似的聚集著的蒼蠅在啃著一點紅色都沒有了的西
瓜皮。〔註105〕

面對這樣的「滿洲孩子」，作者提出一個非常奇怪的問題：「他們也都洗過
澡嗎？」帝國知識人的天真與殘酷盡顯。「洗澡」對於這些孩子來說是天方夜
譚吧，他們的生活中不會有這個選項。對於他們來說，「偷拿東西販賣、貼補
家用」是最要緊的事兒。也許在作者看來，洗澡是文明的標誌，日本人因洗澡
而過上了文明的生活，這些「滿洲底街蹓」孩子們只要能洗澡，就會文明起來，
品性端正，知羞知恥。可見即便是以理解兒童見長的兒童文學作家，「滿洲孩
子」在他眼中也是陌異的不可以理解的「他者」，除了獵奇和鄙夷，就是要把
他們納入帝國殖民規劃工程。讓他們洗澡，讓他們受教育，看起來是兒童文學
作家的良善建議，但是這些建議如空中樓閣，只能存在善感的帝國知識人的自
戀裏。倒是與作者同行者——在殖民地大連一個青年學校中作事的友人F——
是個現實的殖民者，面對作者的提問，他回答到：「這是可以進澡塘子的東西
嗎？」在他眼裏，這些「滿洲孩子」不是人，而是「東西」，是可以隨時丟棄
的沒有感知的東西。

在「滿洲」旅行的長谷健，是由生活在此的日本人陪同，日常起居也在日
本人聚集地，他看到和打交道的「滿洲孩子」更多的是「殖民地的日本孩子」。
在他眼中，「說起在殖民地養育著的孩子來，簡直盡是作著叫人揪心的事」。在
由哈爾濱到佳木斯的松花江輪船上，他記錄了一個叫做「勤」的日本孩子的言
行。首先質疑了「勤」父母的教育方式，父親對孩子毫無耐心，非打即罵；而
母親完全放任孩子。勤雖然「洗澡」，但是膽大妄為，性情乖張。在餐廳裏，
上串下跳；在甲板上，「勤把整個的身子由欄杆中探出去，用一支腳去勾動警
鐘的繩子，滿人船員看見了他那樣。大聲地吆喝著他，勤卻毫不以為然地抽回

〔註105〕長谷健，滿洲文化一面觀（一）：在滿洲所見的孩子〔N〕，梅娘譯，大同報，
　　　　1940-9-18，下文引文均源於此，不再一一標出。

腳來。」作者與勤的對話是這樣的：「您從哪兒來的呢？」「東京啊」「那麼，您帶了多少錢來？」「啊！」「那麼您用了多少車錢，現在還有多少錢呢」「啊……」「您剩的錢還拿到哪花去呢？」作者對於勤一連串的錢錢錢問題「不禁瞠然」。雖然語言相通，可以對話，但是勤也是兒童作家理解之外的兒童。對於這樣的兒童，作者除了驚詫之外，也毫無理解之意。同樣也只想把他們納入帝國工程之中，「要是不以民族協和為殖民地教育的根本方針是不行的。」

最後作者也沒有忘記補寫一筆在「滿洲」生活的日本女性，勤的媽媽「那樣歇斯底里地露著楚楚的表情」，「我在這位母親的表情上，看到了殖民地女人的性格的一面。」

不知道梅娘在翻譯這篇文章時懷有怎樣的心情，她本人曾經是「滿洲孩子」，當時僑居日本的她也是「殖民地女人」。不過，一年以後，梅娘創作的作品《女難》〔註 106〕，同樣刊於《大同報》，可以看到梅娘與長谷健的對視。《女難》不是紀實性文體，而是冠以虛構小說，其中有難言之隱吧。小說虛構了僑居日本的母女倆──「滿洲女人」和「滿洲孩子」，不過作品中孩子名為「航」，是梅娘長女柳航的名字；母女倆也是生活在梅娘當時旅居的神戶。《女難》故事情節並不複雜。初夏，母女倆從神戶到寶冢看劇，演出結束後，她們進了一家吃茶店，小說主要描寫了作為顧客的母女倆在吃茶店的所見所聞。作品同樣以「看」的方式展開，而且是「雙視線」：童言無忌的「滿洲孩子」的「看」，事事洞明的「滿洲女人」的「看」。

「滿洲孩子」聽不懂店裏女招待說的日本話，也不理解她們動作的意思，以天真的兒童眼睛張望著，「腿細如柴、身體臃腫」的女招待突然起舞，「航拍著她底小手說：『媽，她像一個大蛤蟆』。」童言無忌，孩子未必是在嘲諷女招待，而是以自己熟悉的相似之物來理解陌生世界，努力要把女招待納入自己有限的理解。不過這裡作者卻借著孩子之眼道了一個事實──這些女招待的精神和身體狀態，那種如青蛙一樣的身材──四肢纖細、腹部寬大，是醫學教科書中營養不良的身體，說明她們的經濟困頓、營養不良；而不知差恥的執拗的即興舞蹈，有著歇斯底里的症狀，她們的精神狀況令人堪憂。「她叉開了雙腿，擺動著臃腫的身子，頭上的花胡蝶一顫一顫地。」看見航在笑，舞者對著同伴們說，「看，那位小姐笑了，我跳的好是不是？」「舞者得意了，又揮起了臂。」倒是羞得「我」──「滿洲女人」「趕快低下頭去把眼睛放在麵包上。」

〔註 106〕梅娘，女難〔N〕，大同報，1941-10-29，下面引文均源於此，不再一一標出。

　　「滿洲女人」在吃茶店裏看到了什麼？懶散、饑渴、沒有教養、迷茫、困頓的日本女人。母女倆進店後，「女侍正在端菜口的屏風前坐著，有的在修飾著臉，有的在和一個白衣服的廚子打著俏，那廚子一臉絡腮鬍子，正作著鬼臉。」幾乎無人理睬她倆。當得知母女倆來自「滿洲」時，女招待們來了熱情，「坐著的女人們一窩蜂地擁過來，前後地圍著我坐的桌子，一個人幾乎打翻了桌燈……我吃著麵包，她們底眼睛跟著我底嘴起落著。」「一窩蜂」「打翻桌燈」「圍觀顧客吃飯」，這些粗俗舉止迥異於大眾傳媒中塑造的斯文、嫻靜、勤勞的日本女性形象。也可能是她們不在意在殖民地人面前的舉止，圍著你看著你吃飯，也是不在意你的感受。不過作者之眼領著我們看到另外的一面，這些女子之所以蜂擁而至，是要詢問「滿洲男人」。

　　　　滿洲男人多吧！
　　　　聽說滿洲男人從來不打人是嗎？
　　　　聽說滿洲的丈夫都聽妻子話的。
　　　　滿洲的男人都是鍾情的。
　　　　滿洲的男人……

　　這些毫無遮攔的問題，直接指向這些日本女人的現實處境。其一，因為戰爭，日本男人多數上了戰場，女人們幾乎看不到男人。小說一開頭也寫到了，劇場裏演出者和觀眾差不多都是女性，吃茶店裏唯一的男性是「一臉絡腮鬍子」的廚子。其二，日本男人在家庭裏專橫霸道無情，這些男人可能是她們的父親，可能是她們曾經的丈夫，她們幻想著溫順鍾情的「滿洲男人」。其三，她們知曉當時日本政府的「大陸新娘」政策〔註107〕，「到滿洲去，政府不也正獎勵著大陸新娘呢麼？」但是到「滿洲」去嫁的不是「滿洲男人」，而是日本男人，而且要穿上モンペ（日本農村女性勞動時穿的寬腿褲子）與男人們一起在鄉間勞動。

　　接下來，我們跟著「滿洲女人」的眼睛，看到了這些女招待逐漸升級的情慾表現。一個瘦瘦的矮個子男學生走進了吃茶店，「女人們立刻見了肉的狗似的搶過去」，做出各種媚態／醜態，挑逗、討好、大獻殷勤。「三個年青的（女人）逼過去，頭幾乎碰著了那低著頭正拼命地吸著蔗管中的蘇打水的學生頭。」「桌下一隻紅鞋的腳正去勾攞那隻黑長的褲腿，黑的畏縮的一點點地挪移著。」看不下去的「我」，拉著孩子離開了吃茶店。

〔註107〕「大陸新娘」，日本殖民移民計劃之一，將日本女性嫁到早期移殖大陸的日本男性的移民計劃。1938 年「大陸新娘」已經成為日本社會的流行語。

對讀梅娘的譯作《在滿洲所見的孩子》和創作《女難》，可見梅娘對長谷健目光的回視，而且明顯地顛倒了長谷健的視線。首先，「滿洲孩子」不再是帝國規劃的客體，而是可以用自己眼睛觀看評價理解周圍事物的主體；而且「滿洲孩子」也可以是衣著整潔、營養充足、教養良好；「滿洲女人」懂得教育、舉止優雅。其次，梅娘回應的目光非常犀利，目光掠過之處言辭毫不留情，暴露出帝國女招待的身體醜態和精神病態。

但是，這裡並不是平等的對視，我們依然可以區分來自帝國的目光和殖民地人的目光。長谷健的目光是典型的「帝國之眼」，如果比較近代以來其他日本人的中國遊記，這樣的目光比比皆是，或者說就是近代以來的全球殖民者的目光，是帝國規劃出來的看待「他者」的眼睛，這樣的目光是帝國工程順利進行的條件之一。而《女難》中「滿洲孩子」「滿洲女人」的目光是個人化的，背後沒有意識形態規劃。因為某種偶然──走進一家吃茶店，讓她倆看見了另外一群女性那時那刻的狀態。「滿洲女人」雖然不客氣地嘲諷了她們，但她對她們有理解也有同理心，《女難》的小說題名──女性的苦難，就彰顯出她對這些日本女性的態度。看起來，長谷健的目光客觀平和，《女難》中「滿洲女人」的目光犀利刻薄。但是長谷健彷彿在看一件與己無關的異類──「他者」──從屬的、新奇的、未開化的；而《女難》中「滿洲孩子」的目光帶著自己的理解，「滿洲女人」的目光是看著與己同類的目光，帶著與己相關的悲涼和同情。

梅娘的另外一篇作品《佐藤太太》〔註108〕呈現了與《女難》不同的日本女性形象。佐藤太太喜歡中國菜，向「我」──旅居日本的「滿洲女人」──虛心請教。「我」平等以待且欣賞她，「我願意把我的粗陋的烹調法教給她，我知道聰明的細心的她一定會用我的粗陋的做法作出好吃的東西來的。」雖然作品中的佐藤太太也有神秘之處：第一次來，「她帶給孩子們一大盒難買的珍貴的餅乾」；第二次來，「她又為孩子們帶來了罕見的雞子」。「珍貴」和「罕見」既寫出了當時日本的經濟狀況，也說明了日本人和旅居日本殖民地人之間的差異。但是，「我」更多地懷有理解之意，佐藤太太也禮貌周到，以「珍貴」和「罕見」的禮物答謝我的中國菜。這裡沒有相互的「他者」凝視，而是鄰里女人們的真實交往。

〔註108〕梅娘，佐藤太太〔J〕，初刊於大阪外國語學校，支那及支那語，1941（4），
後刊於藝文雜誌 1943-1（3），下面引文均源於《藝文雜誌》，不再一一標出。

三、「兔子」與格格不入的朝鮮人

1980 年代梅娘重新開始執筆寫作後，同時也修改了日本殖民時代的作品，其中修改內容最多的兩部作品是《傍晚的喜劇》和《僑民》，這說明她本人很看重這兩部作品，兩部作品有其在殖民時代不能充分表現的內容，也有她自己對殖民時代寫作不滿意的地方。此外，這兩部作品也有共同之處，都寫到了東亞殖民地另外一個「他者」——朝鮮人。如何安放朝鮮人在東亞殖民地的位置？朝鮮人的兩可狀態——既是被殖民者又被虛以殖民者身份，不僅是政治難題，也是寫作的難題。

相比較日本人形象，被折疊在中間的朝鮮人形象更少出現在當時中國作家作品中。梅娘有三篇小說集中描寫了朝鮮人，在當時的作家中是比較突出的。除上述兩篇小說外，還有刊於 1939 年《華文大阪每日》的小說《在雨的沖激中》〔註109〕，小說描寫了城市中三個階層的朝鮮孩子相遇相鬥的片段。大雨中，城市拾荒兒，兄妹五人——阿大、阿二、英三、金姬、翠花，拾到一盒丟棄的日式盒飯，高興地分食。穿著雨靴打著雨傘衣著整潔的中產階層的兄妹二人經過，哥哥滿臉不屑，並且罵了一句「髒骨頭！窮種！」。拾荒兒們自然不相讓，怒對回去，並且想用泥塊投打他們。這時一輛汽車駛來，泥水濺到兄妹二人身上，車上走下高等階層的三個孩子，穿著亮晶晶的皮鞋。於是，爭吵在中產階層和高等階層的孩子們之間展開，在司機老金的勸告下，少爺們和兄妹二人才停止了爭吵。這時拾荒兒向「黑傘的哥哥輕視地作了個可笑又可氣的鬼臉」，罵道：「膿包！看他比你有錢就白挨狗屁斥了是不是——」爭吵又回到了拾荒兒和黑傘哥哥之間。暫居弱勢的黑傘哥哥向富家子弟的司機求助，一向討厭這些窮孩子的司機，高喊「滾——像球那樣滾，快！」怒斥著趕走了他們。三個高等級的孩子又來精氣神，對著黑傘兄妹二人也喊「你倆也滾，滾一個泥球！」。拾荒的孩子們邊跑邊罵。「三個小混雞子，一個大臭雞子噯！」「瞎唬啥呀！再穿的好，你爹也是個大土八！」「一幫兔子——」憤怒的三個少爺向雨中揮舞著拳頭。雨中打傘繼續前行的哥哥對妹妹說了這樣一段令人觸目驚心的話：「等將來我長大了，非買一個比他們這輛還大的汽車不可；濺那三個小子一身，連脖頸裏都叫他們濺上大泥餅。還有——還有，非得把那群窮種叫汽車從他們身上軋過去。」

〔註109〕梅娘，在雨的沖激中〔J〕，華文大阪每日，1939-2（9），下面引文均源於此，不再一一標出。

　　這篇小說和梅娘其他表現城市貧民生活的作品似乎差別不大，也沒有特別突出朝鮮人的民族身份，除了人物名字之外，我們幾乎看不出這是寫朝鮮兒童的作品。問題在於作品中人物名字毫無必要，不需要告知五位拾荒兒童和老金的名字，也不損失作品內容和表現力。這些名字的出現，指向一個事實，作者筆下的人物都是朝鮮人。這樣看來，作品中的三個階層孩子身份的構思就意味深長了，這是要從結構中標出朝鮮人在東亞殖民框架中的位置──夾層──上面是高高的日本帝國，下面是雖然解體但是依然有生命力且人口眾多的曾經的中華帝國，以及在這樣位置中，中間層的願望──哥哥的誓言──超過並報復壓迫自己的上層，打倒瞧不起自己的底層。作品中拾荒兒撿拾日本人食物為美食，也有了一種嘲諷的意味；而拾荒兒的咒罵「瞎唬啥呀！再穿的好，你爹也是個大王八！」「一幫兔子──」也暴露出中間層的尷尬生存，「王八」的意思是指妻子依附其他男人的丈夫，「兔子」是指男寵，亦男亦女。這樣的主題在梅娘有關朝鮮人的作品被進一步被闡發。

　　《傍晚的喜劇》〔註110〕就是「兔子」形象的展開。與《在雨的沖激中》全知敘事不同，《傍晚的喜劇》設置了一個兒童「小六子」作為故事講述人。故事在兩個層面上展開，一是小六子──一個貧苦的小夥計的個人生活故事，一是小六子看見並講述的故事。小六子因家貧在一家雜貨鋪作小夥計，店鋪的女主人──內掌櫃當家，是有名的「母老虎」，她包養了一個「兔子」──朝鮮人小老唐，店鋪的男主人懼內，在外面勾搭「暗門子」（妓女）。一天傍晚，店鋪少爺讓小六子陪練自行車，路遇店鋪男主人和兩位賣笑女調情，這時女主人走來，怒罵丈夫和賣笑女，引來一群人的圍觀，人們如觀看一場「傍晚的喜劇」，最後因為小老唐的到來，內掌櫃含笑而去，劇終人散。上述事件是通過懵懵懂懂的兒童視角講述的。小六子不懂為什麼「母老虎」發威時「只要是小老唐來，十有九回內掌櫃底氣都跟鬆了口的大氣球似的，怎麼也鼓不起來了」。只要小老唐到來，他就不會挨打，因此小六子對小老唐有一點點喜歡，但是周圍的人都叫小老唐「兔子」，看不起他。當內掌櫃與長相標緻的小老唐離開時，「孩子們爆了炸彈似地哄笑起來。」問身邊的老太太，「奶奶，車上那人是誰？」

〔註110〕梅娘，傍晚的喜劇〔J〕，文選 1939（1），後收入小說集《第二代》，長春：益智書店，1940 年。修改稿《傍晚的喜劇》，分別刊於《小說月刊》1992 第 11 期；《梅娘小說散文集》，北京：北京出版社，1997 年。原文 3800 字左右；修改版 5600 字左右。下面引文均源於 1939 年《文選》版和 1992 年《小說月刊》版，不再一一標出。

「是母老虎的相好的，是小老唐兒，盡倒貼，錢花的可有些個了，你大了，你可管住你媳婦呀！」老太太說著癟著嘴笑起來。除了孩子懵懂無知，人人都嘲笑小老唐，而同為賣笑為生的兩個「暗門子」卻沒有被嘲笑。在小六子的眼裏，小老唐依附最有勢力的內掌櫃，但是內掌櫃並沒有保護他，讓他落得了人人不齒的下場。

梅娘對「小老唐」這個人物念念不忘，在修改版的《傍晚的喜劇》，把小老唐直接改寫為「朝鮮師哥」——和小六子一起在內掌櫃家裏工作，為他增加了很多筆墨〔註111〕，「師哥文文靜靜，總是細聲細氣。」「有人說，這師哥不是雇來而是買來的。」師哥經常保護小六子，內掌櫃發怒時追打他時，師哥求情，內掌櫃就平靜下來。在小六子眼里師哥有用，「師哥是朝鮮人，朝鮮人是二太君。雖說師哥沒爹沒娘是個孤兒，可他是朝鮮人，朝鮮人說活頂用。」但是朝鮮師哥在小六子這裡也是一個謎，他怕看師哥的眼神，「儘管臉上有笑模樣，眼神卻還是陰幽幽的。」一看就能勾出小六子的眼淚來。少掌櫃讓小六子陪他練自行車時，說「營地來電話，叫我媽送兔子去慰問太君」。「傍晚的喜劇」結束後，內掌櫃罵小六子道：「你給我滾回去，去看看師哥歇著沒有。給他沖一碗雞蛋紅糖水。」小六子心裏納悶兒想道：「都說生孩子坐月子的女人才喝雞蛋紅糖水，師哥幹麼也喝這個，莫不是他又出虛汗了？」「小六子三腳兩步跑進了師哥的小屋門，師哥閉著眼睛斜躺在炕上，額頭上沁著細細的汗珠兒。」這裡通過一雙兒童的眼睛，非常直白地道出了被折疊在殖民地夾層中的兩可、曖昧的悲慘生活。處在日本人和「滿人」之間的朝鮮人，以柔弱的甚至委屈的方式和周圍的人打交道。在「滿人」孩子的眼中，雖然不能理解朝鮮師哥，但因為他對自己充滿關切，小六子看朝鮮師哥的目光是親切的。

與《傍晚的喜劇》中的朝鮮人形象不同，《僑民》〔註112〕把目光投向了生活在日本的朝鮮人。《僑民》中的朝鮮人是「我」——在日本生活的「滿洲女人」——在阪急電車內偶然遇到的。如果不是那位朝鮮男人讓同行的朝鮮女人把座位讓給「我」，他們之間不會有交集。正因為一個偶然的讓座事件，讓他們有了目光上的聯繫。「我」有機會凝神觀察這位在宗主國謀生的朝鮮男人。他身材高

〔註111〕 在修改版《傍晚的喜劇》「附記」中，梅娘坦誠「作為半殖民地的社會掃描略加補充整理」。小說月刊，1992（11）。

〔註112〕 梅娘，僑民〔J〕，新滿洲，1941-3（6），修改稿，僑民〔M〕//尋找梅娘，香港：明鏡出版社，1998，下面引文均源於《新滿洲》版，不再一一標出。

大，一身現代服裝，皮鞋細心擦過油；自信滿滿，一上車就開始打量附近的人，兩個豔裝的日本姑娘離開後，他目光捕捉到了「我」── 一位衣服乾淨體面的年青女性，誤認為是「我」是日本女性。他像現代文明男性一樣，大大方方地給女士讓座──不是自己讓座，而是讓同行的朝鮮女人讓座。但是他的「文明舉止」沒有得到想像中的回應，「我沒有動，望瞭望他，依舊拿起我底報紙來。」他原來的自信一下子就消失了，「他窘了，赭紅的臉上更添了紅色，半屈僂著身子，嘴裏蠕動地說著什麼。」由一個自信的人回到殖民地人的樣子。而且在「我」的注視下，他越發不堪，表情局促，臉更紅了，「用手掩飾地揪著比襯衫短有一寸的袖子」。他如坐針氈，「臉上擺著竭力裝成的高貴人常有的不怒而自威的樣子」，但身體卻不配合，而是「兩手交疊地放在兩膝上，像日本的最講究禮貌的女人」。後來，他對同行的朝鮮女人發怒，又憤怒轉化為行動，「他從她手中奪過包袱來，全打開，把包袱用力向下抖抖，彷彿那上面沾了髒的東西。」他在朝鮮女人的恐慌和順從中獲得一點點的虛假的自尊，下車時他「仰起臉來大步地走著」。初看起來這是一個有生機有信心的朝鮮男人，他努力向殖民者靠攏，模仿日本人的著裝、神態、舉止。在「我」的猜想中，「他是一個工頭吧！剛由勞工升起來的，因為長久地勤勞的工作，積蓄了一點錢，贏得了上司的信任，於是升級了。」但是他的生機和信心卻連肥皂泡都不如，一個凝視的目光就能將之粉碎。「我」能理解這個朝鮮男人，但是厭惡他。

處在東亞殖民時代的朝鮮人，因為帝國的殖民政策──「日人殖朝，鮮人殖滿」，身份曖昧──既是被殖民者又被虛以殖民者身份，徘徊在希望和幻滅之間，夢想離開本土到「滿洲國」做回朝鮮人，或者以「二太君」身份在「滿洲國」生活，夢想到宗主國傚仿日本人成為日本人，結果卻在各處都成為了格格不入的「他者」。

梅娘在《我底隨想與日本》一文這樣描寫在殖民地生活的日本男人。

在日本，從來沒見過醉鬼。在北京，卻時常看見日本男人醉得泥一樣地攤在地上。醉了的男人本來就討厭可怕，日本人再加上語言的隔閡，彷彿一見身體就止不住地戰慄一樣。我曾在深夜時，和女友在電影院的門前被日本的醉鬼追逐。現在那驚悸還殘存在心上，一看見了臉上被酒暈紅了的日本男人時就要心跳。〔註 113〕

─────────────

〔註 113〕梅娘，我底隨想與日本〔J〕，華文每日（第 135 號），1944（11）。

殖民地是製造「他者」的策源地，殖民者不僅建構著從屬、低等的「他者」形象，把「他者」封閉在帝國改造工程中，無需理解；殖民者進入殖民地後也會逐漸地「他者」化，在殖民地人眼中是令人「恐懼」「不安」的「他者」形象，無法接近也無從理解。在東亞殖民地，殖民者與被殖民者之間文化趨同，文化等級參差錯落，複數的「他者」，「看」與「被看」循環往復，斷裂和連續相互交織。透過梅娘的作品，我們可以看到，在宗主國日本生活的殖民地人，對殖民者有理解、有同情也有讚賞，同時也鄙視、嘲諷，疏遠他們；有模仿、有諂媚，也有無法認識的挫敗感。而被殖民各民族之間亦有隔閡，親近卻不理解，理解又厭惡；且殖民者人為地安排了他們在東亞殖民統治結構中的位置，造成了他們混亂的自我認知和對異民族的誤解。《僑民》中阪急電車上的朝鮮男人，如果他知道「我」是「滿洲女人」會把座位讓給「我」嗎？東亞殖民地各族群之間到底是什麼關係？互為「他者」？還是命運共同體？他們時兒相互厭棄，時兒連接，時兒結盟，變幻莫測，難以確定。但無論如何，東亞殖民地本土人的「他者」認知，為「他者」開啟了理解之門，雖然理解未必就是達成認同，更多的是理解後的批判，把「他者」作為自己同類進行批判，而不是作為對象性的物加以改造、摧毀、重塑。

　　正是在這個意義上，東亞殖民地文學中的「他者」敘事，既打破了西歐「西方與東方」「自我與他者」「本土與外來」二元結構，也不同於後殖民理論的「逆寫他者」，以及薩義德的「流亡」、斯皮瓦克的「非連續性」、霍米‧巴巴的「第三空間」等，打開了思考殖民地「他者」議題的新空間。

第五節　楊絮——殖民地的弱危美學

　　本節提出一個理論操作性概念——弱危美學（vulnerable-precarious Aesthetics），因為其脆弱、易受攻擊、易受傷害，培育出一種應對攻擊和傷害的不斷調試的本領；這種不確定、不穩定的存在具有消解、瓦解既有秩序的力量。透過弱危美學，我們可以看到，在殖民地不僅僅是被殖民被攻擊被傷害的創傷，不是虛弱和無能為力，還有一種脆弱的力量，一種千瘡百孔的力量，一種新生的可能，一種新形式的誕生。藉此分析偽滿洲國時期的女作家楊絮其人其文，揭示殖民地女性如何調適發生在民族國家層面上和自己個人生活中的動盪不安，楊絮以雜糅（hybrid）、兩可（ambiguous）的作品性格將私人生活與文學寫作交織在一起，模糊了現實與虛構、記憶與真實，私人形象與公共形

象，楊絮及其作品動搖了一系列話語界限，展示出偽滿洲國的一系列話語的搖擺不定、顛倒混亂，以易受傷害的敏感而柔弱的抵抗應對沉重的時代之殤，同時成為當時殖民強權統治秩序的擾亂者、解構者，成就「危美」楊絮。

一、一個操作性概念──弱危美學

張愛玲曾編過這樣一齣戲：

> 有個人拖兒帶女去投親，和親戚鬧翻了，他憤然跳起來道：「我受不了這個。走！我們走！」他的妻哀懇道：「走到哪兒去呢？」他把妻兒聚在一起，道：「走！走到樓上去！」──開飯的時候，一聲呼喚，他們就會下來的。〔註114〕

這齣戲的構思顯然針對易卜生的《玩偶之家》，瀟灑的娜拉勇敢地走出家門……，張愛玲設計的主角搞笑一般地走到樓上去。娜拉的命運也許不妙，就像魯迅先生預測過──墮落、餓死、歸來，〔註115〕但娜拉做出的是鼓舞人的力量型的行動；張愛玲戲中的男主角走到樓上去，開飯時就下來，他的行動是懦弱的「女人氣」的。不過停下來想想，這個拖兒帶女攜妻的男人不是可笑的而是悲哀的，至少是無可奈何的。他有勇氣，投奔他人還能和人家鬧翻，他有脾氣，憤然跳起來；窘境來臨，脫口而出「我們走」，但能走到哪裏去呢？弱兒嬌妻與他沿街乞討嗎？穩妥的地方只能是樓上吧。無所依靠、無可奈何的悲哀的蒼涼的生活，張愛玲說，「其實，即使不過是從後樓走到前樓，換一換空氣，打開窗子來，另是一番風景，也不錯。」〔註116〕「走到樓上去」這不是力量型的行動，但這行動也非了無意義。

> 魚的世界不是海嗎？
>
> 怎麼卻游泳在窗前的玻璃缸裏？
>
> 唉！明白了！
>
> 這是受寵的幸運呢！〔註117〕

〔註114〕 張愛玲，走，走到樓上去〔M〕//張愛玲，流言，上海：五洲五洲書報社，1944：100。

〔註115〕 魯迅，娜拉走後怎樣〔M〕//該文是魯迅 1923 年 12 月 26 日在北京女子高等師範學校的演講，魯迅全集（第一卷），北京：人民文學出版社，2005：270。

〔註116〕 張愛玲，走，走到樓上去〔M〕//張愛玲，流言，上海：五洲五洲書報社，1944：100。

〔註117〕 楊絮，我的日記〔J〕，新滿洲，1943-5（5，7）。

　　與張愛玲同時代的生活在偽滿洲國的女作家楊絮也描述了這樣一種存在，在窗前玻璃缸裏游泳的魚兒是游不到大海裏去的，怎麼辦？安心玻璃缸裏的世界，在這裡游出某種生活樣式。一個「唉！」字道出的是無可奈何千瘡百孔的此在狀態。

　　讀到這樣的作品，可以感受到沉淪世界的蒼涼和無奈，且似有一種「此恨綿綿無絕期」的悲慘，不過，讓我們稍事停留，再回味這些作品時，也能感受到某種力量——柔弱的力量、千瘡百孔的力量，一種面對被欺辱、被傷害、不幸和不公時的心平氣和的理性力量。在日本殖民統治下的偽滿洲國，類似的作品很多，在解讀這些作品時，我們既不把它們看作無病呻吟之作，也不在其中挑選某些抵抗的隻言片語，而是承認這些作品的柔弱性，感受到這種柔弱之中蘊含的力量，同時思考這樣一系列問題：反抗是不是一定要強而有力？強而有力的反抗會不會掩蓋千瘡百孔的現實？力量可不可以是某種柔弱的力量？創傷除了自哀自憐有沒有再生流變的可能？而一個強大的密不透風的強權體制，有沒有內部瓦解的可能？柔弱的力量會不會同樣是危險、危機？為此，這裡提出一個理論操作性概念——弱危美學（vulnerable-precarious Aesthetics）。這裡的美學不是判斷美醜的意思，也不是藝術的哲學即美學的意思，而是回到美學的詞源 Aesthetics，即感覺、感受、感觀。弱危，是一種關係性倫理概念。弱（vulnerable），脆弱的，弱勢的，易受攻擊的，易受傷的；危（precarious），危險的，不確定的，不穩定的。由於他者的存在、他者的意志，「你」會成為弱勢群體、易受攻擊、易受傷害，處在危險之中；而因為「你」是易受攻擊的、易受傷的，且處在弱勢，無能力直接反抗，逐漸地「你」會培育出一種應對攻擊和傷害的本能、本領。因為無法預測傷害從哪裏來，以哪種方式而來，「你」始終要調適這種本領，為此「你」會給人一種不確定、不穩定的感覺，且這種不確定性不穩定性也是本領之一，是一種消解、瓦解既有秩序的力量，「你」的存在對於他者而言也是危險、危機。而且此種倫理關係也讓我們正視這樣一個事實，看似強大牢不可破的整體或制度，也有鬆動、瓦解的可能，甚至在某一時刻也會成為弱危的存在。

　　在殖民地，殖民者依靠軍事力量和殖民觀念，成為殖民地的統治者、發號施令者，而被殖民的群體整體上是一種弱勢的存在。日本帝國的殖民地——偽滿洲國情況更為複雜，偽滿洲國既是日本帝國殖民地中的一個區域，又不同於

臺灣、朝鮮、樺太南部（庫頁島）、關東州（旅順、大連），是一種「非正式殖民地」（informal colony），「滿洲國」對外宣稱獨立國家，國家元首為清代遜帝溥儀，而實際的操縱者是日本關東軍和日本官吏。帝國統治的秘密之一是製造「不斷擴大再生產歧視體制之重層結構」，〔註 118〕即製造帝國鄙視鏈，而所謂的日本監管下的獨立國家——「滿洲國」，地位不如正式殖民地（formal colony）臺灣、朝鮮、樺太、關東州，處在鄙視鏈的最低端。在帝國的眼中，正式殖民地的民眾是經過教化的次等皇民，而後進的非正式殖民地「滿洲國」尚未教化處在野蠻中。在偽滿洲國，日本扶植朝鮮人中上層階級作為殖民統治「滿洲國」的軍事和政治的中介人，移居的朝鮮開拓團農民可以欺辱東北本地農民強佔土地，殖民地臺灣人在「滿洲」可以充當社會的中間層——醫生、律師、翻譯、官吏等，〔註 119〕可以成為「滿洲國」的外交部長——如謝介石。生活在東北的世居民族是日本帝國體制中的低端群體，他們更易受攻擊、易受傷害，攻擊和傷害不僅僅來自帝國，還來自帝國的正式殖民地。當然帝國鄙視鏈也不是一層不變的，在情況允許時，也會倒轉，尤其中間環節情況更為複雜，「鄙視鏈」波動逆襲時有發生。

　　和殖民地制度相切的還有性別政治問題。在殖民地，殖民者是不二的強者，被殖民者處在被壓榨被統治的弱勢位置。但是就弱勢本身還有不平等分配問題，女性由於身體的、觀念的原因，處在更弱勢的一方。而且女性的這種弱勢，有時不分殖民者與被殖民者，女性性別具有跨越階層、跨越族群的某種連帶關係，與殖民者一起前來「滿洲」的日本女性、正式殖民地女性，在帝國性別政治安排中，又被置於同一個性別群體，分擔共同的性別要求，例如賢妻良母、奉公持家等，共處男權社會中「第二性」的位置。因為女性在殖民地的特別之處，她們對殖民地有著特殊的觀察。前文提到的跟隨日本殖民官吏丈夫一起來「滿洲」的牛島春子，她能看到男性殖民官吏的弱危性，不會說漢語的日本官吏在偽滿洲國無法與當地人溝通，他們彷彿是「聾」人和「啞」人，這樣的日本官吏管理 30 萬縣民，「一想起來就後背直冒冷汗。」〔註 120〕這是殖民

〔註 118〕駒込武，殖民地帝國日本的文化統合〔M〕，吳密察、許佩賢、林詩庭譯，臺北：臺灣大學出版中心，2017：22。

〔註 119〕臺灣人在偽滿洲國的情況，可以參見臺灣中央研究院近代史研究所 口述歷史叢書（79）《日據時期在「滿洲」的臺灣人》，訪問：許雪姬。臺北：臺灣研究院近代研究所出版，2002 年。

〔註 120〕牛島春子，祝廉天〔J〕，新滿洲，1941-3（6）。

地女性牛島春子感受到的危險和危機。女性作為一個群體是殖民秩序的擾亂者。

因為偽滿洲國在日本帝國結構中的特殊位置，因為女性在殖民地的位階，為發展弱危美學這個操作性概念，這裡以偽滿洲國女作家楊絮其文其人其事為考察對象，提出「危美」楊絮。「危美」即弱危美學，我們希望在弱危美學中看到的不僅僅是被殖民被攻擊被傷害的創傷，還有一種脆弱的力量，一種新形式的誕生。我們談論創傷，但不是精神分析那種對已經發生的傷害反覆咀嚼，而是討論創傷流變產生新形式的可能。「危美」楊絮，不是去歷史化、去性別化、去情慾化、去政治化，而是創傷化、歷史化、性別化、情慾化、政治化的楊絮。

二、楊絮其人其事

楊絮（1918～2004）的兩部作品集《落英集》《我的日記》出版在偽滿洲國後期的 1943 年和 1944 年，再過一年中國抗日戰爭勝利，人民就把日本人趕出了中國，但是當時的楊絮並不會知道這個消息，不過自 1943 年楊絮的生活已起了巨大的變化，從歌手到編輯，結婚、懷孕、女兒出生，離職，生活越來越窘困。1944 年，因為《我的日記》一書被日偽警察廳檢察機關查禁，楊絮多次被偽警察廳特務盤問。

《落英集》收入了楊絮 1934 至 1942 年間創作的大部分散文，內容多為少女哀情、回憶往事、職業生活等。另一部作品集《我的日記》以自傳體小說／日記等敘事作品為主，講述了敘事主人公「我」10 年來的生活經歷，奉天女學生到「國都」「新京」謀職、謀愛、謀自我，最後浸沒在疲倦的生活中。作品中的時間從 1934 至 1943 年，如果加上 1944 年的《我的日記》被禁事件及遺緒〔註 121〕，1945 年出版的《天方夜譚新篇》，楊絮作品和楊絮事件正好與所謂的「滿洲帝國」（1934～1945）時間重合。〔註 122〕這裡把楊絮作品與楊絮 1934～1945 年的個人生活當作一個整體來考察，其文其人其事提供了具體而典型的個案，可以檢視出偽滿日本殖民地女性如何調適傳統與現代、職業與

〔註121〕 《我的日記》被查禁事件，具體可以參見楊絮，關於《我的日記》的被扣押〔J〕，東北文學，1946-1（3）。

〔註122〕 1934 年「滿洲國」改為「大滿洲帝國」，國號為「康德」，執政溥儀登基成為「大滿洲帝國皇帝」。1945 年 8 月隨著日本無條件投降，「大滿洲帝國」也隨之消失。

生活、戀情與婚姻的界限與關係，在現代中國一個異態時空中追尋別樣的生活方式，進一步可以看到普通知識女性如何應對同時發生在民族國家層面上和自己個人生活中的動盪不安，以易受傷害的敏感而柔弱的神經應對沉重的時代之殤，同時成為當時殖民強權統治秩序的擾亂者、溶解者，成就「危美」楊絮。

　　楊絮本名楊憲之，曾用筆名皎霏、阿皎，出生於奉天一個較為殷實的回族家庭，父親是個商人，母親是家庭主婦，他們一共生養了 9 個孩子，楊絮排行第七。楊絮自己說少女時代的她「野性」又「叛逆」，〔註 123〕她的父母試圖將她教育成進退合度的淑女，沒有成功。1936 年，楊絮初中畢業，父母做主，與門當戶對的陳氏青年定親，父母想用婚姻套住「野馬」般的楊絮。但從 1934 年開始發表短篇小說和詩文的楊絮，已經被捧為「奉壇女作家」，有了自己的主見，為逃避馬上結婚的命運，自己偷偷報考了英國基督教長老會創辦的教會學校——坤光女子高級中學。慈愛的父母妥協，約定畢業後再結婚。高中時代的楊絮自由自在信馬由韁，因為她是回教徒，有自己的民族飲食習慣可以免除寄宿學校，她有更多的校外自由時間，吃茶店、看電影、談戀愛，寫作投稿，與奉天文化人一起組織「奉天放送話劇團」，「在奉天放送局每月讓我們放送三兩次」。〔註 124〕臨近畢業父母和陳家來催婚，楊絮被父親關在家裏不准出門，倔強的楊絮做了一個大膽的決定，「一九三八年的除夕，我冒著嚴寒在大雪紛飛的夜裏，一個人從家裏偷逃出來，登上了北行的車。懷著恐懼與期待的心，來到這萬人欣仰的國都。」〔註 125〕20 歲的楊絮隻身在「國都」謀生，開始了她名聲顯赫又短暫的文化事業。先考入「滿洲國中央銀行」任銀行女職員，後在「新京音樂院」和「新京放送局」廣播流行歌曲。1939 年秋成為「滿州蓄音器株式會社」專屬歌手，廣播歌曲、灌製唱片、登臺表演。參加「新京文藝話劇團」，因飾演曹禺《日出》中陳白露大獲成功，被媒體稱為「滿洲陳白露」。1940 年秋以偽滿洲國演藝使節身份赴朝鮮「京城」在「東亞大博覽會」演出。1941 年楊絮離開偽滿洲國，在北京、大連、青島等地流浪五個月。歸來後，辭去歌手、演藝生涯，任職「國民畫報社」編輯，專心寫作，在《大同報》《麒麟》《新滿洲》《滿洲映畫》（後更名為《電影畫報》）等報刊雜誌發表作品，其

〔註 123〕楊絮，我的日記〔J〕，新滿洲，1943-5（5，7）。

〔註 124〕楊絮，我與話劇〔N〕，大同報，1940-8-24。

〔註 125〕楊絮，我的罪狀〔J〕，新滿洲，1942-4（7，8），該文後收入作品集《我的日記》，改題為《公開的罪狀》。

中《我的罪狀》《我的日記》等自傳體小說，名動文壇，引起爭議。而後出版了兩部作品集《落英集》《我的日記》，編譯創作故事集《天方夜譚新篇》。在「國都」的 7 年，楊絮聞名歌壇、話劇界，成為明星作家。但是楊絮並沒有因被寵被愛受到歡迎，而是成為一個有爭議的人物，時常被冷嘲熱諷〔註 126〕，生活不穩定到困頓，文壇也沒有留給她合適的位置，《我的日記》被禁後，楊絮被日偽警察廳檢察機關監督，不再從事文學創作，僅僅出版了多年前編譯創作的故事集《天方夜譚新篇》〔註 127〕。

　　「率真」和「直白」既是楊絮的生活態度，也是她作品的鮮明標誌。在《我的日記》1937 年 9 月 6 日的記載中，楊絮這樣表述作品中的女中學生「我」「生性就願和男人相處，這怪脾氣不知幾時會改。明天又將是禮拜日了，是赴約會呢？拜訪朋友呢？玩呢……總之，脫不掉與男人在一起鬼混罷了。」〔註 128〕結婚前一年參加座談會，楊絮聲稱：「貞操只是男人建立的偶像，讓女人來膜拜的。在我看來在未結婚之前，男女的貞操沒有彼此負責的必要。」〔註 129〕楊絮直白地向讀者傾訴自己的欲望和對社會性別規範持一種滿不在乎的態度，同時關切各種女性切身問題。楊絮做記者時曾策劃「新女性訪問」欄目，她採訪了在滿洲映畫、特許發明局、事務所工作的三位職業女性，提出了三個相同的問題：「1.你的人生觀是什麼？2.你以為你該幾時結婚？3.你的家庭干涉你的自由嗎？」〔註 130〕「性別特質」問題在 1940 年代的東北還是尚未敞開的領域，偽政府宣傳的「賢妻良母」和「奉公持家」等女性觀，強調的是女性對家庭、「國家」的責任，而沒有考慮女性自身的性別特質。楊絮以她的「率真」和「直白」讓現代女性性特質的話語得以在公共空間出現。

　　楊絮的獨特個性，深得現代傳媒的喜愛，一系列的媒體和新聞事件——廣播、歌唱、演劇、封面女郎、座談會、訪談、個人簡介、照片、小報軼聞等把

〔註 126〕當時批評楊絮的文章有：黃鍾《滿洲的陳白露》(《大同報》1941 年 4 月 12 日、13 日、15 日、17 日、20 日、22 日、25 日)，佳人《致楊絮女士》(《新滿洲》第 5 卷第 2 期，1943 年 2 月。) 楊絮在《我的罪狀》一文中寫到：「除非我不放送，一放送他就立刻在第二天的小報上發表一段謾罵文字。」
〔註 127〕楊絮在《我的日記》中記載，編譯出版回教民間故事集的時間是 1943 年，當時計劃與《落英集》一起出版。
〔註 128〕楊絮，我的日記〔J〕，新滿洲，1943-5（5，7）。
〔註 129〕楊絮，等，天馬行空五人掌談會——知識人男女處世只玄想〔J〕，新滿洲，1942-4（1）。
〔註 130〕楊絮，新女性訪問〔J〕，國民畫報，1942-4（9）。

楊絮塑造成「明星」，她與張鴻恩〔註131〕的婚禮在「新京」中央大飯店舉行，很多偽滿洲國名流前來祝賀，寫真機全程攝相。〔註132〕因為楊絮的私人生活的曝光度，她所有的著作都被貼上了「自傳」的標籤，楊絮本人也積極配合這種「自傳」式宣傳，作品直接以「日記」為題名，很多作品內容取材於自己的生活經歷，多採用第一人稱敘事，讓作者、敘事人與主人公合而為一。

　　楊絮，生活在日本帝國非正式殖民地——偽滿洲國，處在殖民帝國歧視鏈的末端；身為女性，又處在當時的社會性別結構中的「第二性」。世間把她安置在「弱」位——弱勢的、易受攻擊的、易受傷的。楊絮本能地騰挪躲閃，力圖保護自己不受傷害。當侵害接近時，她左突右衝。為避免早婚，她偷偷報考坤光女子高級中學；害怕「茶花女」式癡情〔註133〕，她周旋於幾位男士之間；頻繁地更換職業，既不讓自己陷入某人的情感，也不讓自己陷入某種具體工作，更不讓自己成為偽政府的合作者；她直白、率真，把自己放在閃亮處，以求安全。她總是讓人琢磨不透，從職場到情感，從情感到婚姻，從民族到家國。楊絮周圍的世界因為她的騰挪躲閃鬆動起來，父母不得不接受楊絮撕毀婚約的事實，「滿州蓄音器株式會社」的「親邦課長」不得不重新尋覓「國民歌手」歌唱《我愛我滿洲》，文壇不得不接受這個文壇的詆毀者〔註134〕，男性不得不忍受楊絮的女性愛情宣言，日偽警察廳檢察機關也感覺到了「危美楊絮」，查禁了楊絮的作品集《我的日記》，1944 年 7 月已經印出的 5000 冊書被送到製紙所焚毀。

三、作為精神裝置的雜糅與兩可

　　據《楊絮作品集》〔註135〕編者徐雋文統計，楊絮在偽滿洲國時期創作散文、小說、詩歌、歌詞、文藝評論等約 80 餘篇，總計 16 萬字左右，其中短篇

〔註131〕 張鴻恩（1918～2012），曾與楊絮同時擔任《國民畫報》編輯，1942 年 12 月與楊絮結婚，一直相伴到楊絮去世，他們共育三子一女。2003 年夏天，筆者採訪過張鴻恩、楊絮夫婦，當時楊絮已經臥病在床，表達困難，張鴻恩先生解答了筆者很多問題。

〔註132〕 本刊記者，楊絮婚禮點描〔J〕，麒麟，1943-3（2）。

〔註133〕 楊絮在《我的日記》中寫到讀《茶花女》時的感受，一定要避免茶花女式的命運。

〔註134〕 楊絮在《我的罪狀》中描寫了偽滿洲國文壇忸怩醜陋的作家百態。

〔註135〕 楊絮，楊絮作品集〔M〕，〔加〕諾曼·史密斯、徐雋文等編，哈爾濱：北方文藝出版社，2017。

小說 10 篇左右，詩歌歌詞 15 首左右，散文等 50 多篇，同時觀察到「楊絮作品文體界限模糊」〔註136〕。文類雜糅混合確是楊絮作品非常重要的特點，而且楊絮作品模糊的不僅僅是文類，她還將私人生活與文學寫作領域交織在一起，模糊了現實與虛構、記憶與真實，私人形象與公共形象，楊絮及其作品動搖了一系列話語的界限，展示出偽滿洲國的一系列話語的搖擺不定、顛倒混亂，用雜糅（hybrid）、兩可（ambiguous）兩個概念探入楊絮作品，可以解讀其作為精神裝置的弱危話語。

　　楊絮顯然不是一位經典文學家，同時代女作家吳瑛評價她：「興來時以著近於寫作的天才，任感情的奔放一瀉千里的吐露著，沒有一定的從文觀，更缺乏永續的從文志，既不計較時代的任務與背景，更不會確立了作家的觀念與職志，這傾向，恰即一般所謂依賴著天才的奔放的文學少女。」〔註137〕這種評價有其合情合理一面，既無「從文觀」亦無「從文志」的楊絮，隨性而寫，寫出的作品具有一種「文學亞體裁」的性格——文體雜糅混合，她的小說缺乏敘事結構，有散文「散」的特質，諸如創作於 1941～1942 年的小說《傷殘的感情》《海濱的夢》《相逢心依舊》，哀情故事，重情緒，不重故事，可以稱為散文小說；而《失蹤》完全由對話構成，似廣播劇腳本，可以叫作廣播小說；《雪夜》《流浪者的心》《異地書》《寄》《秋鴻》等用書信結構全篇，是書信體小說；《我的日記》《病後隨筆》《老媽子日記》是日記體小說。最能代表楊絮這種「兩可文體」的作品是 1945 年 4 月出版的《天方夜譚新篇》，這是一部介於翻譯和原創之間的作品，該書署名楊絮著，而不是楊絮編譯，細讀收錄的 12 篇故事，的確都不是來自阿拉伯世界的《天方夜譚》（《一千零一夜》），該書參考了日本民俗學者吉原公平編譯的《回教民話集》，楊絮進行了大量的改寫和續寫。楊絮這種文學亞體裁作品的出現，固然有其文學傳統，諸如晚清民國就在上海出現的晚報小說、電影小說、戲劇小說、翻譯小說等，也與楊絮自身的生存處境和原發的感受世界方式相關，楊絮本人的跨領域職業身份，無意爭占文壇地位，沒有「從文志」的她把殖民地的混雜性格輕鬆地帶進作品中，同時創造性地用自敘傳形式展示出來。

　　前文提到楊絮的作品往往被貼上了「自傳」的標簽，1942 年的《新滿洲》

〔註136〕徐雋文，飛絮的美與哀〔M〕//楊絮作品集，〔加〕諾曼・史密斯、徐雋文等編，哈爾濱：北方文藝出版社，2017：13。
〔註137〕吳瑛，滿洲女性文學的人與作品〔J〕，青年文化，1944-2（5）。

雜誌連載了楊絮的《我的罪狀》，編者給該文配上楊絮照片並介紹說：「這是一個智識少女如訴如泣的大膽自我記錄。」〔註 138〕楊絮本人也積極配合這種宣傳，在作品集《我的日記》自序寫到：「這裡有短篇，有自述，但大半都是寫我自己。……我所寫的都是嘗試，關於寫我自己，我常是赤裸裸的將真實暴露在紙上的。……如果把我自己潛藏在內心而不可對人言的東西，完全用我的真情，使之形於紙上轉告於千萬讀者。無論如何，這總是我自己的一點喜悅，一點收穫。」〔註 139〕的確，兩部作品中都寫到了楊絮自己十年來的生活蹤跡：從奉天到「新京」，逃離「新京」再歸來；從女學生到銀行女職員，從歌手到話劇演員，從職業女性到家庭主婦。豈止這兩部作品，楊絮的其他文章也頻繁地運用生平軼事，似乎有意將她的私人生活與文學寫作領域交織在一起。這當然有討好讀者和市場的需要，明星的私人生活是博得眼球的不二法門。同時我們還要注意到這是一種文本敘事策略，將作者、敘事人和敘述主體合而為一的第一人稱敘事，每篇作品都是自敘傳，但是將這些自敘傳相互對照著讀，就可以讀出傳主「我」的自我肯定與自我顛覆的兩可性。楊絮用不同的敘事方式、不同的情節來反覆演繹一個「楊絮故事」。《新滿洲》版《我的日記》〔註 140〕，上卷寫「我」在奉天讀書的少女生活——讀書、談戀愛、看電影、逛公園，下卷寫「我」在「新京」的奮鬥史和情史，從銀行職員到廣播歌手、話劇演員的光鮮，周旋於幾個男朋友，墮入有婦之夫的情網。而《我的罪狀》是上述生活的懺悔錄，「開始了認識男朋友」，「我太愛虛榮和出風頭了」，「自命為國都的文學青年」，「不問青紅皂白開始放送」，「決心當了歌手的生活」，「戀愛就像一種流行熱病」，「自己一向走著太放任的路」。〔註 141〕「就像一個囚徒將他的罪狀公開，直率的，坦白的。……我把別人的譏笑與齒冷拋在腦後，我要勇敢地說出我要說的話，向社會，向人群，向自己。」〔註 142〕同樣的「楊絮故事」，

〔註 138〕 楊絮，我的罪狀〔J〕，新滿洲，1942-4（7，8）。
〔註 139〕 楊絮，我的日記·自序〔M〕//楊絮，我的日記，長春：開明圖書公司，1944，
但因為該書被禁，這段自序並未被 1944 年但讀者看到。
〔註 140〕 楊絮的《我的日記》有兩種版本，第一個版本原載於《新滿洲》第 5 卷第 5、
7 期（1943 年 5、7 月），分上下兩卷，上卷為 1937 年的日記，下卷為 1939
～1940 年的日記；第二個為作品集《我的日記》收錄的版本，也分為上下兩
卷，上卷內容相同，下卷改換為 1943 年的日記。徐雋文等編輯的《楊絮作品
集》（2017）同時收入了三個版本。
〔註 141〕 《我的罪狀》中的部分小標題。見楊絮，我的罪狀〔J〕，新滿洲，1942-4（7，
8），收入作品集《我的日記》時，這些小標題被刪除。
〔註 142〕 楊絮，我的罪狀〔J〕，新滿洲，1942-4（7，8）。

一個是敘事，一個是懺悔，而到了短文《夜行者的低吟》《一支悲哀的故事》《故鄉的憂鬱》這裡，變成了「楊絮的悲苦故事」。一個在黑暗小巷裏獨自行走的「我」，「新京」豪華的霓虹燈照不到「我」的路。「我，彷彿是個被幸福國度驅除的人，為了活，又不得不勉強偷生下來。」〔註143〕

借用這種自敘傳式的敘事，楊絮塑造了多重兩可的「我」的形象。大膽抒寫「情事」是楊絮作品的一個顯著特徵，有研究者因此把楊絮解讀成反抗男權社會的「新女性」〔註144〕，有其合理性，不過我們從「自敘傳敘事」維度也可以看出另外的端倪。在一些作品中，楊絮把「我」塑造成愛情教主形象，周旋於幾位男性中間，操控男士們的情緒；在另外一些作品中，楊絮把「我」塑造成愛情的受傷者，千瘡百孔地「寂寞」「飄零」「悲哀」著。很多故事，楊絮都借用「自敘傳」多次敘述。婚後生活，在《夫妻如同林中鳥》是恩愛夫妻，在《記憶是個殘忍的毒蟲》是丈夫別戀；在《我的日記》中寫的是淒苦的主婦生活，在《日子是一個流星》中是一個快樂主婦。發表在 1940 年 10 月的作品，一邊是《赴鮮實演雜記》中舞臺上的飛揚，一邊是《飄零的心》。〔註145〕楊絮諸多作品奏出的「兩可性」，解構了讀者對「自敘傳私小說」的想像，重新界定作者聲音與敘述主體的關係，敘述主體可能是「我」，有作者生活中的某些蹤跡，但這個「我」在不同的作者聲音中呈現出多重兩可性、不確定性，既表現又掩飾，模糊了現實與虛構、實情與想像的界限。

楊絮作品的這種性格與當時偽滿洲國的話語政治、社會現實有著同構性關聯，偽滿洲國是日本佔領下的非正式殖民地，處在偽國家與殖民地之間的兩可政體，其制度、意識形態和文化政策既缺乏連貫性又模棱兩可。所謂的政體從共和到帝制；所謂的「建國精神」從「王道樂土」「民族協和」到「日滿一德一心」「日滿一體不可分」；文學政策從「建國文學」到「報國文學」。「五族協和」是哪五族，各處說法也不一。楊絮經常發表作品的《新滿洲》雜誌，開篇畫報部分是「現代的滿洲」——城市・鐵路・礦山、工廠、公園等等，接下來的「論說」「演講」「專載」欄目是「文明的滿洲」——現代觀念、兒童教育、婦女解放等等，其後的文學欄目，多數作品寫的是在「現代的滿洲」和「文明的滿洲」下的晦暗悲慘的生活。一邊是虛幻，一邊是實情；一邊是想像，一邊

〔註143〕楊絮，一支悲哀的故事〔J〕，麒麟，1941-1（7）。
〔註144〕例如，〔加〕諾曼·史密斯，反抗「滿洲國」——偽滿洲國女作家研究〔M〕，李冉譯，哈爾濱：北方文藝出版社，2017。
〔註145〕楊絮，飄零的心〔J〕，滿洲映畫，1940-4（10）。

是真實。這個在日本近代狂想蹂躪下的滿洲傀儡國在楊絮多重自敘傳的交響曲中透露出來，於此，楊絮是「公開了罪狀」，是把「潛藏在內心而不可對人言的東西」，「赤裸裸地暴露在紙上」。當然這不是對抗式的揭露，而是在多部作品的合奏中顯現出來，在文學作品形式中顯像。

楊絮將偽滿洲國這個非正式殖民地的體驗寫進了她的作品中，雖然她並沒有描繪時代的大圖景，像抗日文學、反殖文學那樣，寫日本入侵，人民革命軍抗日，如蕭軍《八月的鄉村》；也沒有寫日本殖民東北，盤剝東北人民，如山丁的《臭霧中》。楊絮只是寫自己的生活、自己的感受、飄忽的情緒，印象式地描畫出在「滿洲國」生活著的人們的精神形態，她把歷史大圖景隱藏在文學形式之內，偽裝成自敘傳式自我敘事自我反省，各種自敘傳合奏出一個模棱兩可、顛倒混亂、自生自滅的世界。「游在窗前玻璃缸的魚兒」，「被風吹滿園內遍地的楊絮」〔註 146〕，「一切都是煙，愛也是，愁也是。一切都是煙，戀也是，恨也是」〔註 147〕。

楊絮的作品是柔弱的，甚至有些無病呻吟，但這不是低迷的柔弱、無聊的呻吟，她的作品蘊含著某種力量──柔弱中盈溢著創造、恣肆地袒露，讓殖民地顛倒混亂、千瘡百孔的現實以新的形式展露。楊絮本人也非刻意源自何種立場或主義，也不從屬於任何文學流派集團，游離於「藝文志派」「文選派」「文叢派」之外，但與「文選派」「文叢派」的山丁、吳瑛、陳因，「藝文志派」的小松、爵青，以及「日系」作家大內隆雄等文壇名流私交甚好。她借助隨殖民而來的現代職業，投身自己喜歡的歌手事業，但在不得不唱「國民」歌曲〔註 148〕，不得不為日本文化官員表演「國歌」時，她抽身離開歌壇。1940 年是楊絮與偽政府關係最為密切的一年，出席偽政府組織的各種文藝活動〔註 149〕，還以「滿洲國」演藝使節身份到朝鮮「京城」在「東亞大博覽會」演出。但 1941 年楊絮突然離開偽滿洲國，隻身在北京、大連、青島等地流浪了 5 個月。楊絮自己在《我的日記》中描述「我」的離開是為了療傷──情愛

〔註 146〕楊絮，早秋的寂寞〔J〕，麒麟，1941-1（4）。
〔註 147〕這是楊絮喜歡引用的屠格涅夫的話，在很多作品中都有引用。
〔註 148〕楊絮與郭奮楊演唱「國民歌」《我愛我滿洲》，見《大同報》「今日放送」專欄，1940 年 3 月 10 日。
〔註 149〕例如：赴哈爾濱參加「協和之夕」（八週年紀念）演藝音樂會；參加「警察官慰安之夕」放送節目；作為「滿洲國」文化使節赴朝鮮參加「東亞大博覽會」；參加「愛路之夕」放送，獨唱《鐵路愛護歌》等歌曲；參加「國防獻金」主題的演出等。

之傷，媒體稱楊絮想加入「華北電影公司」，〔註150〕究竟原因如何還有待考證。不過我們看到歸來的楊絮，儘量遠離政府組織的活動，也沒有像她的文壇朋友那樣加入「滿洲文藝家協會」，而是專心編輯和寫作，結婚，離職，生子。楊絮在誘導和欲望間沒有自我沉淪、自哀自憐，而是創造性地讓這一切成為「公開的罪狀」，成就「危美」楊絮。

〔註150〕小川，春風吹楊絮　由滿飛北京──滿洲的陳白露　下歌壇將入影圈〔N〕，大同報，1941-4-10。

第七章 「附和作品」的虛與實

進入東北偽滿洲國時期的文學研究，不可迴避的問題是：有沒有附和偽政府、日本和「大東亞戰爭」的作品？哪些人在寫這類？這類作品的具體形態如何？今天如何看待這些作品？本章圍繞這些問題展開探討。

第一節 「獻納詩」的臺前幕後

日本學者岡田英樹在提到作家山丁的「擊滅英美詩」《新世紀的曉鐘響了》時，小心翼翼相當慎重，為這首被大內隆雄翻譯為日文的詩，加了一個長長的說明。

> 這是首出處不明的詩的譯文。是否確是山丁的作品，翻譯是否準確，還留有很多應確認之處。之所以拋開猶豫在這裡提出此事，是因為我感到其中存在著靠漂亮話無法解決當時狀況的可能性。我想這即便是山丁的作品，也可能並不是他自發創作的作品，也許只是按別人規定了的題目而寫的。從前面提到的首都秘密警察的資料來看，1942 年 6 月這一時期，山丁已經被秘密警察注意起來，他的人身安全已經受到了威脅。這個課題詩完全可能只是一種思想調查的手段。精心設計的思想統制的狀況必須弄清楚。這就是我敢於公開發表此詩的原因。〔註1〕

〔註1〕〔日〕岡田英樹，「滿洲」的鄉土文學——以山丁《綠色的谷》為中心〔J〕，野草，1989（44）。又見〔日〕岡田英樹，偽滿洲國文學〔M〕，靳叢林譯，長春：吉林大學出版社，2001：262～263。

當時健在的山丁先生對此事做了應答，致信給岡田英樹（1989 年 12 月 7 日）：

> 擊滅英美詩是我寫的。是響應滿洲文藝家協會的號召而寫的。
> 但請仔細研究一下那些詩句。我是把美英和日本帝國主義作為同一
> 貨色來處理的。（中略）請相信我的詩魂。亞洲不單是指中國，也包
> 括被帝國主義侵略的弱小民族。〔註2〕

之後崗田英樹在《盛京時報》上考索到了此詩的原文，同時也發現了《盛京時報》上其他作家的「獻納詩」，共 15 首。〔註3〕

讓岡田英樹先生思量再三又措辭謹慎的「擊滅英美詩」，在 1942 年以後的偽滿洲國期刊雜誌中時而出現。從所謂的純文學的「滿洲文藝家協會」中文機關雜誌《藝文志》、日文機關雜誌《藝文》，到青年文化綜合雜誌《青年文化》和大眾文化雜誌《新滿洲》，甚至小學生讀物《滿洲學童》《小朋友》，都有此類「詩」的刊登，有些雜誌報紙還專設「擊滅英美詩」特輯欄目。這些「詩」的作者也極為廣泛，有偽滿洲國的一流作家古丁、山丁、小松、金音、外文、冷歌、石軍等，有「日系」文人，有名不見經傳的新人，還有大量的中小學生。形式上也翻出花樣，有嗥叫風格，有抒情風格，還有階梯詩……

以 1943～1944 年的《藝文志》雜誌為例，所見「獻納詩」就有：

金音《聖戰二週年頌歌》（1：2，1943.12）

田兵《殲敵詩》（1：2，1943.12）

吳郎《鷹揚吧！我們的亞細亞》（1：7，1944.5）

〔註 2〕〔日〕岡田英樹，偽滿洲國文學〔M〕，靳叢林譯，長春：吉林大學出版社，
　　　　2001：263。

〔註 3〕《盛京時報》上 15 首獻納詩，是「協和會」和「滿洲文藝聯盟」曾聯合舉辦
　　　　「獻納詩」徵文中部分詩的選登，分別為：
　　　　古丁《擊滅而後已》（6.13，1943）
　　　　金音《起來！我十億的民眾》（6.15，1943）
　　　　山丁《新世紀的曉鐘響了》（6.16，1943）
　　　　外文《聖戰頌》（6.17，1943）
　　　　冷歌《東亞復光明》（6.18，1943）
　　　　陳徵丘《銘記呦！十二月八日》（6.19，1943）
　　　　霊疋《征旗之歌》（6.20，1943）
　　　　石軍《擊滅美英》（6.22，1943）
　　　　方砂《長征曲》（6.24，1943）
　　　　金閃《沃土鬥士歌謠》（6.24，1943）
　　　　杜白雨《粉碎英美》（6.26，1943）

甘川《民防衛》（1：7，1944.5）

春明《開拓村》（1：7，1944.5）

小松《礦山行》（1：7，1944.5）

成弦《國土頌》（1：7，1944.5）

石軍《過渤海國宮殿》（1：7，1944.5）

石軍《游鏡泊湖》（1：7，1944.5）

冷歌《松花江》（1：7，1944.5）

柳自興《四千五百萬》（1：7，1944.5）

李廼瓊《殺死它！鬼畜美魔》（1：7，1944.5）

前人《弔塞般的婦女子》（1：7，1944.5）

大維《殺敵》（1：7，1944.5）

高村光太郎《殲滅而已》（1：7，1944.5）

崗本潤《激鬥的海》（1：7，1944.5）

西條八十《國民總意之歌》（1：7，1944.5）

江口隼人《躍起 青年亞細亞》（1：7，1944.5）

武富邦茂《守護太平洋》（1：7，1944.5）

白凌《古賀元帥薨》（1：7，1944.5）

偽滿洲國的文人及民眾一時間集體「爭寫」「獻納詩」，這種現象毋庸置疑，閃爍其辭沒有必要，一味的譴責，雖絕對正確，但流於簡單，無助於認識這種「集體出場」的臺前幕後。問題的關鍵在於釐清兩類事情，一是「詩」作者自己怎樣看待這些「詩」作，二是通過細讀「詩」文本，解讀詩中的情感情緒的幽微之處。

如果追究當時為什麼會有那麼多人寫讚美「大東亞」戰爭的「獻納詩」，原因很多。

一、偽政府的「倡導」與「強制」。1942 年偽滿洲國宣稱進入戰時狀態，其文藝政策轉變為「以『服務戰爭』為主，提倡『報國文學』」。力圖使偽滿洲國的言論文化機構、人員和活動都引向服務戰爭的軌道。屆時「協和會」和「滿洲文藝聯盟」曾聯合舉辦「獻納詩」徵集活動，動員偽滿洲國的全部文人參加。至於「強制性」，筆者沒有考索到偽政府曾出臺過具體舉措。但就當時的情狀來看，文人的一舉一動、一言一行都有可能進入警察的偵察範圍〔註4〕，如果

〔註 4〕《首都特秘發一四一四號〈關於偵察利用文藝、演劇進行思想活動的報告〉》

要求某文人寫「獻納詩」，拒絕的結果可能會有危險。

　　二、「獻納詩」簡單易學易發表。其實「獻納詩」根本不是「詩」，至多就是「順口溜」加上「打倒」、「擊滅」、「必勝」、「前進」等昂揚的流行詞語，有一定文化水平的人在短時間就可以學會，而且寫出來的「獻納詩」，和有多年創作經驗的大作家所寫幾乎無法區分。如這樣兩首「獻納詩」：

　　　　　　粉碎英美〔註5〕

　　　　　　　　杜白雨

　　　　在世界上

　　　　有黑奴沒有白奴

　　　　歷史上

　　　　有「黃禍」沒有「白禍」

　　　　輝照的太陽升起來

　　　　東亞民族大團結

　　　　一心一意一條槍

　　　　戳穿英美惡魔

　　　　大東亞戰爭勝利〔註6〕

　　　　姜顯周

　　　　東亞聖戰二週年

　　　　皇軍將士真勇敢

　　　　不怕槍、不怕彈

　　　　幹！幹！幹！

「康德十年五月四日」（1943 年 5 月 4 日——筆者注），其中就有關於山丁等人的近期行為的報告：「關於大東亞文學大會以後山丁的動向。以作家身份出席這種大會，是滿系作家所矚目的。在京（指偽新京長春——筆者注）作家對於連續兩年獲得出席本會榮譽的《藝文志》古丁派，儘管心存反感，但又全都懾於古丁的潛在勢力，而表示逢迎。其中的山丁曾被譽為繼承在滿左翼作家蕭軍農民文學傳統的一員驍將。最近態度軟化，這次竟對古丁主持的《藝文志》等刊物，爭先投稿。關於他的意圖究竟何在，正在繼續調查。」「自十一月一日至十一月三十日，山丁請假未上班，經調查，並不在京。」又見《敵偽秘件》，於雷譯，李喬校。《東北文學研究史料》（內部交流）第 6 輯，哈爾濱文學院編，1987 年 12 月，第 153 頁。

〔註5〕杜白雨，粉碎英美〔N〕，盛京時報，1943-6-26。
〔註6〕姜顯周，大東亞戰爭勝利〔J〕，滿洲學童，1944（4），優級一二年級用。

衝鋒直向前

建設共榮圈

新幾內亞硝煙起

樞軸艦隊雄威威

國聯國、魂魄飛

追！追！追！

惡魔一掃靡

英美無立錐

日滿德華一德一心

同舟共濟一家人

齊努力、奮精神

進！進！進！

打倒英美們

妖氛全消盡

　　這兩首詩的作者分別為：前者是偽滿洲國著名詩人、劇作家杜白雨，後者是綏德縣大嶺村公立國民優級學校的學生薑顯周。若從這兩首「獻納詩」來看，其文學身份的差異幾乎看不出。這樣簡單易作的詩，偽滿洲國的報刊、雜誌因為各自不同的目的爭相刊登，發表極其容易。因為「獻納詩」簡單易學易發表，又有偽政府的「提倡」，像一些主體意識還沒有建立起來的小學生、中學生也參與其創作，無形中增大「獻納詩」的寫作，給人以虛假的「繁榮」景象。

　　三、當然還有寫作者自身的原因。有一些人「並非不得已而為之」，他們秉承權力者的意志，想通過迎合當權者，獲得某些利益；有一些人無欲無求但隨波逐流，只要能活著，怎麼都好，讓寫什麼就寫什麼；有一些人「不得已而為之」，是一種避免「危險」的生存手段，有一些人可能就是為了娛樂，「獻納詩」是他們的一種智力遊戲；有一些人想通過寫「獻納詩」表達隱蔽抗爭之情……但無論最初的寫作者抱有何種目的，這些「獻納詩」的寫作，成為他們後半生難以啟齒之事。這裡要提及的是，相對而言，那些偽滿洲國的通俗作家的「獻納詩」比較少見。

　　就公開發表的「獻納詩」而言，其作者主要是當時在東北的「日系」文人、有影響的中國作家和中小學生。他們自己是如何看待這種寫作行為及其自己

寫的「獻納詩」呢？回答這個問題遠為困難，只能就現有的資料試著解釋。中
小學生作者的寫作「積極性」很高，當時的《滿洲學童》《小朋友》以及各種
校刊，都登載了大量的「獻納詩」。這些少年作者大部分時間接受的是殖民地
教育，在主體意識還沒有建立起來的時候，偽滿洲國的觀念就強行進入他們的
思想中，可能有部分少年會認同「大東亞共榮圈」的說教〔註7〕，自願自覺地
寫「獻納詩」。但可能更多的少年把寫「獻納詩」當成一種遊戲，一種娛樂，
一種學習，寫「獻納詩」和「對對聯」「填詞」等詩詞練習活動沒有差別，而
「獻納詩」因為發表容易，給這些少年帶來了孩子氣的積極性，要把這種遊戲
玩到花樣翻新，嘗試著各種玩法，《滿洲學童》上還刊出這樣一首《聖戰字塔》：

聖戰字塔〔註8〕

祝

戰 聖

年 三 第

戰 敗 英 狡

完 要 也 國 美

乾 坤 震 咸 軍 皇

前 陣 在 食 忘 寢 廢

淺 非 功 軍 皇 謝 感 我

前 眼 在 要 就 英 美 倒 打

圈 榮 共 大 擴 戰 亞 東 成 完

　　這種少年娛樂的結果，這些稚嫩的童心被蒙上了灰塵，當少年成年後該
如何面對這不更世事時的「遊戲」，悔恨、恥辱、恐懼等情感，將伴隨本該是
趣味十足的少年回憶，面對自己的晚輩和朋友對此事也要時時說謊掩蓋，當
面對如筆者這樣的研究者時也盡力避開寫「獻納詩」的事情。日本統制東北
14 年，犯下滔滔罪行，其造成的人身與心靈的苦難蔓延於具體生命漫長的一
生。

〔註7〕筆者採訪過 1926 年出生在長春的一位老人，他說：「當日本宣布投降後，溥儀
　　　發表了《退位詔書》，我當時的心情很失落，覺得自己的國家沒有了。那個時
　　　代，沒人告訴我中國是我的國家。」這個老人的情況也許有一定的代表性，從
　　　中我們也可以看出當時的東北殖民教育的強迫性。
〔註8〕聖戰字塔（未署名──筆者注）〔J〕，滿洲學童，1944（1），新年號，優級一
　　　二年級用。

　　相對於比較單純的少年寫作者，偽滿洲國的中國文人對待「獻納詩」的寫作行為及其自己的「詩作」的情感要複雜得多。不但沒有任何「遊戲」精神，可能大部分人充滿了恐慌，被監視的寫作狀態，不敢隨心所欲地寫，當被「點名」寫「獻納詩」時〔註9〕，誠惶誠恐遵命寫作。這種誠惶誠恐源於偽政府的威懾，也源於自己內心中國知識分子的良心。偽滿洲國的文人大部分接受過五四新文化運動的洗禮，親眼目睹偽滿洲國的成立過程，知曉其日本國傀儡的性質，清楚日本所謂的「大東亞共榮圈」是想侵吞中國以致整個亞洲，若寫鼓吹戰爭的「獻納詩」，就是為日本的野心張目，是中華民族的罪人。還源於對未來的恐慌的隱蔽心理。這些文人可能知曉當時的戰爭情況，知道偽滿洲國不會長久。古丁曾對他的日本朋友大瀧重直說過，他要是不做官就好了，因為做官期間雖然還好，可一旦政府更迭就要遭殃，現在要想在中國過最安穩的日子，只有到邊境地區去當農民。〔註10〕有這種「惟我」的清醒，自然會知道那些白紙黑字留下來的東西將給他們帶來什麼。這種種心理，促使他們在寫不能不寫的「獻納詩」時，十分小心翼翼，要迎合偽政府的旨意，同時又要不違背自己的良心，還要考慮身後之事。這其中他們找到了一個切合點「誅伐英美」。當時以林則徐為原型的文學作品很多，關於甘地的消息也時常見諸報章。這種現象有其背後的原因，在偽滿洲國推崇的「英雄」人物很多，除林則徐和甘地外，還有乃木大將、希特勒、汪精衛等。他們隱蔽的內心中既反日也反英美。日本欺壓中國，英美同樣也欺壓中國，他們一致地把筆指向英美，高唱反英美的口號，吟詠英美統治下的亞洲人的痛苦。

　　　　　鷹揚吧！我們的亞細亞〔註11〕
　　　　　　　吳郎
　　　　　我們是亞細亞的驕子
　　　　　我們是亞細亞的英豪
　　　　　起來　為了亞細亞的甦生

〔註 9〕筆者沒有確切證據，證明曾有人被點名寫「獻納詩」。但可以推知的是，當「協和會」和「滿洲文藝聯盟」聯合舉辦「獻納詩」徵集活動，並動員偽滿洲國的全部文人參加。「滿洲文藝聯盟」委員：古丁、吳郎、爵青等是沒有理由不起「帶頭」作用的。

〔註10〕〔日〕大瀧重直，人們的星座——回憶中的文學家們〔M〕，國書刊行會，1985：113〜115。轉引自〔日〕岡田英樹，偽滿洲國文學〔M〕，靳叢林譯，長春：吉林大學出版社，2001：67。

〔註11〕吳郎，鷹揚吧！我們的亞細亞〔J〕，藝文志，第 1 卷第 7 號，1944（5）。

揮動我們的快劍

誅彼英美的群妖

你——過去曾用了貪婪的鐵索

緊緊地桎梏著我們的生存

現在掙脫了百年的羈絆

靜聽太平洋上四野的歡歌

啊　亞細亞你已日月重光

這些偽滿洲國的中國文人和當時不更世事少年們寫的「獻納詩」，在寫作水平上沒有什麼差異，但在具體內容和用詞上區別還是顯著的，文人的「獻納詩」很少直接頌揚日本軍隊，少見有「親邦」「皇軍」等字樣，他們以痛斥英美的暴虐行徑為主要內容，盛讚緬甸、印度、菲律賓等亞洲民族的解放運動。這方面有山丁的《新世紀的曉鐘響了》：「起來。起來。起來。／啊！亞細亞。我們的亞細亞。／新世紀的曉鐘響了。／燃燒吧！憤怒的火把」。〔註12〕以及金音的《起來！我十億的民眾》〔註13〕。多年以後山丁說：「我是把美英和日本帝國主義作為同一貨色來處理的。（中略）請相信我的詩魂。亞洲不單是指中國，也包括被帝國主義侵略的弱小民族。」〔註14〕這不僅僅是事後的辯解。

當時的偽政府對文人「獻納詩」的傾向也有所覺察，1943 年的首都警察的《關於偵察利用文藝、演劇進行思想活動的報告》中，就當前的作品傾向進行分析，曾有這樣兩條內容：

高唱英美帝國主義終於征服亞洲，極力壓迫中華民族：在反英美的口號下，運用技巧描繪中華民族受壓迫的苦痛。其實是把日本看成帝國主義的侵略者，藉以醞釀反滿抗日思想。

大東亞戰爭爆發以來，他們利用緬甸、印度、菲律賓等各民族的獨立運動，痛斥英美的暴虐行徑。實際則是影射其面臨環境，將民族意識引向反面抗日。〔註15〕

〔註12〕山丁，新世紀的曉鐘響了〔N〕，盛京時報，1942-6-16。

〔註13〕金音的，起來！我十億的民眾〔N〕，盛京時報，1943-6-15。

〔註14〕山丁寫給岡田英樹的信，見〔日〕岡田英樹，偽滿洲國文學〔M〕，靳叢林譯，長春：吉林大學出版社，2001：263。

〔註15〕《首都特秘發一四一四號〈關於偵察利用文藝、演劇進行思想活動的報告〉》康德十年五月四日（1943 年 5 月 4 日——譯者注）。

　　這雖然沒有明確指出是對「獻納詩」的分析，但就文人「獻納詩」的主要內容來看，和上面兩條極為接近，很可能是直接對此而言，至少是主要對此而言。

　　「獻納詩」是太平洋戰爭以後日本佔領區常見文體，頻繁出現在報紙和雜誌上。寫作者各懷心事，抱有不同的目的，或強迫或主動地寫著，但很少有人真心把其當作文學作品來經營，「獻納詩」幾乎是一個面孔，一個腔調。但其中也有個別，現輯錄一首小松 1944 年發表在《藝文志》上的「獻納詩」，供揣摩。

　　　礦山行〔註16〕

　　　　小松

　丘陵千萬　和山谷

　遠接流雲

　在這裡

　尋到了礦苗

　製圖的老技師

　雪白了長髯

　還有鬢髮

　不時地禱告

　叩問神的旨意

　礦山的馬車

　急走在野花遍開的山崗

　老車夫

　低語著如煙的往事

　最初的開掘

　人和機器

　不停地苦鬥

　經過了幾多年月

　齒輪動了

　搬運機的長頸

　悠然地擺著巨頭

　礦道的鐵車如蟻

───────────────

〔註16〕小松，礦山行〔J〕，藝文志，1944（1-7）。

煤　吐著黑光
迎著太陽
微微地笑了
新世紀的蘇醒

炭坑夫們
大時代的英雄
赤腳裸背
第二線的超人部隊

戰鬥了多少年代
掘出了這黑色的寶藏
感激與歡喜
響成了一片
熱汗橫流
血也澎湃
把生命　和
崇高的魂
血淚的結晶

應召的煤群
落在大火的海裏
擁抱著他們的鄉鄰
無限的歡喜
鐵汁在他們的笑聲中怒號
黑煙和火焰暴笑
推動了鐵和輪
光照了心和膽

飛轉著艦船的心臟
狂舞起戰野的機甲
太平洋的浪花高卷
亞細亞的全土？？

你偉大的煤炭

蘊藏著力

熱與光明

是神的法律

為了勝利

為了幸福

東亞十億

向你敬禮

默默的戰士　列了隊

一列千古不動的英雄

屹立在炭礦　山野

猛力的採掘

遠古的林海

也是神的安排

埋在了地下

一天

一年又一年

在今年　在今天

你　偉大的煤炭

又出現

為了東亞十億

此一戰

（康德十一年六月由穆棱歸來記此）

第二節 「PK 手記」和「生產文學」的表情

如果說部分「獻納詩」裏的情緒比較複雜，可以把「美英和日本帝國主義作為同一貨色來處理」，其他附和作品連這種複雜性也蕩然無存，非常直截了當，就是在為「時局」大唱頌歌。倘若一定要找出令現在的我們欣慰之處，只能說這樣的作品比較少。

「時局作品」以戰爭前線「PK 手記」和後方「生產文學」為主。「PK 手記」源於德國，「PK」是宣傳中隊的略稱，所謂宣傳中隊，即「筆部隊」。是動

員作家、畫家、音樂家、攝影師、記者、編輯及其他專業的藝術家，把他們組
織訓練成文化戰鬥部隊，其任務是：把第一線的戰鬥狀態，以文章、繪畫、電
影及其他凡有的文化手段，報導給全國以至全世界，以此「昂揚」戰爭的精神；
同時，並把槍後國民獻身協力的熱情傳達至 d 前線，鼓舞將兵的士氣。第一次
世界大戰，德國大敗，他們自認為不是敗在軍事上，而是敗在經濟紊亂和宣傳
戰落後上。法西斯黨掌握政權後，首先充實國力和戰備，之後就成立了「PK
組織」。這種「PK 組織」，「其異於從來的所謂特派從軍訪問員，在於每一個 PK
隊員都是本格的戰鬥員；所以他們的報導，並非以第三者的立場，做客觀的描
寫，而是從鬥爭主體的意欲與經驗中，錘鍊出來的創作。雖然，第一次歐戰時，
德國的作家，由於愛國的激情，多數從軍第一線，造成了所謂戰爭文學，但在
本質上，和現下 PK 的創作，卻迴乎不同。」〔註17〕當時的《青年文化》雜誌
刊出了德國黑爾伯特和古林美的 PK 手記：《血的吶喊》（1943，1：1）和《老
畫家與兵士》（1943，1：1），不久又刊出了日本火野葦平的《步哨線》（林泉
譯，1944，2：11）。這些作者的身份都是戰場上的「戰士」，他們的作品有明
確服務戰爭的目的。

　　這種文體引進後，在偽滿洲國又被進一步生發為「大東亞戰爭」服務的「生
產文學」。「滿洲文藝家協會」委員長山田清三郎專門撰文解釋「生產文學」：
「生產文學，應該是包括了狹義的戰場乃至軍人文學。」「在此，我要反覆強
調的，即是我所說的生產文學，既不是曾經在日本流行一時的左翼公式主義的
文學，也不是滿洲某些人高唱的作家職業自立的是非論等消化不良的勤勞文
學。我所說的文學是將那前線中兵士的心，為己心的至高至純的精神，以此作
為一個基調，對參加此解放戰的亞洲各國民族，來昂揚它的連帶性。」〔註18〕
但不論理論家把「生產文學」說得如何玄妙，其核心就是克隆日本文學報國會
的「報國文學」，把所有的藝術家都推向「協和」和「服務戰爭」的軌道上來，
不僅讓他們創作服務戰爭的作品，還要身體力行地參加到戰爭的服務隊中來。

　　我們再以 1943～1944 年的《藝文志》雜誌為例，其中的「生產文學」有：

小說：

遲疑《曙》（1：9，1944.7）

遲疑《明》（1：11，1944.9）

〔註17〕關於 PK 手記〔J〕，青年文化，1943（1-1）。
〔註18〕山田清三郎，生產文學啊，繁榮吧！〔J〕，藝文志，創刊號，1943（1-1）。

古丁《下鄉》（1：11，1944.9）

小松《礦山旅館》（1：8，1944.6）

田瑯《甦生》（1：12，1944.10）

散文：

王廷義《勤勞增產手記》（1：11，1944.9）

金音《西南行外記》（1：9，1944.7）

田兵《西南踏查記》（1：9，1944.7）

小松《見聞二三》（1：9，1944.7）

疑遲《祝福熱河》（1：9，1944.7）

古丁《西南雜感》（1：9，1944.7）

田瑯《西南地區與決戰文藝》（1：9，1944.7）

這些作品目的明確地為「當局」服務，寫偽滿洲國「國民」怎樣積極地勤勞增產，同心協力為「國家」、為「聖戰」日夜奮鬥，作品中儘量多地羅列「時局」符號，無文學經營之志，有些讀來簡單而可笑。例如王廷義的《勤勞增產手記》，寫自己作為一名大學生勤勞奉仕隊隊員，在鄉間割油草，被蚊子叮咬，卻大贊蚊子的「勇敢」，以藐小之軀，攻擊比自己大百千萬倍的東西，而且有不成功不中止的堅決態度，寧可流血而死，決不脫逃。之後大發議論，「牠們只不過是為著自身的生存，就能拿出那樣大無畏的精神。可是我們呢，我們是東亞的一人，我們為著建設東亞人的東亞，我們還不讓全身的血變成汗，儘量的流出嗎？看！大東亞戰爭，親邦會犧牲數萬生靈，不是為著我們東亞人們嗎？當這炮火連天將要完遂聖戰的今日，我們還不趁這個機會協起力來，把侵略我們東亞的美英驅出嗎？也好削去數百年來歷史上的恥辱，再增添一頁我們共榮的史實吧。拿我們的使命，去比蚊蠓，豈不大牠們幾千萬倍？那麼蚊蠓的鬥志和犧牲，也要比牠們大幾千萬倍呀！」〔註19〕這種無稽之論，很可能出自大學生王廷義的「真情實感」，被殖民教育異化的學生，還高唱，「我們的胳膊、腿雖遍處傷痕，大小包疱重疊，一想到我們所荷的使命，什麼苦惱都忘了，依舊天天快樂的流汗增產著。」這篇作品完成於 1944 年 6 月，當歷史翻過一頁後，當作者清楚日本侵略中國並在中國犯下滔天之罪的真相之後，該如何回憶那段勤勞奉仕的日子？又該如何面對當初自己寫的這篇文章？這漫漫歲月裏的悔恨，該由誰來承擔責任？

〔註19〕王廷義，勤勞增產手記〔J〕，藝文志，1944（1-11）。

　　而偽滿洲國的知名作家們的見地應該遠在學生之上，但它們的附和作品沒有高出這位無識的大學生，作品同樣為日本侵略張目，雖然沒有直接喊出，「看！大東亞戰爭，親邦會犧牲數萬生靈，不是為著我們東亞人們嗎？」也十分露骨地美化圖解偽政府的政策，因為其「有識」，就見人性之幽微。

　　古丁宣稱，「文藝之新的出發，新的突入，實已見其萌芽，如石軍之《新部落》，疑遲之《凱歌》，可為其見證。」〔註20〕被古丁推崇的「新文藝」是一種什麼樣的文藝呢？疑遲的《凱歌》分三部：《署》《光》《明》，三部前後情節有聯繫，又各自獨立成篇，連載於《藝文志》雜誌。作品寫一個名叫沙嶺屯的村莊齊心齊力為「國家」為「聖戰」勤勞增產的一系列事情，糾集了儘量多的「時局」符號，「民族協和」「出荷」「開拓」「國兵」等等，目的直指《藝文指導要綱》所要求的塑造「優秀的國民性」。小說的主人公是「以勤勞增產為使命」的中國農民吳海亭和日本開拓團成員古森。第一部《署》，吳海亭和古森同心協力帶著全村人開荒拓地、勤勞增產，還改造了村裏的大煙鬼和二流子，並對他們「情同手足」。第三部《明》，寫吳海亭的弟弟吳海山「國兵」退役後同其哥哥、古森等一起勤勞增產，中間穿插吳海山對軍隊戰爭生活的留戀，還有他和日本人「並肩協力戰鬥」的情境。

　　曾經寫過《山丁花》《雪嶺之祭》的疑遲，被小松讚歎為：「一支筆，刺穿了社會，流露出來的不是瓊漿而是苦水。……以強有力的筆調，粗獷的線條，簡單的輪廓，構成一幅荒原的流民圖。又以冰冷和熱力，交織的血流，點染了一幅墾林群像。」〔註21〕「不鋪張，不渲染，常常是採用不華麗的題材，用無色的筆，把它塗繪在紙上，夷馳總是選擇著自己所尋求來的純樸的故事，而剔除一切華麗的浪費。」〔註22〕但是在「凱歌三部曲」裏，不但沒有了疑遲慣於描寫的北滿自然風光，血性有力的筆調也幻變成「華麗的浪費」，作品的情節、人物呆板麻木，只為「時局」而存在。從文中隨便揀幾個人物的語言，就可見一斑：

　　　　時局下的國民就不能提起辛苦二字，為了大東亞民族的必勝，
　　縱使再多勤勞，我們也應當歡喜地做去！……戰爭已經到了決戰的
　　階段，我們要刻不容緩地增產啊！（吳海亭說）

〔註20〕古丁，文藝之建設的協議〔J〕，藝文志，1944（1-11）。
〔註21〕小松，夷馳及其作品〔M〕//陳因，滿洲作家論集，大連：實業印書館，1943：321。
〔註22〕小松，夷馳及其作品〔M〕//陳因，滿洲作家論集，大連：實業印書館，1943：319。

今番回來，我將拿出我全個的力量，從事農作增產！荷槍報國的時期在我已經過去，今後的報國，是要拿起鋤頭和鐮刀來。（「國兵」退役的吳海山說）

有一分氣，就使出一分力氣！非把萬惡的英美國打敗了，不算完！（曾經抽「大煙」的老馬頭說）

——疑遲《明》〔註23〕

農民吳海亭熱愛土地，熱衷於開荒拓地、「勤勞增產」，這是可以說得通的行為，但他卻說出了「政治家」的語言，為自己的每個行動都說出了「時局」上的理由，這是作者讓他「鬼話」附體，毫無現實性可言。退役「國兵」吳海山懷戀軍營的生活，也可以理解，但他懷戀的是：「那夜自己恰巧被派為斥候，摸黑持槍匍匐前進，眼看四周已漸被匪包圍，幸遇四名日軍討伐部隊破命相救，激戰一個小時後，才得脫出重圍。後來更由於日軍部隊的友善指導，終於攻陷了匪人巢穴，捕捉了匪人……」這裡所說的「匪」就是抗日軍隊。1944 年的作家疑遲不會不知道中國的抗日戰爭，怎麼會讓吳海山回憶這段行徑？曾經游手好閒的大煙鬼老馬頭，說出話來，就如「獻納詩」。這些木偶人物，卻從成熟的作家疑遲的筆下流出。

這裡對比疑遲創作的前後差異，並不是為這篇附和作品開脫什麼，只是想探討一個作家怎麼會那麼容易轉變，同時操縱幾套系統的筆墨進行創作。當然疑遲的「凱歌三部曲」是應命作文。1943 年底，在「新京」召開了所謂的「決戰文藝家大會」「全國文藝家協會」，除通過決議，適應戰時增產形勢，組織文藝家前赴工礦產業、開拓團、勤勞奉公隊、軍警部隊進行實地視察，並要寫出反映那裏生活的報告。疑遲是其中一員，為此他要完成「反映那裏生活的報告」，但他的「報告」卻寫了 10 萬字的「凱歌三部曲」，是所見最長的一篇「報告」。如果僅僅用「不得不寫」為其原因，很難讓人信服，假如沒有內在的推動力，怎麼會用 10 萬字的篇幅來「交差」。

古丁推崇「新文藝」，自己也身體力行地參加實踐，他的《下鄉》就是其中一篇。這篇小說也是應命作文，反映「農村出荷」的「報告」。不過這篇小說不似疑遲的「凱歌三部曲」那麼直接迎合，而是有著古丁一貫的文學手法，可以讓讀者心甘情願地讀完。

《下鄉》以「出荷督勵班」下鄉「督勵」為內容。「我們——市公署，協和

〔註23〕疑遲，明（凱歌第三部）〔J〕，藝文志，1944（1-11）。

會首都本部，興農合作社，教化團體，一行到了奢嶺口子。」和當地農民「班組長」召開「懇談會」。文中同樣充滿了「出荷協力聖戰」「日本之興，即滿洲之興」「粒粒化為擊滅美英的彈丸，爭道我們大東亞的最後的勝利」等「時局」口號。不過小說主體突出的是「懇談會」上農民和「出荷督勵班」的對話以及作者不厭其煩地詳細描繪兩天來「出荷督勵班」的伙食菜譜，還有當地人的民風民俗。

「懇談會」在一個「國民學校」的教室裏召開，「班組長」滿滿地坐了一間教室，全都是純樸的農民。趙區長說明懇談會的意義；「我」作為「全聯」代表〔註24〕，介紹「農產物出荷之件的協議」，並轉達「國務總理大臣兼協和會長」張景惠的「激勵之辭」以及「皇帝陛下的旨意」；市公署侯屬官說明市公署的方針，特別強調農民「出荷協力聖戰」的重要性；興農合作社郝主事，要求大家「集體出荷」「自興出荷」……偽官僚們一一表演完畢，開始讓農民「班組長」說話。沉悶片刻後，農民提出了五個問題：

> 今天那場大雨下的，沒下去鐮刀……
>
> 老王家的一塊玉的八晌地，沒有下鐮刀，老頭子們直哭啊。
>
> 集團出荷這個事啊，我看辦不到，別人不夠了，誰能給補啊。
>
> 秋風一刮，可困難啦，莊稼人呀，這個布啊……
>
> 麻袋，沒有麻袋，怎麼辦呢！在大嶺上翻了車，可怎麼收拾？
>
> 酒呀，我看還不如給點豆油。車沒有澆車油，直冒煙呀。

這裡的農民說著自己的話，作者沒有讓他們「鬼話」附體。那些「鬼話」分給了偽官僚們和作者自己。小說中作者時常跳出來感慨一番，「感謝建國」「太平盛世」「這是我們滿洲國的協和政治的偉大的成果」等等。這些農民的話語，不僅僅是語言符合人物身份的形式問題，從中還可以透出「出荷協力聖戰」下的農民的可以感知的生存苦難，老頭子的哭泣，沒有衣服穿，沒有麻袋裝糧食，沒有油，後文還提到「如果食堂再像去年那麼給餿飯吃，請報告分所，跟經濟保安科聯絡，嚴加取締」。這樣的連基本生存都保障不了的生活，還要「出荷協力聖戰」，結尾處作者的感慨，「天涼了，不久新京該有成群結隊的大車，載著一年血汗的結晶送到交易場。」有些讀者會在此昂揚的句子中體會到無限的悲涼。

〔註24〕「全聯」，即「協和會」的全國聯合協議會。古丁以文藝家的身份多次出席了
　　　這種聯合協議會。本文的真實背景是，古丁剛剛參加了 1944 年第 12 次「全
　　　聯」會議。這裡雖不能等同「我」與「古丁」，但「我」的所為和所見，肯定
　　　有古丁的影子和眼睛。

古丁在《下鄉》中不厭其煩地詳細描繪「出荷督勵班」兩天四頓飯的伙食：

第一頓中飯：精米乾飯，土豆炒辣椒，粉條炒乾豆腐，又給我們燙了燒酒。（這頓飯讓我們受寵若驚。但趙區長一勁埋怨事先沒有聯絡好，否則，殺個豬。）

第二頓晚飯：燉小雞。（又是我們所不常嘗到的味覺。）

第三頓早飯：榛蘑燉雞，炒雞子，炒豆腐，炒木耳，木須湯，我們還喝了早酒。

第四頓中飯：（殺了一頭豬）八碟八碗。（非常豐富，尤其是白肉血腸，滿足了我們的味覺。）

這些細緻描繪的菜譜，無論是從「應命」作文的角度來看，還是從小說本身的需要來說，都是不必要的。這其中可能是古丁信筆由之，有他不經意間的個人體驗記憶，那些美食給他留下了深刻印象，在一切物質支持「戰爭」的偽滿洲國，如古丁這樣地位的人也生活在半溫飽之中，「下鄉」留給他最難忘的記憶是美食，時過境遷，他還可以如數家珍地說出來。也可能是古丁有意為之，偽官僚們這豐富的伙食和農民的苦難生活相對照，其間的強烈的反差是他要突出的隱蔽內容。曾經大醉之後，在警察署門前高唱《國際歌》的古丁〔註25〕，很有可能是有意為之。但即便是古丁有意為之，也不能總體改變這篇作品是「應命」反映「農村出荷」的「報告」，何況小說中作者寧願破壞情節地時時跳出來為偽滿洲國高唱讚歌，沒有人逼迫他非得如此言，這種自覺與「時局」同步的人，就很難說只是一種無奈被迫地順從了。

除此之外，《下鄉》中還寫了許多鄉下的民俗。賣藥的僧侶，「挑子上面掛著一隻小筐，滿放著乾巴了的蛔蟲」。集市上各種小商販和他們不給現錢的買賣方式。

如果去掉《下鄉》中的「時局」語句和作者無稽之感慨，這是一篇優秀的現實主義作品，但作品是不允許讀者來刪改的，它是凝固的情感記錄，其間蘊含著當時作者的所思所願。我們無法驗證其中的所思所願有多少真心情願在裏邊，只可說明附和作品也可以有不同的表現方式，可以為所附之「政權」造假或張目，也可真實記錄些「附和」狀態下的一些生活細節。但無論這些作品產生的效果怎樣，這些「附和」之作，都是攀附權力者的意志，為其服務的作品。

〔註25〕〔日〕岡田英樹，偽滿洲國文學〔M〕，靳叢林譯，長春：吉林大學出版社，2001：269。

　　這其中張薔的小說《黑狗屯的故事》是一篇有意思的作品。筆者在圖書館初看這篇小說時，看到開頭幾句中就有「老天爺呀，快賞給我們雨吧！賞給我們一場透雨吧！到秋天我們好出荷呵……」便把它歸入附和作品之列，沒有細讀。當把《藝文志》作為一個研究對象，仔細勘察每一篇作品時，再次和《黑狗屯的故事》相遇，我驚訝於它的精彩敘說。把它從附和作品的「文件夾」中「剪切」出來，「黏貼」在可分析的優秀作品「文件夾」裏。要分析這篇作品時，再次讀它，驚訝讚歎之情不減當初。

　　《黑狗屯的故事》展現了偽滿洲國時期東北老百姓飽滿的民間生活。小說以大旱的夏季開始，以大澇的秋季結束，遭遇這種天災的黑狗屯農民還得「出荷」，他們在大旱時求雨，在大澇時求「自己」，在旱澇之間求快樂。不論外界如何不隨人願地變化，黑狗屯的農民們都能坦然應付，在無望中尋找希望，在凄苦中尋找活著的滋味。苦難降臨，芸芸眾生還得按部就班地生活，偽滿洲國期間，東北老百姓喜怒哀樂的日常生活內核依然如故地延續著，他們頑強而生動地活著，在自己民族固有的文化和群體中活得有聲有色，不自覺地牴牾著周遭的一切。

　　小說的敘事頗具解構的大智慧，至少達到兩種效果：一、解構偽滿洲國的話語。具體策略是置換當時的政治術語的語境，使之日常生活化。前文「到秋天我們好出荷呵……」中的「出荷」，〔註26〕即政策用語。1940 年以後，偽滿洲國開始推行所謂的「糧穀出荷」政策。但此語卻是被念佛的老太太在禱告時說出。村民集體求雨時，一切都按傳統風俗來操辦，有供桌，桌上供雞魚，取「積雨」之諧音。村民頭上戴著柳條圈，把鞋脫了，掖在屁股後。但屯長獻詞請神時說：「土地老爺，您一定喜歡戰爭早日完遂的，我們也是一樣，可是天不下雨，眼看禾苗就旱死了，禾苗一死我們豈不餓殺？我們死了可就不能同您過太平日子了，請您為了增強戰力，完成出荷，搭救您底子民們，出去查看一番災情，好稟報上天，賜我甘露！」〔註27〕當村民們想請戲班來村裏唱戲，屯長不大同意，村民趙老好對屯長說：「其實，唱唱戲安慰大家，說不定能增產

〔註26〕 「出荷」，協和語，意為出售。但在偽滿洲國「出荷」帶有強制性。隨著日本侵略戰爭的擴大，為了滿足戰爭的需要，把東北看作「大東亞糧穀兵站基地」，將糧食購銷由嚴格「統制」變為強制購銷，推行所謂的「糧穀出荷」政策，強迫農民售糧。當時很多文人或強迫或主動地以此為題材寫了很多附和作品，宣傳「出荷」光榮。
〔註27〕 張薔，黑狗屯的故事〔J〕，藝文志，1944（1-11）。

一成。花大家錢給國家多出糧，屯長何樂而不為？」屯長同意了卻接著說：「可是——攪亂秩序的事也得特別留意。」其中「戰爭完遂」「增強戰力」「完成出荷」「查看災情」「增產」「出糧」「安慰」「攪亂秩序」都是當時被頻繁使用的政治術語，此處卻用在和政治沒有任何關係的民間日常生活上——禱告、求雨、看戲，而且每每有人這樣講話時，旁邊總有人禁不住地竊笑。「莊嚴」「正式」的政治話語，換了一個語境，其原意和嚴肅性蕩然無存，這就構成了一種解構，消解了偽滿洲國的話語。二、解構苦難。將困難幽默化，將苦難引向民間多彩的儀式。黑狗屯，遇到乾旱的六月。作者用動物表現乾旱的程度，「出名的黑狗們卻苦了，牠們搭拉著頭，到處尋覓陰涼和冷糞，然而大地似乎被曬透了腔，無處不是灼熱也無物不灼熱，糞更不消說了。於是狗們底眼紅了，拖著尾巴快瘋了！」此處把乾旱丟給黑狗，間離人的感受。求雨之時，屯長一手托水盆，一手拿柳枝，一邊走一邊蘸水向地上灑，帶領著一群頭戴柳條圈，赤腳，後屁股披著兩隻鞋的男男女女，排成長長的彷彿一條大蜈蚣似的隊伍在村裏遊行，邊走邊喊，「求，求，求！下，下，下！今天求，今天下！今天不下明天下！」一群小孩光著屁股，手裏揮著柳枝，興奮地跟著。女人們光著瘦腳端著瓦盆一蹓歪斜跑到大道邊，向天上揚著水，口裏嚷：「下雨嘍——下雨嘍——」，水落在遊行隊伍的身上，他們一邊打著激冷一邊半閉上眼睛似怒地叫：「好大雨！好大雨！」作者不但把東北「求雨」的民俗儀式展現得活靈活現，還寫出了求雨人的娛樂心理。一個高嗓門的農民，神情飄然地欣賞著女人們的赤腳，不自覺地唱出：「好大雨，白腳丫，淌著水嘩嘩嘩！」因為他說的是吉利話，大家又拿他不得。後來有機智的對上了：「好大雨嘩嘩嘩！淹死高嗓門，蓋上白腳丫！」求雨的人們就這樣在大旱的季節裏，一邊求雨，一邊打情罵俏，快活包住了苦難，求雨是他們的狂歡節，在狂歡儀式的進行中，鬥智鬥勇地享受著那片刻的生之快樂。「雖說乾旱依然如故，求完雨，盡了赤誠，人們可就安靜得多了。他們底心裏彷彿被結上了疙疸，隱然有了把握，至少多了今後不負責的觀感。」

小說在幽默的氛圍中展開，再讓人忍俊不禁中透著悲涼，這些沒有清晰面孔的農民似興奮又似慘淡地活著，偽滿洲國的存在與否沒有改變他們的日常生活內核，他們在此生生不息地活著苦著也樂著，他們以自己的生存智慧固守著自己的精神和家園。

結尾處，屯長拿著幾把帶紅綠彩的掃炕笤帚幾個簸箕和簍子之類的東西，

帶領全屯人在被冰雹打得凋零破敗的田地裏，「一粒一粒地掃著糧，一下下簸著土」。唱著「掃，掃，掃！幹，幹，幹！一粒糧一粒彈！又有米又有麵！……」這樣的「獻納詩」，卻不給讀者留下「為偽滿洲國增產出荷」的氣息，這是黑狗屯的自然而然的事情，這裡的人愛惜糧食，這裡的人喜歡快樂，只要能助興，「獻納詩」、「藍橋會」和「十八摸」同樣都是他們的獲取快樂的工具。

作者張薔，齊齊哈爾人，曾以《孤航》獲《藝文志》「新人創作」賞，從 1940 年開始搜集傳說，認為「傳說是具有『神話的』『童話的』性的東西」，〔註28〕有很高的文學價值。《新滿洲》雜誌上有他的謎話小說《北地傳說雜抄》（5：11，1943，11），還有《滿洲傳說抄》刊在《華文每日》第 10 卷第 8 期（1943，4）。

第三節 研究與判斷

當偽滿洲國文學剛剛進入研究者視野時，很多研究者面對的第一個問題便是：如何為偽滿洲國文學定性，尤其是那些具有「附逆」性質的作品。以前的研究者以各種各樣的姿態面對這個問題，把那些包含迎合時局言辭的作品稱為漢奸文學、附逆文學、大東亞文學等。比較有代表性的研究有，蔡天心的《徹底肅清反動的漢奸文藝思想》，劉心皇著有《抗戰時期淪陷區文學史》，馮為群、李春燕合著的《東北淪陷時期文學新論》，申殿和、黃萬華合著《東北淪陷時期文學史論》，東北現代文學史編寫小組編寫的《東北現代文學史》，以及鐵峰的《古丁的政治立場與文學功績》等系列文章。這些研究有以下幾種傾向。

一、認為偽滿洲國時期生產的大部分作品具有迎合時局的性質，稱作家為「附逆文人」為「文化漢奸」或「漢奸文人」「落水作家」，其作品稱為「漢奸文學」。

蔡天心的《徹底肅清反動的漢奸文藝思想》，把作家古丁稱為東北淪陷時期第一號漢奸文人，山丁為第二號漢奸文人，「他們幫助日本法西斯虐殺我們民族的靈魂」。〔註29〕這篇文章寫於 1957 年，從詞語到論證，都帶有很強的時代政治氣息。

〔註28〕張薔，滿洲傳說抄·序〔J〕，華文每日，1943（10-8）。
〔註29〕蔡天心，徹底肅清反動的漢奸文藝思想〔M〕//蔡天心，文藝論集，春風文藝出版社，1959：100～128。

　　臺灣學者劉心皇的《抗戰時期淪陷區文學史》,是一本全面梳理淪陷區「落水作家」的著作。作者自稱其寫作目的是,「這本書是就現有之資料,略加述論,以存史蹟,而分忠奸。此舉,亦師《宋史》《叛臣傳》《清史》《貳臣傳》之意,以作後人警惕之資。」〔註30〕該書用大量篇幅刊登南方、華北、東北的「落水作家」資料。「所謂落水作家者,就是投降敵人依附漢奸政權的作家。這種作家,可以分為數類:(一)曾經擔任敵人的職務者;(二)曾經擔任漢奸政權的職務者;(三)曾經擔任敵人的報章、雜誌、書店經理、編輯等職務者;(四)曾經擔任漢奸政權的報章、雜誌、書店經理、編輯等職務者;(五)曾經在敵偽的報章、雜誌、書店等處發表文章及出版書籍者;(六)曾經在敵偽保障之下出版報章、雜誌、書籍者;(七)曾參與敵偽文藝活動者。」〔註31〕在劉心皇的筆下,東北的落水作家有:鄭孝胥、穆儒丏、古丁、爵青、小松、吳瑛、王秋螢、田瑯、但娣、疑遲、山丁、田兵、沫南、吳郎、勵行健、也麗、黃曼秋、劉漢、杜白羽、金音、外文、冷歌、雷力普、崔伯常、成弦、石鳴、曉津、楊慈燈、未名、靄人、古弋。〔註32〕如此給「落水作家」劃定範圍,這樣羅列「落水作家」,幾乎涵蓋了所有生活在偽滿洲國的作家。但作者劉心皇在介紹這些作家時卻沒有以「落水」表現為主,而是以評論作家的作品為主要內容,有些作家甚至隻字未提「落水」之事。比如他這樣介紹作家小松:

　　　　小松,原名趙孟原。畢業於教會學校,於影城「滿映」任職。曾被指選為「滿洲」代表,參加日本召開的「大東亞文學者大會」。作品多浪漫色彩,著有《蒲公英》《鐵檻》《洪流的陰影》《蝙蝠》《人和人們》等。

　　　　關於《人和人們》的作風,是與他以前所作的《蝙蝠》不同的。這本集子的共同之點,即是所包括的十二篇短篇小說中,所描寫的

〔註30〕劉心皇,抗戰時期淪陷區文學史〔M〕,臺北:成文出版社,1980:2。
〔註31〕劉心皇,抗戰時期淪陷區文學史〔M〕,臺北:成文出版社,1980:1~2。
〔註32〕劉心皇還有一本著作《抗戰時期淪陷區地下文學》,這本書主要介紹「反抗敵偽的地下文學及作家」,他列舉的東北地下文學的作家有:李輝英、蕭軍、蕭紅、端木蕻良、駱賓基、孫陵、舒群、羅烽、白朗、楊朔、白曉光、高蘭、姚彭齡、駝子、王覺、楊野、張輔三、王天穆、季風、范紫、季剛、姜興、高士嘉、張一正、史惟亮、王廣逖、寒爵、陳隄、沫南、問流、艾循、石軍、辛勞、李滿紅。這裡所羅列的作家以流亡的東北作家、國民黨作家為主。這其中有和他確認的「落水作家」相重合的人,如沫南。原因在於,作者劉心皇認為沫南前期具有左翼傾向,並日本人逮捕入獄,但後期「出賣文學界的朋友,而換得日人寬恕」(劉心皇,抗戰時期淪陷區文學史〔M〕,臺北:成文出版社,1980:355)。

人物，差不多全是病態的非健康的人物。有墮落的小市民，知識分子，病態戀愛的青年男女，自私自利的無知無識者，痛苦一生至死也不知道怎麼回事的部落民。

小松的作品一向充滿藝術美感與色香的感覺，在《人和人們》一書裏，卻多少有使人改變印象的意味，那便是他開始企圖描寫現實，但這種現實的描寫，往往為其優美的辭句而掩蔽了故事的實感，因之，尚有浮動與輕佻之感。《人絲》《鈴蘭花》《赤字會計》《部落民》《施忠》等篇，都是博得好評的創作，尤以《人絲》《部落民》之取材上的新穎，成為一時的話題，《赤字會計》是由飯盒子步入戀愛的描寫，是象徵著偽滿洲新文學必然的傾向。

——劉心皇《抗戰時期淪陷區文學史》〔註33〕

這裡既沒有提到小松的迎合時局的言論，也沒有提及他寫的多首「獻納詩」，而是完全以一個文學史家的姿態來敘說作家小松。如果要找和「落水」相關的信息，只有在「滿映」任職，和參加「大東亞文學者大會」。連擔任「滿洲文藝家協會」中文機關雜誌《藝文志》的編輯人都沒有顯現。

對寫出應和時局的小說《甦生》，且發表很多迎合言論的田瑯，該書如此介紹：

田瑯，原名於明仁，東北籍留日學生。曾應徵《華文每日》半月刊的徵文。所作長篇連載小說《大地的波動》，文筆尚佳。

——劉心皇《抗戰時期淪陷區文學史》〔註34〕

這樣介紹「落水作家」和寫作者最初意圖彷彿有些衝突。但此種表現方式在一定層面上更實事求是，因為所述之人畢竟是作家，而劉心皇寫的是抗戰時期淪陷區的「文學史」，「文學史」自該關注所寫「史」之內的「文學」。雖然《抗戰時期淪陷區文學史》這本書在劃分「落水作家」時，有很多需要再探討的地方。這其中的情況的確複雜。同一作家既有附和作品，還有娛樂作品、純文學作品，也有抗爭作品。有的作家雖然寫了附和文字，但並沒有出任過偽滿洲國的官職。有的作家雖出任過官職，但寫的又都是普通文學作品。這需要做許多條分縷析的工作，一概劃為「落水文人」不太合適。但作者劉心皇在描述具體作家時，儘量搜集原始資料，給予比較準確的評析，這是該書的價值。該

〔註33〕劉心皇，抗戰時期淪陷區文學史〔M〕，臺北：成文出版社，1980：348。
〔註34〕劉心皇，抗戰時期淪陷區文學史〔M〕，臺北：成文出版社，1980：351。

書的編者周錦認為：「所謂『落水作家』，我個人覺得並不合適，因為漢奸中固然有心甘情願的大惡，但也有生於斯，長於斯，寫作於斯，本身並無政治意圖的作家，最少不該一概而論。但是，一時無法作輕重的衡量與劃分，只好權宜，而儘量避免激烈的文字。……但所提供的資料卻非常珍貴，甚為難得。」〔註35〕

二、表面上迴避迎合時局作品存在與否的問題，但在具體研究中明顯地按照此標準來選擇作家、作品。

1980 年代，在東北三省曾經出現過一個「東北淪陷區文學」研究熱點。那時正是中國政治上撥亂反正時期，許多被錯劃成「右派」的知識分子被平反。在東北被平反的「右派」中有一些是偽滿洲國時期的作家，他們有一種願望，希望文學研究界重新研究和評價他們在偽滿洲國時期所創作的作品。在各方努力的基礎上，形成了有東北三省社科院和部分高校以及偽滿洲國時期的老作家參與的研究隊伍，其中蕭軍、駱賓基等著名的「東北作家群」成員的參與推動了此項研究。多方合作編輯了兩種不定期的東北現代文學研究期刊：《東北現代文學史料》〔註36〕和《東北文學研究叢刊》〔註37〕，1987 年哈爾濱市

〔註35〕 周錦，編後記〔M〕//劉心皇，抗戰時期淪陷區文學史〔M〕，臺北：成文出版社，1980：369。

〔註36〕 《東北現代文學史料》，1980 年創刊的不定期內部交流刊物，遼寧省社會科學院文學研究所和黑龍江省社會科學院文學所輪流編輯，1984 年 6 月第 9 輯休刊，後由遼寧省社會科學院文學所更名為《東北現代文學研究》復刊，1989 年停刊，共刊出 11 期。
《東北現代文學史料》第一輯，遼寧社會科學院文學研究所編，1980 年 3 月。
《東北現代文學史料》第二輯，黑龍江省社會科學院文學研究所編，1980 年 4 月。
《東北現代文學史料》第三輯，遼寧社會科學院文學研究所編，1981 年 4 月。
《東北現代文學史料》第四輯，黑龍江省社會科學院文學研究所編，1982 年 3 月。
《東北現代文學史料》第五輯，遼寧社會科學院文學研究所編，1982 年 8 月。
《東北現代文學史料》第六輯，黑龍江省社會科學院文學研究所編，1983 年 4 月。
《東北現代文學史料》第七輯，遼寧社會科學院文學研究所編，1983 年 12 月。
《東北現代文學史料》第八輯，遼寧社會科學院文學研究所編，1984 年 3 月。
《東北現代文學史料》第九輯，黑龍江省社會科學院文學研究所編，1984 年 6 月。
《東北現代文學研究》遼寧社會科學院文學研究所編，1986 年 1 月。
《東北現代文學研究》遼寧社會科學院文學研究所編，1989 年 1 月。

〔註37〕 《東北文學研究叢刊》，1984 年創刊的不定期內部交流刊物，哈爾濱業餘文學院編，從第 3 輯起更名為《東北文學研究史料》。1988 年停刊，共刊出 7 期。

圖書館為「東北淪陷時期文學研討會」編輯了會議資料《東北淪陷時期作品選》，召開了東北淪陷時期文學國際研討會，並結集出版了會議論文集《東北淪陷時期文學國際學術研討會論文集》。湧現了一大批研究者，有研究機構中的專職研究人員：張毓茂、馮為群、李春燕、盧湘、鐵峰、黃萬華、申殿和、董興泉、呂元明、王建中、白長青、高翔、閻志宏、劉慧娟等；致力於研究的老作家有：山丁、秋螢、陳隄、田兵、田琳、梅娘、劉丹華、李正中、朱媞、劉樹聲等，國外的研究者有：〔日本〕岡田英樹、〔日本〕村田裕子、〔日〕山田敬三、〔美〕沙洵澤、〔美〕葛浩文等。

　　這時比較趨同的研究傾向是，為偽滿洲國時期從事寫作的人正名，洗刷「漢奸文人」的罪名，並發掘他們作品中的「左翼」和「反滿抗日」傾向。幾乎沒有研究者具體提到附和作品及附和文人的問題。這時的研究迴避了附和作品存在與否的問題，但在具體研究中明顯地按照此標準來選擇作家談論作品。當時被學術界關注的作家和作品，主要集中在這樣幾個方面。（一）蕭軍、蕭紅等流亡關內的「東北作家群」的作家及其作品。《東北現代文學史料》專門輯有蕭軍研究專號和蕭紅研究專號，而且其他的東北文學研究刊物及各

《東北文學研究叢刊》第一輯，1984 年 6 月。刊出作品有：關沫南《某城某夜》、王秋螢《小工車》、梁山丁《殘缺者》、但娣《售血者》、陳隄《棉袍》。
《東北文學研究叢刊》第二輯，1985 年 10 月。刊出作品有：星《路》，疑遲《長煙》，田兵《麥春》，支持《白藤花》，李喬《五個夜》，秋螢《離散》，陳隄《一個憧憬著夢的女人》，關沫南《老劉的煩悶》，山丁《山風》，但娣《砍柴婦》。
《東北文學研究史料》第三輯，1986 年 9 月。此期沒有作品選登。
《東北文學研究史料》第四輯，1986 年 11 月。刊出作品有：山丁《臭霧中》、《狹街》，小梅《寶祥哥的勝利》，王秋螢《血債》，田兵《T 村的年暮》、《阿了式》，李喬《紫丁香》（獨幕劇），但娣《沼地裏的夜笛》（小說），陳隄《雲子姑娘》、《元旦之夜》、《元旦之晨》、《媽媽走了》、《離婚》、《結婚》、《續離婚》、《家》、《靈魂之獻》、《瘋狗記》、《霧中行》、《鬼》、《新居》，金音《牧場的血緣》，呆杏《立點積》，鐵漢《生之牧鞭》，楊絮《相逢心依舊》，梅陵《一個信徒》，劉丹華《獄中之書》。
《東北文學研究史料》第五輯，1987 年 11 月。刊出作品有：梁山丁《金山堡的人們》、《在土爾池哈小鎮上》，田兵《同車者》，關沫南《醉婦》、《討債》、《途中》、《廟會》，冰旅《靜靜的遼河》，冷歌《自選詩及其說明》，陳隄《生之風景線》，秋螢《陋巷》，青榆《寄語黃泉代〈冷香檳序〉》，柯炬《散文 詩六首》，森叢《靈魂的創痛》，趙鮮文《看墳人》，藍苓《泡沫》，金倫、陳涓《白雲飛了》。
《東北文學研究史料》第六輯，1987 年 12 月。刊出作品有：黃旭《不明白》，李季瘋《在牧場上》，但娣《日記抄》，秋螢《風雨》。
《東北文學研究史料》第七輯，1988 年 12 月。

種作品選集，關於他們的作品及研究也占絕對多的篇幅。（二）「北滿左翼作家群」的作家及其作品。「九一八」事變後，中國共產黨滿洲省委遷至哈爾濱，並以哈爾濱為中心開展了左翼文藝運動。這個作家群以金劍嘯、舒群、羅烽、姜椿芳等共產黨作家為核心，蕭軍、蕭紅、白朗、林郎、塞克、小古、金人、關沫南等文學青年積極參與其間。當時的研究，注重這個群體的總體研究外，還對留在東北的沫南、陳隄、支持等哈爾濱作家展開了研究。（三）比較具有獨立性的「文選」「文叢」「作風」同人及其作品。王秋螢、袁犀、山丁、梅娘、田兵、石軍等作家及作品成為當時的研究對象。（四）當時健在的作家及其作品。

　　查閱 1980 年代有關作品選集和研究課題，大都是以上述四個方面為主，和日本人關係較為密切的「藝文志」同人古丁、爵青、小松等作家及他們的作品，被研究者有意地忽略。那些有明顯附和傾向的作品，也包括上述被研究的作家所寫的有附和意味的作品，也被抹去。彷彿在偽滿洲國時期只有反抗和抗爭的作家。《東北文學研究叢刊》以刊登偽滿洲國時期的作品為特色，但卻沒有刊出一篇古丁、爵青、小松的作品。1987 年哈爾濱市圖書館編輯的內部資料《東北淪陷時期作品選》，也沒有收入他們的作品。古丁、爵青、小松是偽滿洲國時期著名作家，凡觸及偽滿洲國文學的研究者，肯定有機會與他們的作品相遇，像爵青這樣創作豐富的作家，幾乎當時和文學相關的雜誌都刊有他的作品。可見，這些作家作品被研究者有意規避的。而附和作品更沒有被提及，很多老作家也對自己過去的有「問題」的作品迴避著、掩蓋著。作品再刊時，儘量修訂出有抗爭意味的作品。我們看到的《東北文學研究叢刊》《東北現代文學史料》《東北淪陷時期作品選》中選登的部分作品沒有任何偽滿時代的詞彙，且部分選登的作品沒有標明其原始刊行版本。例如《東北文學研究叢刊》第二輯（1985，10）中選登的秋螢的短篇小說《離散》，沒有標明原刊處。筆者在考索《新滿洲》雜誌時，找到其初版：署名牧歌的《離散》（《新滿洲》第 2 卷 4 月號，1940，4）。後來又找到另一個版本，秋螢的短篇小說集《小工車》（文選刊行會，益智書店，1941 年 9 月），其中收有《離散》。仔細對照三個版本，《新滿洲》和《小工車》中的兩個版本基本相同，《東北文學研究叢刊》中的版本與原初版本有很多不同之處，雖然基本情節沒有變化，但小說語句大部分進行了修訂。下面僅舉兩段加以對照。

　　　「寶寶！媽媽就出來了。」

聽見了汽笛好像不奈煩的叫完了以後，他的心輕鬆得許多了，這樣告訴了孩子，然後兩眼便注視到鐵門開後的院子裏，男女工人分成兩排站著，五六個廠警在搜索著男女工們的衣服。

他又痛苦的想：「這真是給妻一種侮辱呀！」

——牧歌《離散》〔註38〕

突然，從工廠裏響起一陣沉悶的汽笛，幾乎震耳欲聾地在上空迴旋。兩隻大鐵門慢慢地開了，廠門內立刻亮起耀眼的燈光。這時有無數的男女工人，已經排成幾行，十幾名廠警，分別在每行之間，開始搜索每一個人的身上。在廠門的兩側，還有武裝的警察人員，刺刀上發出冷冷的寒光。

「這是多大的侮辱呀！」他痛苦得抱起孩子，背轉過身形，不忍看妻子被搜索時的難堪了。

——秋螢《離散》〔註39〕

於是他再不回頭，朝著前面一條曲折的小路走去。他再不想回家（不，他已經沒有家了）也不想再回到城市，他對這繁華的城市，再沒留戀了，只是一直朝離開那城市的路上走著。

春天的朝陽，照到他臉上，使他又增加一股生的力量。

——牧歌《離散》〔註40〕

天已過午，他離開墓地，沿著前面一條曲折的小路走著。是的，他已經沒有家了，也不想再回到那繁華的市區了。只是應該往那裏走，他又感到茫然了。

——秋螢《離散》〔註41〕

以上兩種版本的兩段文字，措詞上有差異：「五六個廠警」增加到「十幾名廠警」，並且還增加了「廠門的兩側帶著刺刀的有武裝的警察人員」；「不奈（耐）煩的叫聲」變成「一陣沉悶幾乎震耳欲聾的聲音」，還伴隨「耀眼的燈光」；「搜索衣服」變成「搜索每一個人的身上」⋯⋯這不僅僅是詞語上的差異，

〔註38〕牧歌，離散〔J〕，新滿洲，1941（2-4）。
　　　　秋螢，離散〔M〕//秋螢，小工車，奉天文選刊行會，長春：益智書店，1941：8。
〔註39〕秋螢，離散〔J〕，東北文學研究叢刊，第二輯，1985：235。
〔註40〕牧歌，離散〔J〕，新滿洲，1941（2-4）。
　　　　秋螢，離散〔M〕//秋螢，小工車，奉天文選刊行會，長春：益智書店，1941：25。
〔註41〕秋螢，離散〔J〕，東北文學研究叢刊，第二輯，1985：202。

更是詞語所展現的氣氛上的差異，還有詞語背後作者情緒上的差異。《東北文學研究叢刊》中的版本更突出了工廠的嚴酷、非人性和生活的茫然、無望。筆者是先讀到《東北文學研究叢刊》中的《離散》，對「刺刀上發出冷冷的寒光」這樣的語句產生了疑惑，當時的文學作品可以如此「暴露」？其實《新滿洲》中的小說《離散》，無論怎麼解讀都沒有附和的成分，屬於解殖文學一系。《東北文學研究叢刊》選登的作品這樣改動之後，給研究者製造了屏障，尤其在偽滿洲國期刊很難搜集和查閱的狀態下。

受制於 1980 年代的研究環境，研究者以一種冷漠的不評論的方式對待「藝文志」同人作家作品。這其中雖然可能有原始資料匱乏等原因，但最根本的原因還在於當時的研究者普遍地把「附逆與否」的問題看作是研究東北淪陷時期文學的出發點，被懷疑有問題的作家即被排除在研究之外。

直到 1990 年代前後，研究者才開始小心翼翼研究古丁、爵青等「藝文志」同人作家，如馮為群、李春燕合著的《東北淪陷時期文學新論》，有《關於古丁》的一篇文章。申殿和、黃萬華合著《東北淪陷時期文學史論》，有《試論藝文志派的文學創作》一文，談到了古丁、小松、爵青的創作。也由此展開了他們和學者鐵峰的爭論。

三、認為在偽滿洲國時期大部分是反抗作家、反抗作品，但也有部分附逆文人及作品，同樣稱其為漢奸文人、漢奸文學。

東北現代文學史編寫小組編的《東北現代文學史》就持這種觀點。這本地方文學史的主要貢獻在於第一次把東北淪陷時期的文學列為專章討論。在介紹了大量的反抗作家和反抗文學之後，用少量篇幅痛斥「漢奸文人」。「除鄭孝胥等老牌的漢奸文人外，在日偽統治的後期，也有一些意志不夠堅定的作家，按照日偽統治的旨意，創作了為日偽反動政策效勞的漢奸文學。」〔註42〕並總結出「漢奸文學」的思想內容的幾個方面：「（一）粉飾美化日偽傀儡政權，謳頌王道樂土，無恥吹捧日本法西斯強盜。（二）歌頌法西斯侵略戰爭，為日偽侵略戰爭大效犬馬之勞。（三）惡毒咒罵中國人民的反抗鬥爭，攻擊中國共產黨和東北抗日聯軍。」〔註43〕該書對所謂漢奸文人的表述很特別，所說的「老牌的漢奸文人」大部分有名有姓，如鄭孝胥、羅振玉、寶熙等。而所提到的「一

〔註42〕東北現代文學史〔M〕，東北現代文學史編寫小組編，瀋陽出版社，1989：130。
〔註43〕東北現代文學史〔M〕，東北現代文學史編寫小組編，瀋陽出版社，1989：130
～131。

些意志不夠堅強的作家」卻沒有姓名，只提到作品：《見聞二三》《國土頌》《過渤海國宮殿》《游鏡泊湖》《松花江》《曙》《敵愾和童心》《礦山的旅館》《甦生》《榮歸》《西南紀行》《手》《黑穗病》《年輕而雄健的佳木斯》。經筆者考索這些作品的作者分別為：小松、成弦、石軍、冷歌、疑遲、疑遲、小松、田瑯、尚覺生〔註44〕，而《西南紀行》是一組頌揚「興農增產」運動的文章，包括金音的《西南行外記》、田兵的《西南踏查記》、疑遲的《祝福熱河》、古丁的《西南雜感》、田瑯的《西南地區與決戰文藝》，還包括小松的《見聞二三》。之所以會出現這種有選擇的指出具體姓名的表述現象，原因很多，比如有些作品的確沒有考索到作者是誰。但更直接的原因可能是，鄭孝胥、羅振玉、寶熙等被命名為「老牌漢奸文人」，在當時的歷史表述中已有定論，明確地寫出其姓名，不會有什麼爭議問題。而小松、成弦、石軍、冷歌、疑遲、田瑯、古丁、金音、田兵等被命名為「一些意志不夠堅強的作家」比較複雜，他們雖然寫了上述迎合時局的作品，但他們還寫過比較嚴肅的文學作品，也發表一些有抗爭意味的作品，況且他們在當時的歷史表述中沒有定論，而有些人還是剛剛被平反的「右派」。還有一個更切近的原因，在該書的編寫過程中，小松、疑遲、田兵、成弦等作家健在，並且幫助「東北現代文學史編寫小組」提供資料、澄清問題，寫作者對這些老作家有情感上的尊重和同情，不忍把他們的姓名和「漢奸文學」連在一起。種種原因造成了有意隱去部分附和作品的作者姓名的現象。

此外，該書談論附和作品時，非常簡約，沒有具體觸及這些作品的形態及影響等問題。

上述這些研究，表明了研究者對「附和作品」的態度，也提供了很多資料線索。隨著研究的深入，很多研究者開始搜集閱讀重新評價這些作品。偽滿洲國長達 14 年的殖民統治，在這個異態時空以寫作為志業的人們，作品莊嚴與無恥共存，閒情與媚情同在，有追求唯美的文學，有反抗的文學，有記錄粗礪生存時空的文學，有寄託社會理想的文學，也有安慰、麻醉自己的文學，還有依附於非法當權者甚或向其諂媚的文字，更多的是多種因素的混雜。「即便作家寫的是『國策』宣傳作品，還在其夾縫中努力傳達自己隱晦的心聲。正是在追尋作家們這種努力的足跡時，才逐漸看清了偽滿洲國的文學。」〔註45〕

〔註44〕《年輕而雄健的佳木斯》《手》《黑穗病》三篇，筆者沒有考索到其作者。
〔註45〕〔日〕岡田英樹，偽滿洲國文學續〔M〕，鄧麗霞譯，哈爾濱：北方文藝出版社，2017：42。

　　東北偽滿洲國時期文學研究實踐表明，面對複雜，不迴避複雜，努力展示複雜，在作品的晦暗處在人性幽微處駐足、辨析，而不是急於明確判斷，才能打開深藏於字裏行間殖民痕跡與殖民創傷，觀察那被強加的屈辱，同時汲取某種精神資源。

　　但是這種態度並不影響我們判斷，布萊希特曾經設想過「那些讚賞暴行的人，他們同樣擁有悅耳的嗓音」〔註46〕，附和作品有優秀的嗎？至此，可以給出一個解釋。偽滿洲國有許多文人或被動或主動地寫過和「國策」和「時局」同步的「附和」作品，除本章梳理出來的「獻納詩」「PK手記」「生產文學」之外，「滿洲帝國國民文庫叢書」中還輯有大量的「附和」作品集：《新小說》（第一集）、《新小說》（第二集）、《新劇本》、《新詩集》。中文雜誌《藝文志》《新滿洲》《青年文化》、日文雜誌《藝文》《新天地》《滿洲浪漫》等都有此類作品刊登。當時的學生雜誌《滿洲學童》中，有合志光的小說故事《團山村的日本人》和《亞細亞之光》、任情的童話《小孫悟空》等都是十分露骨的「國策」作品。這些作品大部分直奔主題，沒有文學性可言。但也有少量作品注重了修辭和可讀性，如古丁的小說《下鄉》，那麼這樣的作品可以稱為「優秀作品」嗎？何為優秀作品？優秀作品之所以優秀，文體形式和修辭手法等相對而言還是次要的，最主要的是作品能夠打動人，有深情深理。「附和」作品若是優秀的，就得「附」得合情合理，情深意切。但「附和」作品所攀附是「大罪大惡」，即便寫作者可以對之「情深意切」，但卻無法在曾經生活在殖民地的人們那裏獲得共鳴。「附和」作品首先讓人在情感上反感，它們憑什麼打動人呢？做不到這一點，談何「悅耳的嗓音」。

〔註46〕轉引自〔美〕漢娜·阿倫特，黑暗時代的人們〔M〕，王凌雲譯，南京：江蘇教育出版社，2006：198。

第八章　殖民體制差異與作家的
越域／跨語和文學想像

　　在本書將要結束之際，探究工作從東北內部轉向外部，與東北同樣被日本佔領的臺灣地區、華北、華東淪陷區的文學現象，由外部來觀察偽滿洲國的文學，以及因為偽滿洲國的肇建，在其他日本佔領區產生的聯動反應。這樣看待偽滿洲國文學，首先映入視野的便是作家和作品的越域／跨語流動現象。關注中國日占區文學的跨語與越域現象，既關涉文化與文化之間的壓迫與抵抗，也關涉文化流動與文學想像，同時將為探究該時期的東北文學提供新的觀察角度。

第一節　「跨語與越域」：日本佔領區的文化通道與文學想像

　　我們反覆強調過日本對中國及東亞的侵略，不僅有軍事佔領，還有文化殖民。1874 年的侵臺之役、1894 年的甲午戰爭、1931 年的「九一八」事變佔領東北和 1937 年的「七七」事變後全面軍事侵華；同時在日本佔領區，他們鼓吹「同文同種」，編造「五族協和」，拋出「大東亞共榮圈」神話。相比於世界上其他地區的殖民地，日本的侵略殖民有以下特徵：一是重視意識形態的作用，借用文學藝術張目意識形態，同時對文學藝術活動嚴格監管。二是侵略和佔領的時間和地域跨度大，侵佔時間跨度從半個世紀到兩三年，侵佔區域跨度從東北到海南，由此形成臺灣─偽滿洲國─淪陷區不同的殖民統治模式，即納入日本本土的臺灣模式，偽獨立國家的「滿洲國」模式，和華北、華東等淪陷

區的「自治政府」模式。不同統治模式的殖民壓力不同，推行「皇民文化」的臺灣，提倡「王道樂土」「五族協和」的「滿洲國」，可以高呼「復興中國」的淪陷區，殖民強度依次逐漸減弱。由此在日本佔領區有這樣的文化流動現象，作家從殖民程度高的臺灣、偽滿洲國向華北、華東等淪陷區流動，這種流動本身也構成抵抗殖民壓迫的一種形式；而文化從殖民程度低的地區回流到日本老牌殖民地，臺灣、偽滿洲國大量盜印華北、華東地區作家作品。在日本殖民程度高的地區，還有跨語寫作現象。在臺灣，跨語寫作比較普遍，其背後的原因也複雜多樣；在偽滿洲國雖然規定了日語為第一「國語」，但是尚未來得及推進日語寫作；在華北、華東、華南等淪陷區，跨語寫作是個邊緣的現象。

中日甲午戰爭之後，清廷割讓中國的彭湖列島和臺灣給日本，由此日本開始了在臺灣長達 50 年的殖民統治。日本在臺灣設置總督府，直接歸日本的「拓務省」管轄，將臺灣視為其日本本土的延長線。日本統治臺灣伊始，就建立起以學習「國語」（日語）為主的公立學校教育系統，1937 年 9 月推行「皇民化」運動，全面停用漢語，在日常生活中的拜神祭祖、風俗習慣、飲食起居也傚仿日本人，同時臺灣人與日本本土居民一樣受制於日本國頒布的《國民總動員法》（1938）和《國民徵用令》（1939），適齡人員入伍參軍。文學上，臺灣與其他日占區不同的是——跨語寫作。1920 年代臺灣新文學中出現了「臺灣日語作家」。1933 年旅居東京的一群臺灣青年創立了臺灣藝術研究會並發行《福爾摩沙》文藝雜誌，這是臺灣日語作家的第一個發表園地。但是「福爾摩沙」作家群並非因為使用日語創作，就甘心情願地成為日本的臣民，而是進行了跨國的文學活動與文化抗爭。例如作家張文環將自己旅居日本的失落與民族的卑屈相結合，寫出具有民族主義性格的寓言作品。而詩人王白淵研習西方反現代性批評與泰戈爾、甘地的東方哲學，將這種文化資源轉化為對日本殖民的批判。這之後，臺灣日語作家成為臺灣新文學的主流，楊逵的日文小說《送報夫》、呂赫若的日文小說《牛車》曾作為臺灣新文學的代表，被胡風譯成中文介紹到大陸〔註1〕，匯聚到中國現代文學母體。1937 年 7 月後，臺灣要求報刊廢止漢

〔註 1〕《送報夫》《牛車》被胡風編入《山靈：朝鮮、臺灣短篇集》，由上海文化生活
　　　社出版（1936 年），後來該作品集不斷再版，1936 年第二版，1948 年第三版，
　　　1951 年第五版，1952 年第七版。此後，《送報夫》又被編入不同版本的中國現
　　　代文學作品選集中。參見柳書琴，《送報夫》在中國〔C〕//「東亞殖民主義與
　　　文學」國際學術研討會（2015 年 12 月 27～28 日）會議論文集，創傷——東
　　　亞殖民主義與文學，劉曉麗，葉祝弟，主編，上海：上海三聯書店，2017。

文，9 月開始推行「皇民化運動」，思想文化控制制度化。有些作家逃離臺灣到其他日本佔領區謀生謀文學，如張深切來到華北日占區，把北京作為躲開「皇民化」的避難地和創作發表文學的新空間；有些作家被臺灣當局監禁，如被稱為臺灣新文學之父的賴和與楊逵。從「皇民化運動」的 1937 年至臺灣光復的 1945 年，臺灣的新文學主要是跨語寫作。〔註 2〕

而日本在滿洲傀儡國，採取了不同於臺灣的統治策略，這裡偽稱「現代多民族國家」，標榜「王道樂土」「五族協和」的「民族國家」，「滿洲國」沒有實行臺灣和朝韓的語言政策——書報出版和學校必須使用日語。「滿洲國」採取了一種迂迴的語言政策：首先清除中華民國政府推行的語言政策，其次再將日語逐漸滲透到學校教育和各種文化事業及社會公務事物中。

偽滿洲國之初，偽政府忙於鎮壓抗日武裝和建構政治經濟體制，無暇顧及語言問題。僅對東北各級學校使用的民國教科書進行簡單處理——對反日內容進行塗抹或貼紙。1933 年開始編撰第一期「國定教科書」，規定三年級以上的小學必須開設日語課。1938 年以後日語在各級學校的地位急速上升。《國民學校規程》規定：各級學校的「國語」課由日語、「滿語」〔註 3〕和蒙語三種語言構成，學生必修兩門「國語」，而其中一門必為日語。《國民高等學校規程》規定：每週「滿語」課 3 節，日語課 6 節。在各級學校教育中，日語已成為「滿洲國」的第一「國語」。同時社會上也大力推廣「語言檢定考試」，「日語合格證書」直接影響就業和晉升等機會。儘管如此，在「滿洲國」並沒有如臺灣一樣出現「滿洲日語作家」現象，除在「滿洲國」的日本人作家之外，中國人作家絕大多數用漢語進行文學創作。在滿洲殖民地，還有在殖民構架中謀生的朝鮮人和俄羅斯人，滿洲文壇出現了另一種跨語寫作——多語種文學創作——漢語文學、俄語文學、朝鮮語文學和日語文學〔註 4〕，也因此，在「滿洲國」以日語為主要譯入語言的各個語族的翻譯文學比較興盛。

「滿洲國」因偽稱「獨立國家」，其對文藝的監管比殖民地臺灣還要苛刻。在這個不合法的偽國家，日本當局及其傀儡政府格外重視文藝的作用，大力推

〔註 2〕其中的例外是，當時臺灣還有兩本漢語雜誌——白話通俗文藝雜誌《風月報》和現代文學雜誌《南國文藝》，兩本雜誌在「皇民化運動」主導臺灣文化界和知識界之時，借民間文學整理和學院資源謀取漢語發表空間。

〔註 3〕偽滿洲國時期，別有用心地稱「漢語」為「滿語」；稱東北原住各民族人為「滿人」。

〔註 4〕多語言創造現象請參見本書第三章：異態時空中的文學。

行政府操控的文藝體制，企圖全面掌控文藝的走向和文藝家的動向。在文藝政策方面，一開始提倡以「建國精神」為核心的「國策文學」；太平洋戰爭爆發後，提倡以「服務戰爭」「服務時局」為基調的「報國文學」。為此制定了具體的文藝政策和相關法令。對於文藝家，實施類軍事化的管理，例如被稱為「國家精神子宮」的「協和會」（1932），實為全民動員的工具，所有的官員、教師和地方名流都被納入其中。而以文藝家為主的「滿洲藝文聯盟」（1941）垂直管理「滿洲文藝家協會」「滿洲劇團協會」「滿洲樂團協會」「滿洲美術家協會」，1944 年改為組織更加嚴密的「滿洲藝文協會」，下設「文藝局」「演藝局」「美術局」「音樂局」「電影局」，形成控制嚴格文藝作品和文藝家的文藝體制。這近乎瘋狂的文化控制，讓很多生活在偽滿洲國的文藝家，走上流亡、逃亡、流動之路。如名動 1930 年代中國文壇的「東北作家群」及作品，這是中國文學史上第一次由於政治原因而大規模流亡產生的流亡作家及流亡文學。而在這之後，仍不斷有作家因時局的變化和個人的追求而逃離偽滿洲國，一些作家前往國統區和中國共產領導的抗日民主根據地，有些作家滯留在中國淪陷區，諸如華北日占區的偽滿洲國作家，有黃軍（戴青田）、裕振民、梅娘、柳龍光、袁犀、曲傳政、百靈（徐白林）、辛嘉（陳松齡）、共鳴、少虯（陳邦直）、山丁、呂奇（杜白雨）、蕭如琪（璿玲）、王則、鮮文、左蒂、安犀、范紫、劉國權、陳蕪、張羅、陳華等幾十人。

「七七事變」後，日本先後佔領華北、華東、華南等地，在這些淪陷時間或短或長的日本佔領區，日本啟用另一種殖民政策，組建偽「自治政府」，僭越中國政府。例如，1937 年 12 月 14 日在北平成立的「中華民國臨時政府」（後更名為「華北政務委員會」）；1940 年 3 月 30 日，南京成立「中華民國政府」。名義上，這些淪陷區歸汪偽政府管轄；實際上，在日本駐軍的支持下，各淪陷區各自為政，實行不同的統治模式。日偽並沒有在淪陷區建成一個統一的管理政權，在如此廣闊的地域內、在如此複雜的環境中，統一殖民政令也是非常困難的事情。故在淪陷區，尚無普及日語教育，也沒有統一的文藝政策，北方的「新民文藝」和南方的「和平文學」成績平平。相比臺灣和「滿洲國」，日本在淪陷區的文化殖民因雜亂而相對薄弱，嚴格的文藝監督並沒有建立起來。因此，在臺灣和「滿洲國」不能發表的作品、言論，在中國淪陷區卻能夠出版發行。

　　日本在中國實施三種不同的殖民模式——納入日本本土的臺灣模式、偽獨立國家的「滿洲」模式、淪陷區的「自治政府」模式，也形成了不同的殖民形式和不同的統治強度，從臺灣到淪陷區殖民文化同化、文化統制的強度依次遞減，而在解殖文學、反殖文學、抗日文學、中國認同的表達空間方面依次遞增，為文化人／作家從殖民程度強的臺灣、「滿洲國」向華北、華東地區流動提供了契機和舞臺，既促成各地文學場域的重組，同時構建出抵抗文化的通道，也為文學想像提供了多層次的樣本。

　　在淪陷區，日本的文化殖民政策雜亂又相對薄弱。北京等內地淪陷區，被日本佔領的時間較短，最長不過 8 年，最短只有 1 年左右，而且名義上也沒有與中國分離，其言說環境的變化不像臺灣和「滿洲國」那樣巨大。北京地區，作為清帝國都和五四新文化運動的策源地，具有厚重的中華民族文化積澱和民族文化的象徵意義，日本殖民文化很難在此生根；上海地區，原本就是華洋雜處之地，文化資源和族群身份認同多元豐富，日本文化只能作為其中的一維存在，無法代替上海原有的文化多元狀態。日本的殖民統治，在這些淪陷區對中國文學自在發生和發展的進程，影響要小得多，中華文化仍具有相對獨立的空間。因此，臺灣和「滿洲國」大批不堪忍受殖民高壓或謀求個人發展的文化人／作家向淪陷區流動。在北京地區，形成了「臺灣作家群」和「滿洲作家群」，他們的文學活動與留在北京的作家文學活動交織在一起，構成了北京淪陷時期的文學場域。〔註5〕

　　日占北京時期旅京臺灣作家，最著名的是「臺灣三劍客」——張深切、洪炎秋、張我軍，以及先逃亡奉天後旅居北京的鍾理和。〔註6〕張深切這樣描述自己來北京的動機：「我想我們如果救不了祖國，臺灣便會真正滅亡，我們的希望只係在祖國的復興，祖國一亡，我們不但阻遏不了皇民化，連我們自己也會被新皇民消滅的！」〔註7〕「救國」是張深切來北京的動機之一，「救自己」是來北京的直接原因。在臺灣，張深切因言論激烈已是臺灣當局重點監察對

〔註 5〕關於華北的「臺灣作家」和「滿洲作家」的更詳細的論述，請參看張泉，抗戰時期的華北文學〔M〕，貴陽：貴州教育出版社，2005：259～339。

〔註 6〕張深切、洪炎秋、張我軍、鍾理和，他們不僅在華北寫作，戰後回到臺灣都有重要作品問世。例如張深切在臺灣創辦並主持《臺灣文藝》雜誌，同時擔任過《東亞新報》編輯主任和大阪《朝日新聞》調查部記者，是一個活躍的文化人。

〔註 7〕張深切，里程碑〔M〕//張深切全集（第 2 卷），臺灣：文經社，1988：632～633。

象。離開臺灣,張深切在北京創辦了《中國文藝》雜誌,大膽表露反日救國的情懷:「吾人不怕國家的變革,只怕人心的死滅,苟人心不死,何愁國家的命脈會至於危險,民族會至於淪亡?」〔註8〕在淪陷區,張深切終於說出了他在臺灣無法說出的話──反對「皇民化」,而且是用漢語說出。洪炎秋與張深切不同,他在華北淪陷前,就讀於北京大學,抗日戰爭爆發後滯留北京。洪炎秋在淪陷區直露自己的情感,追憶父親「甲午之後,淪於棄地,眼看世事日非,便絕意功名,也就不再內渡,而以詩文自娛,過那隱遁的頑民生活。」〔註9〕當日本在臺灣廣泛地推廣日語之時,洪父不讓子女上公立學校,而是親自在家中督責子女誦讀經史。這樣追憶,並非閒筆,而是一種表達──在臺灣堅持民族氣節、固守中國傳統文化的知識分子大有人在。日占北京時期,洪炎秋意在雜文創作,筆鋒辛辣老道,發表一些在臺灣沒有可能刊出的文章。

　　東北毗鄰北京,逃離偽滿洲國的作家〔註10〕,多數聚集在北京地區,形成了北京文壇的「滿洲作家群」。1942 年,「滿洲國」「日系」作家大內隆雄訪問北京,他驚訝地發現:「滿洲出身的文化青年在那兒很活潑地活躍著。」〔註11〕當時華北最大的出版社新民印書館策劃出版的「新進作家集」叢書十冊:長篇小說《貝殼》(袁犀)、《土》(沙裏),短篇小說集《魚》(梅娘)、《太平願》(馬驪)、《萍絮集》(蕭艾)、《秋初》(關永吉)、《豐年》(山丁)、《兼差》(高深)、《白馬的騎者》(雷妍),散文集《遠人集》(林榕)。其中袁犀、沙裏、梅娘、山丁都是來自「滿洲國」。來華北的「滿洲作家」原因多種多樣,他們的文學業績豐富著淪陷華北的文壇。更重要的是,因為偽滿洲國和華北偽政府之間的殖民體制差異,這些作家們獲得了認同中國文化的自由,寫作空間得到拓展。梅娘是隨丈夫柳龍光來北京的,在北京居家四年,文學創作多產而質高。出版了小說集《魚》(1943)、《蟹》(1944),長篇小說連載有《小婦人》(1944)、《夜合花開》(1944～1945)。而作家山丁是被迫離開「滿洲國」移居北京。他

〔註 8〕張深切,編後記〔J〕,中國文藝,1939-1(1)。

〔註 9〕洪炎秋,我父與我〔J〕,中國文藝,1940-2(1)。

〔註10〕關於東北離散作家,張泉總結歸納為六類,分別是:第一類,「九一八」事變前已出走的東北人;第二類,「九一八」事變後離開的作家;第三類,「九一八」事變後離開的學生、青年;第四類,在滿文學青年出走內地;第五類,滿系作家逃亡祖國;第六類,在「共榮圈」內的移動的「滿系作家」。參見張泉,殖民拓疆與文學離散──「滿洲國」「滿系」作家/文學的跨域流動〔M〕,哈爾濱:北方文藝出版社,2017。

〔註11〕大內隆雄,遊華北感想〔N〕,大同報,1942-9-29。

的長篇小說《綠色的谷》在「滿洲國」遭到查封，已經印好的書不許出廠、不許發售，他的家也被日偽警察搜查兩次，山丁不得不「以治病為由，託人在汪記大使館弄來出國證，就這樣過了山海關」〔註 12〕，逃往北京。山丁在北京《新民聲》連載的小說新作《蘆葦》（1944），以逃離「瘋人院」為隱喻，大膽地暴露「滿洲國」種種非難知識者的暴行。移居北京的還有在偽滿洲國失意的滿清遺族、遺民的後代，陳邦直是其中一位。陳邦直，經羅振玉推薦，始任「滿日文化協會」幹事一職。著有《鄭孝胥傳》（與黨庠周合著，1938）以及《羅振玉傳》（1943），擅舊體詩，且為新文學「藝文志派」同人。陳邦直在「滿洲國」新舊兼顧頗有地位。但是他很快發現一個事實，滿清皇族後裔與前清遺臣在「滿洲國」殖民體制僅僅是傀儡角色。「一夜輕車返帝鄉」，他來到北京，並為此感懷、慶幸：「十年浪跡滯遼東／塵帽征衣宦味濃……他日家園容我住／一蓑煙水伴漁翁」〔註 13〕。

　　日本侵略中國之時，中國政府從未屈服，國共兩黨都高舉全民抗日的大旗。這對於中國日占區的各類偽政權來說，時時昭示著其非法性；對於日占區的民眾來說，他們的國家實體——中國政府一直存在，這使得他們無論在心理上還是流動的目的地上，均有依歸之所。日占區的作家，有流動到國民黨統轄區的，有流動到中國共產黨抗日民主根據地的；還有在日占區內流動的，他們的創作歷程，跨越臺灣／偽滿洲國／淪陷區各類偽自治政府，借用其殖民體制政策不同，既打通了一條獨特的抵抗文化通道，又開啟了另外一種文學想像。臺灣故事內嵌「滿洲話語」「滿洲想像」。離開「滿洲國」定居在華北的作家，回望自己的故土時，在思念的柔光鏡下，一切變得朦朧曖昧起來。身在上海，想像另一座淪陷城市中的愛情。接下來，本章透過林輝焜《命運難違》、梅娘與吳瑛的通信、張愛玲《傾城之戀》幾個文本，來考察這種跨語／越域的文學想像。

第二節　臺灣的「滿洲咖啡館」：林輝焜《命運難違》

　　《命運難為》是林輝焜（1902～？）用日文書寫的長篇小說，1932 年 7 月起連載於《臺灣新民報》，歷時 7 個多月，「是臺灣最初的新聞連載小說，同時

〔註 12〕梁山丁，我與東北的鄉土文學〔C〕//東北淪陷時期文學國際學術研討會論文集，馮為群、王建中、李春燕、李樹權編，瀋陽：瀋陽出版社，1992：373。
〔註 13〕陳邦直，辛巳重九登舊京白塔感賦〔J〕，同聲月刊 1942-2（5）：120。

也是最先出版的日文小說單行本。……堪稱是臺灣文學史上的一個紀念碑。」
〔註14〕現有兩個中文譯本，分別為：邱振瑞譯《命運難為》（臺北：前衛，1988
年）和陳霆譯《不可抗拒的命運》（板橋：臺北縣立文化中心，1995 年）。

《命運難為》描寫了兩段造化弄人的愛情婚姻悲劇，主角分別是臺灣巨
賈之家的留日大學生李金池和望族士紳之家的現代閨秀陳鳳鶯。追求個人自
由、憧憬戀愛結婚的李金池，反抗父母安排的與陳鳳鶯相親的傳統婚姻模式，
與一見鍾情的太平茶行巨商的摩登女兒楊秀慧結婚；而被動放棄與李金池相
親的陳鳳鶯，持有「中上家庭女性婚姻宿命論」的觀念，遵從父母的安排，
與未曾謀面的米商之子郭啟宗結婚。如果他們能一輩子在家裏做少爺少奶
奶，他們的婚姻也許能夠維持下去，不會有其他故事。然而背後的社會生活
在變，時運在變。李家和郭家的父親因車禍雙雙遇難，此後雙方家道中落，
兩對年輕夫婦之間的齟齬加深，雙方的婚姻生活都以悲劇收場。故事的結局，
李金池和陳鳳鶯不約而同地來到他們第一次邂逅之地的明治橋尋葬身之地，
李金池先救了欲從明治橋上跳河的陳鳳鶯，後來兩人共勉要互助堅強地活下
去，以正劇收場。

小說作者林輝焜在小說「後記」中說他承擔了「由臺灣人以臺灣為題材，
而且用日文寫小說這個棘手的寫作動機。」〔註15〕既然是臺灣人自己寫的臺灣
故事，故事就不僅僅是發生在空間地理意義上臺灣的故事，一定還包括臺灣人
的所思所想以及所關心的議題等等；而用日文寫作，其中的潛在讀者就包含日
本人在內的日語閱讀者。那麼，上文簡述的故事梗概，就不僅僅是一個通俗的
造化弄人的婚戀故事，還是個臺灣故事。而這個臺灣故事是在「滿洲咖啡館」
開始的。

李金池被相親的事兒煩惱著，他的幾位友人——公司職員、銀行行員、商
人、官吏——帶他來到滿洲咖啡館。女招待靜子熱情地與他們調笑道：

「趙先生、徐先生好久不見，什麼風把你們吹來？」

「我因為生病住院了……哈哈……。」

「我也是！」

〔註14〕下村作次郎，黃英哲，臺灣大眾文學緒論〔M〕//林輝焜，命運難為，邱振瑞
　　　　譯，臺灣：前衛社，1988：7。
〔註15〕林輝焜，命運難為‧後記〔M〕//林輝焜，命運難為，邱振瑞譯，臺灣：前衛
　　　　社，1988：591。

他們兩個大聲朗笑道。

「真的生病了啊？」

靜子明知這是笑談，也一臉正經，語帶悲憐。

「也不來探個病，本來我不打算來『滿洲』了。」

「去滿洲當流浪漢吧……哈哈……。」

友三這俏皮話，惹得大夥兒撲哧大笑起來。

「說的也是，去滿洲國當流浪漢挺麻煩的，乾脆來滿洲咖啡館逍遙。」

「那個是去賺錢的滿洲，這裡可是來花錢的『滿洲』啊！」〔註16〕

　　臺灣的咖啡館，為什麼叫「滿洲咖啡館」？「到滿洲去賺錢」怎麼會成為年輕人信手拈來的話題？遙遠的滿洲與臺灣有什麼樣聯繫，怎麼會左右臺灣人的命運呢？學者柳書琴考察該小說刊載的《臺灣新民報》以及同期的臺灣最大媒體《臺灣日日新報》，發現「九一八」事變及其衍生的各種國內、國際消息被連篇累牘地報導，而且隨著時間的推移演化成「節日化」的「離地性慶典」。「滿洲事變紀念日」，「人們可以公開隨意地和千萬人一起大遊行、歡呼、叫喚、共同默禱……」〔註17〕由此遙遠的偽滿洲國成為了臺灣人日常生活話題之一乃至情感和身體經驗的一部分。這是小說透露出來的非常重要的信息。與殖民宗主國及其附屬的其他殖民地處於同一個網絡，共時性地共享一個「慶典」，「滿洲話語」「滿洲想像」內嵌在1930年代臺灣人的所思所想所談之中。這樣既可以討好想像中的宗主國日語讀者，又透露出小說並非簡單的造化弄人的婚戀故事，而是此時此地的臺灣人的臺灣故事。

　　1930年代的東亞格局極不穩定，日本不斷在中國挑起事端，全球性的經濟危機引發日本經濟波動，也波及到其殖民地臺灣的經濟，而關東軍製造的「九一八」事變及後續的「一二八」淞滬戰役，需要大量的軍費支出，為此日本進一步搜刮殖民地的利益，導致臺灣本土經濟雪上加霜。畢業於日本京都大學經濟學部的作者林輝焜，畢業後一直在臺灣經濟部門工作，熟知臺灣的經濟情況。小說中借用人物之口，道出臺灣金融業的困境，「貸款增加、放款不易

〔註16〕林輝焜，命運難為〔M〕，邱振瑞譯，臺灣：前衛社，1988：12～13。

〔註17〕柳書琴，滿洲內在化與島都書寫：林輝焜《命運難違》的滿洲匿影及其潛話語〔J〕，臺灣文學研究（2）：160。

收回」；米商茶商困頓，「走到哪裏都叫苦連天」。「滿洲」話題，在小說中不僅僅是一個素材，一個 1930 年代讀報的臺灣青年追逐的一個「熱詞」，還是與臺灣人生活息息相關的事件，既是故事的開端，也是故事動力源之一。

進入小說文本，就會發現這個愛情婚姻故事，連帶出臺灣的民生萬象。「滿洲咖啡館」「明治吃茶店」「北投溫泉旅館」，臺北街頭的「摩卡」（modern girl）、「摩伯」（modern boy），七層高樓的菊元百貨，市營公車，車掌小姐等等。但在這現代繁華世相的另兩側分別是：頑固不變的傳統習俗、觀念和與東亞變局相連的經濟凋敝。一方面是傳統的婚喪喜慶祭祀習俗，比如，中上階層的由父母主宰的相親結婚模式，被人力車夫拉著趕局的「藝姐」。一方面是臺灣經濟凋敝，大學生找不到工作，「法學士多得像石頭」；女學生畢業做女招待，「滿洲咖啡館裏女校畢業的女招待就有 16 位之多」；臺灣本土紳士階層沒落；還有與此相關的「自殺聖地」明治橋和精神病院「養浩堂」。在作者的筆下，左右臺灣青年男女吉凶禍福的，並非是造化、命運、姻緣，而是新舊混雜的臺灣社會和撲朔迷離的東亞變局。偽滿洲國的出臺，也左右著臺灣的命運。一方面，吸納臺灣經濟的精血；一方面，又給臺灣青年一個美麗新世界的幻想，小說中提到臺灣新竹人謝介石出任偽滿洲國的外交部總長一事。

《命運難違》以密密麻麻的針腳編織出 1930 年代的臺灣萬象，其獨特的文學想像，將殖民地政策、東亞變局、都市時尚、臺灣的風俗、金融、經貿、農商和民生匯聚，如交響樂般的敘事，彈奏出這個內嵌「滿洲話語」「滿洲想像」的臺灣故事。

第三節　家、國與故鄉：梅娘與吳瑛的通信

梅娘和吳瑛曾是偽滿洲國當紅女作家。梅娘出道早幾年，作品集《小姐集》（1936）和短篇小說集《第二代》（1940）的出版，奠定了她在偽滿洲國文壇的地位。梅娘留學日本，回來後與丈夫柳龍光定居北京。吳瑛 1939 年以短篇小說集《兩極》登上文壇，即獲好評；在不到十年（1936～1945）時間裏，吳瑛創作了 30 多萬字的作品，多數作品被翻譯成日語介紹到日本。梅娘和吳瑛都不止從事文學創作，她們還是文學編輯，文學社團的活躍分子，積極地介入當時文壇的各種活動。而且她們分別嫁給了當時文壇的「頭面人物」，梅娘與華北文壇的「大人物」柳龍光結婚，吳瑛與滿洲文壇的「核心人物」吳郎結婚。梅娘、吳瑛這對「滿洲文壇雙璧」的通信，在當時頗令人矚目。

　　梅娘的信──《寄吳瑛書》落款是十月末，刊於偽滿洲國的雜誌《青年文化》第 1 卷第 5 期（1943 年 12 月），吳瑛的回信──《復梅娘書》刊於華北的《婦女雜誌》1944 年 5 月 4 日。她們信的內容似乎是拉家常、掏心窩子的閨蜜話──婚姻、愛情、生兒育女、帶孩子做家務等瑣事，似散漫無邊，任性信筆，不過在這零零落落的閒話中，可以看到兩位女作家共同編織的家庭、故鄉、國家形象。

　　梅娘的信，一開始頭就告訴吳瑛，自己又生了一個小女孩，「自由又被孩子奪去了」，她重新回到「理家、育兒」的生活。然後述說姐妹情誼，「只有女人能理解女人，能同情女人，男人於女人，總隔著相當的尺寸」〔註18〕。這裡有對女性朋友吳瑛的依戀，也有對丈夫的不滿。此時的柳龍光事業正如日中天，信中也透露出這樣的信息，柳龍光和沈啟無剛從南京歸來，他們正在忙著準備「中國文學報國會」的事兒。梅娘對這個設想中的作家組織描繪道：「糾合全中國的文人強調中國文人底精忠報國，為全中國的文學界及國家服務。」其實這個「中國文學報國會」另有來頭，柳龍光主導的具有偽官方性質的「華北作家協會」，在與日本、偽滿洲國以及偽南京政府文化交流時，有意促成汪偽南京國民政府治下的淪陷區統一文學組織──「中國文學報國會」，即傚仿「日本文學報國會」，為所謂「大東亞聖戰」服務。這裡梅娘含糊其辭的「中國文人底精忠報國」「全中國的文學界」等詞語，並非是為丈夫柳龍光開脫什麼，而似乎有意諷刺與自己隔了一層忙忙碌碌的丈夫；另一方面，因為這封信刊載在偽滿洲國的期刊上，「中國文人」「精忠報國」和「全中國」這些說辭就另有意味了。按說兩個女人談談孩子、拉拉家常時，不該直接過渡到這麼大的話題，這話似乎不是寫給閨蜜的，而是寫給偽滿洲國讀者的。「中國文人」和「全中國」在偽滿洲國與在華北的意味是不同的，在偽滿洲國，這些詞有一種提示作用，提示著有「全中國」存在，有一種文人叫「精忠報國」的「中國文人」。而在華北，這樣的官話，似要服務於時局──汪精衛的偽中華民國。

　　接著梅娘繼續回到女人間的竊竊私語，「女人是這個世界的救世主，只有女人能使這世界變成天堂。」「但我們到底是平凡的人，這男權社會中的一個平凡女人，生活總要寂寞、枯燥而不能完全符合理想。」〔註19〕這其中的一些

〔註18〕梅娘，寄吳瑛書〔J〕，青年文化，1943-1（5）：84。
〔註19〕梅娘，寄吳瑛書〔J〕，青年文化，1943-1（5）：84。

言語，我們當下的女性還在重複著。當然梅娘不僅僅提供了一些「格言」，還有諸多信息，如思念朋友，思念故鄉。文章在快結束時說：「寒冷的故鄉卻使我比對美麗的多花的北京更加眷戀。我不能忘懷沙漠中的豪放磊落的民氣。北京，我總嫌做作。……北京底女兒們表面上比起來比故鄉的女兒們秀麗，標緻，而且彬彬有禮；實際我覺得正跟她們住著的都市一樣，多做作而少純樸。」〔註20〕這是因為思念美化了故鄉，把客居之地想像成純樸、豪放故鄉的對立物。由此這種思鄉情緒再回頭看那些「女性話語」，就有了很強的目的性。客居異地，寂寞地生存，找不到理解，只能自己作自己的救世主，最後靠「用釋迦的心來作心吧，有入地獄的決心就能克服一切，改造一切」的理念來拯救自己。其實梅娘在故鄉的生活並不如意，雖生在富貴之家，庶出的她在家裏沒有得到過溫暖，沒有見過母親，梅娘這個筆名即是「沒娘」的諧音。和丈夫柳龍光生活在北京，梅娘可謂明星式的作家，頻頻出入公共視野，她的一系列以女性命運為主題的小說——如《蚌》《蟹》《魚》，名動文壇，備受讀者激賞。在風光無限的北京，故鄉在梅娘的想像裏依然美好、溫暖，成了她的心靈寄託之地。家庭瑣碎疏離，國家遙遠模糊，有著朋友居住的故鄉在想像中溫暖起來，即便那是被日本殖民的偽國。

　　吳瑛身在偽滿洲國，故鄉的事兒歷歷在目，無法溫暖她。女人之間的情誼才能讓吳瑛感動，「只有女人能理解女人，同情女人，一個人有時能夠得到了他的友人的真實的理解與同情後所流溢出來的眼淚才是有價值的、高貴的，只這一點高貴，是世間上最真、最美的情緒了。」〔註21〕接著吳瑛介紹自己的生活狀態：辭職、育兒、理家「領米，領油，燒飯，洗衣」，並且說「女人除了看護著自己的孩子長大，還有什麼事情能使自己得到了真正的安慰呢？」曾經意氣風發的吳瑛為了怕家務和孩子拖累自己的文學事業，與丈夫吳郎旅居在旅館，孩子完全交給別人照顧。1943 年，她的短篇小說《鳴》遭到審查，並且懷疑她有「反滿抗日」傾向。1944 年，她不得不辭去《新滿洲》編輯一職，成為一名全職主婦。這封給同道朋友梅娘的信，正是這時寫就的。她在為自己回到家庭尋找理由，「邁進到所謂主婦的生活，在接觸到了這些瑣碎的家事，才會令人感到了增加一歲是一件不容易的事。也許，這樣的生活散發出來的盛情才是真實的。」是在為自己為文不能而惋惜，家並不能安慰吳瑛，「前二月，

〔註20〕梅娘，寄吳瑛書〔J〕，青年文化，1943-1（5）：84。
〔註21〕吳瑛，復梅娘書〔J〕，婦女雜誌，1944-5（4）：20。

我們的屋子很冷，想做什麼總也做不成，惟有這時候，我的煩亂的思索強盛的佔據了我，而後發覺無聊。」〔註22〕

　　與梅娘相比，生活在偽滿洲國的吳瑛，心靈更無處安放。梅娘因為離開而柔化故鄉，而吳瑛始終生活在硬邦邦的現實中，作品被審查，時時面種族等級制。在偽滿洲國的各行業中，日本人職位高高在上；收入是中國人收入的三倍以上；在買米、面、糖、乳製品、糧油、火柴、鹽和甚至毛衣等服裝方面也與本土各族人有嚴格的區分。這樣的周邊環境，吳瑛退回家庭，開始編織家的溫柔夢。1944 年後，吳瑛再也沒有提筆創作。戰後吳瑛隨丈夫吳郎幾經輾轉定居南京，成為南京建鄴區文化館的一名圖書館管理員，1961 年因病去世，終年 47 歲。吳瑛去世 40 年後，梅娘再次提筆寫吳瑛：「歷史淹沒了吳瑛，我能做的只有悵望冥冥九天。」〔註23〕

　　梅娘和吳瑛，她們的心性是那樣的要強，努力說服自己，退回家中是理由充分的，但字裏行間還是不甘與不願。在家中，梅娘遙望故鄉、柔化故鄉，構想救贖的可能；吳瑛無奈留守故鄉，臆想家庭的力量。國家無力時，歲月不會靜好，現實不能安穩。梅娘和吳瑛這對文壇雙璧，彼此取暖，相互安慰，共同編織著家、國和故鄉的夢想。

第四節　從上海到香港的傳奇：張愛玲《傾城之戀》

　　張愛玲在《到底是上海人》一文中表白：「我為上海人寫了一本香港傳奇，包括《沉香屑‧第一爐香》，《沉香屑‧第二爐香》，《茉莉香片》，《心經》，《玻璃瓦》，《封鎖》，《傾城之戀》七篇。寫它的時候，無時無刻不想到上海人，因為我是試著用上海人的觀點來察看香港的。」〔註24〕香港這個英國舊殖民地，在日本入侵中國大陸之時，成為了內地富商們的避難地之一，一時港內「新潮」「老派」同在，他們各人有各人的可笑之處，也各人有各人的好處，各人有各人的難處，這正是張愛玲要的美學——「蔥綠配桃紅，參差的對照」〔註25〕。而且這種從上海到香港的遙望，製造出更多的文學想像，熟稔的人們，疏離的

〔註22〕吳瑛，復梅娘書〔J〕，婦女雜誌，1944-5（4）：20。
〔註23〕梅娘，一代故人〔J〕，博覽群書，2000（9）：32。
〔註24〕張愛玲，到底是上海人〔M〕//張愛玲文集（第四卷），合肥：安徽文藝出版社，1996：20。
〔註25〕張愛玲，自己的文章〔M〕//張愛玲文集，合肥：安徽文藝出版社，1996：173。

空間，戰爭戰亂，這些要素聚在一起，正合「傳奇」之本意。在某種意義上，正是這些作品成就了張愛玲，可以說，沒有《年輕的時候》《花凋》《鴻鸞禧》《桂花蒸啊小悲秋》等作品，張愛玲還是張愛玲，但是我們不能夠想像沒有了《傾城之戀》《沉香屑·第一爐香》《茉莉香片》這些作品的張愛玲。從上海避居在香港的人們，害怕革命，躲避戰爭，只專注於「男女間的小事情」，浸沒在俗常生活的樂事，算計著怎樣謀求自己的利益，但是戰爭還是來了，日本入侵香港，圍城18天，港戰給這些俗男凡女們帶來了什麼？小說《傾城之戀》描畫出不安穩時代的男男女女的精神惶恐，亂世中的一種生活的可能性。

《傾城之戀》的故事並不複雜。女主人公白流蘇是上海一個破落世家的離婚女兒，因不堪忍受兄嫂的冷嘲熱諷，振作起殘剩的青春，離了家到香港和一個讓人捉摸不透、透頂精刮的華僑范柳原談戀愛。本來這戀愛是像泥潭一樣除了「姘居」別無結果的，然而突如其來的港戰卻充當了和事佬，撮合了這對俗男凡女，白流蘇不乏悲壯的青春賭注終於有了一個穩妥的結局──婚姻。

對戰爭這種看似「輕佻」的處理是張式特有的風格。戰爭不是人們要應對的主要事件，也不是正義和愛國的演練場，而是成全「傳奇」的必不可少的道具。因為港戰，范柳原沒有去成英國，他與流蘇一起經歷了死亡的威脅，領悟了生命的脆弱、短暫、孤獨和艱難，他們不再「談戀愛」，「倒真的戀愛起來了！」彼此透露出真心，這對精明自私的男女最後結婚了。「在這不可理喻的世界裏，誰知道什麼是因，什麼是果？誰知道呢？也許就因為要成全她，一個大城市傾覆了。」〔註26〕這似沒有心肝的話，背後吐露出無限的蒼涼。真的是因為戰爭，成全了流蘇的婚姻嗎？如果是這樣，張愛玲的小說就與市井通俗故事沒有差別。

小說以港戰為分水嶺，分為前後兩部分：「鬥智鬥勇」的談愛情和「相依為命」的平凡夫妻。流蘇，為了離開陰冷的家庭，為了經濟上的安全，謀求與范的婚姻，最差也要想方設法做一個獲益最大的情婦。而深諳高級調情的浪蕩子范柳原，在調情和真情之間搖擺不定，似真似假地與流蘇周旋。諸如，「這堵牆，不知為什麼使我想起地老天荒那一類的話……有一天，我們的文明整個的毀掉了，什麼都完了──燒完了，炸完了，坍完了，也許還剩下這堵牆。流蘇，如果我們那時候在這牆根底下遇見了……流蘇，也許你會對我有一點真

〔註26〕張愛玲，傾城之戀〔M〕//張愛玲，傳奇（中國現代文學作品原本選印），北京：
人民文學出版社，1986：105。

心，也許我會對你有一點真心。」〔註27〕范柳原這段自己也搞不清是不是真情的表白，在流蘇看來，范柳原只想「精神戀愛」或者是「逼她自動投懷」，不想承擔任何責任，她的回應是：經濟靠山的實利不到手，她不會「白犧牲」。這種錯位感的的確確是「俗人」「小市民」的精打細算，毫無真心而言。但是，這不是小說前半部的全部內容，小說還有一條線索，流蘇和柳原相互欣賞。首先是柳原對流蘇的態度，他對流蘇有點一見鍾情的意味，認為流蘇是「一個真正的中國女人」。庶出的在英國受教育的華僑范柳原，想親近母國文化，但是「周圍的那些壞事、壞人」讓他看不慣、難受。而白流蘇打動了他，在柳原眼裏，流蘇就像舊式小說裏跑出來的人物，沾染了一點新派氣息──諸如跳舞，而她卻始終穿著旗袍，精明且矜持，古典而傳統。他能發現流蘇「低頭的美」和「許多小動作，有一種羅曼蒂克的氣氛」，會說出地老天荒的情話。作品中與流蘇相對的兩個女人是「四嫂」和「薩黑荑妮公主」，四嫂是舊中國女人的代表，刻薄沒有靈魂；薩黑荑妮是新女性的代表，放蕩沒有靈魂。她們在作品中是不配擁有更美好命運的人。四嫂學了流蘇的樣兒，決定與四爺離婚；薩黑荑妮因為港戰，依靠的英國人進了集中營，她則委身於印度巡捕。與這兩個女人相比，流蘇雖然也是一個俗人，但因為她的不徹底，不死心塌地成為某一種人，她的靈魂會時不時地冒出來，范柳原對流蘇的時而真心時而假意，恰恰與流蘇的靈魂出沒相呼應。而在流蘇眼裏，范柳原的風儀讓她著迷，有些英國紳士範兒的柳原，文雅、風趣，乾淨、體貼，不糾纏，雖然缺乏誠意，卻有點詩意。這些都與流蘇生活中遇見的男人不一樣。她的前夫和兩個哥哥，都是狂嫖濫賭且疾病纏身之徒。在糜爛的舊式中國男人中，看到這樣一位清流文雅之士，流蘇將他從妹妹手中搶奪下來，這裡有對家人的報復，也有真心流露。第二次到香港時，流蘇在明知得不到婚姻保障的情況下，也甘心做范柳原的情婦了，這裡有經濟上的考慮，也有「她承認柳原是可愛的，他給她美妙的刺激」。動盪年代這點真情十分精貴，張愛玲草蛇灰線般把這點精貴之情隱在小說的角角落落。

　　小說過渡到後半部分──相依為命的平凡夫妻──穿插了一段流蘇的心理描寫。流蘇不得不認命在香港委身做個情婦時，柳原說他要到英國去，讓流蘇在香港等他。流蘇算計著他們愛的重量，「一個禮拜的愛，弔得住他的

〔註27〕張愛玲，傾城之戀〔M〕//張愛玲，傳奇（中國現代文學作品原本選印），北京：人民文學出版社，1986：81。

心麼？可是從另一方面看來，柳原是一個沒有長性的人，這樣匆匆的聚了又散了，他沒有機會厭倦她，未始不是於她有利的。一個禮拜往往比一年值得懷念。」〔註28〕這是她用「理性」來哄自己。但是「感性」馬上襲來，想到自己時，「她怎麼消磨這以後的歲月？找徐太太打牌去，看戲？然後漸漸的姘戲子，抽鴉片，往姨太太們的路上走？」這是流蘇最不想過的生活，她對自己有信心，「她不是那種下流的人。她管得住她自己。」但是還有什麼生活可以過呢？空空的房子，流蘇一個人時，「她到一處開一處燈，客室里門窗上的綠漆還沒乾，她用食指摸著試了一試，然後把那黏黏的指尖貼在牆上，一貼一個綠跡子。……索性在那蒲公英黃的粉牆上打了一個鮮明的綠手印。」〔註29〕她管得住自己不「下流」，但是她管不住自己不發瘋。柳原離開一天，她已經寂寞得有如上舉動。這時我們不禁會想到這樣一個問題：離婚後，流蘇在自己娘家生活過七八年，在那個腐舊的家裏，流蘇沒有墮落也沒有發瘋；而在自己「追求」的香港公寓生活一天，已經讓「她覺得她可以飛到天花板上」。這是為什麼？哪一種生活才是適宜流蘇的生活？是原有的舊生活，還新式的現代生活？戰爭是救了流蘇，但是不僅僅是成全了她的婚姻，更重要的是阻止了她的發瘋和毀滅，讓她重又回到自己熟悉的生活。她和柳原回到上海，回到原有的生活，「柳原現在從來不跟她鬧著玩了。他把他的俏皮話省下來說給旁的女人聽。」為此流蘇感到心滿意足，「那是值得慶幸的好現象，表示他完全把她當做自家人看待──名正言順的妻。」〔註30〕流蘇回到原有的生活，只是這次的位置也許會更穩固些吧。

張愛玲身在日本佔領的上海，獨具隻眼，找到了亂世香港這箇舊英國殖民地，既可以摘除日本文化殖民的因素，又可以遠離戰爭帶來的正義倫理衝突（在中國人看來，日本和英國兩個帝國主義之間的戰爭衝突無關正義問題），營造出其獨特的文學想像──從上海到香港的傳奇，在中國現當代文學中獨樹一幟。

19 世紀末 20 世紀前半葉，日本軍國主義對外軍事侵略與殖民，攪動起東亞各國的歷史與文化。伴隨著日本的軍事佔領和殖民統治而來的，是日本文化

〔註28〕張愛玲，傾城之戀〔M〕//張愛玲，傳奇（中國現代文學作品原本選印），北京：人民文學出版社，1986：95。

〔註29〕張愛玲，傾城之戀〔M〕//張愛玲，傳奇（中國現代文學作品原本選印），北京：人民文學出版社，1986：95。

〔註30〕張愛玲，傾城之戀〔M〕//張愛玲，傳奇（中國現代文學作品原本選印），北京：人民文學出版社，1986：105。

的強行輸入與對在地文化的嚴格管控。但正是在這樣一個悲慘、暴烈的歷史進程中，在殖民與反殖民、暴力與反暴力的鬥爭中，日本佔領區的文化人／作家借助其殖民體制的差異，打通了一條抵抗文化通道，由此也出現了多種多樣的文化流動、文化混合與文化更新；文化人／作家從在地民間傳統、世界思潮以及強行植入的日本文化中尋找思想資源，形成了具有鮮明的時代印記的多重面向的越域／跨語的文化姿態，開啟了一種新的文學想像。

第九章 「滿洲國」，東亞連帶的正題與反題

　　日本在中國東北炮製的滿洲傀儡國，是其「東亞一體實驗場」，在此既可以發現日本構想「東亞一體」的霸權性格，又可以發現殖民霸權催生出的東亞連帶真實情感。偽滿洲國既是東亞連帶的正題，又是東亞連帶的反題。偽滿洲國跨民族文學交流的實像，可以看到反東亞殖民主義的東亞連帶意識如何發生，如何通過文學活動、文學形式呈現出來。為反抗強迫的東亞一體實驗，生活在偽滿洲國的知識人反而將東亞作為自我之物，從抵抗到主體形成，發展出抗日民族主義與國際主義相結合的東亞連帶意識。

第一節　反東亞殖民主義的東亞連帶

　　韓國學者曾經向中國和韓國思想界提問：在中國有「亞洲」嗎？〔註1〕在韓國知識分子看來，在東亞知識界，相比韓國和日本，中國現代知識分子缺乏把中國放在東亞範圍內來思考問題的視角，而是直接面對西方思考問題，這種對中國知識分子缺少東亞連帶的「橫向思考」的批評，有其道理也有其原因。相比日本學者提出的「作為文明的亞洲」（岡倉天心）和「作為方法的亞洲」（竹內好），韓國學者提出「作為知性實驗的東亞」（白永瑞），中國並沒有提

〔註1〕白永瑞，世界之交再思東亞〔J〕，讀書，1999（8），白永瑞，在中國有亞洲嗎？
　　　——韓國人的視角〔J〕，東方文化，2000（4），這裡的「亞洲」並非指全亞洲
　　　大陸，從韓國人視角來看，更多指東亞，有時特指中日韓三國，或者中國、日
　　　本、朝鮮半島。

出相應的東亞思考路徑。雖然 20 世紀初，中國知識分子如梁啟超、革命家如孫中山也曾一度對東亞／亞細亞深切關注，而此後則很少看到這方面的論著，這既源於抗日戰爭時期日本提出的「東亞新秩序」「大東亞共榮」──強迫東亞一體的意識形態，也源於戰後冷戰時期東亞分裂為兩個敵對陣營。冷戰結束後，隨著東亞經濟一體化，東亞視角也開始進入中國知識界，但學者孫歌觀察到，東亞論述「並不是從我們的知識土壤裏『自然地』生長出來的」，而是具有「很大的移植色彩」。〔註 2〕日本、韓國累積豐厚的東亞研究，美國大學東亞系建制，在學術全球化的今天，促成了當下中國的東亞研究。孫歌梳理了中國東亞論述的幾個方面：傳統儒學視角、「現代化」視角──把東亞看作趕超和對抗西方現代的另外一種現代、戰爭創傷記憶視角，指出這些東亞論述的貢獻與限度，提出作為一種認識論的東亞，尋找東亞原理，直面後東亞時代如何構建東亞共同體問題。〔註 3〕在孫歌等學者的推動下，中國知識界以東亞為視角的研究逐漸深入。

　　上述這些關於東亞的思考，盡力避免把東亞實體化，特別是戰後的東亞思考──唯恐落入戰時「東亞新秩序─東亞共榮圈」的陷阱，使東亞思考與近代日本的侵略意識形態區隔開來，而是希望借助觀念性東亞概念打開多種思考的可能性。東亞作為一個概念範疇，藉此可以在思想領域、理論空間發現新的位置、相互關係乃至世界體系，進而帶來認識論上的新變。但是東亞連帶、東亞共同體，到底是觀念上的存在，還是有其實體內容的存在？或者說除了日本暴力統合的東亞一體之外，還有沒有另外一種東亞連帶、東亞共同體？

　　近代日本以反西歐殖民主義構建亞細亞主義，這一思潮走向日本政治舞臺後，很快演變成日本帝國主義在東亞的殖民侵略，以「亞洲是亞洲人」的名義，在中國、朝鮮、東南亞擴張自己的帝國、殖民地。面對日本殖民暴力強迫的東亞一體，如果從日本帝國周邊的角度重新審視「亞細亞主義─東亞新秩序─大東亞共榮圈」，遭受日本殖民侵略瘋狂掠奪的琉球、臺灣、朝鮮、偽滿洲國以及華北華中淪陷區乃至東南亞等地的反殖民、反侵略的多種多樣的抵抗及相互聯合的運動，形成另外一種東亞連帶、東亞共同體。在日本帝國主導的東亞秩序背面還有另外一種東亞秩序東亞連帶──即反東亞殖民主義、反日本

〔註 2〕孫歌，尋找亞洲──創造另一種認識世界的方式〔M〕，貴陽：貴州出版集團貴州人民出版社，2019：136。
〔註 3〕孫歌的相關著作有：《我們為什麼要談東亞：狀況中的政治與歷史》《尋找亞洲──創造另一種認識世界的方式》《從那霸到上海：在臨界狀態中生活》。

帝國主義的東亞連帶。這樣的一種東亞連帶東亞共同體意識，是在反抗中自然形成的，是從生命裏流淌出來的，構成了真實的東亞連帶感。這種東亞連帶感，既是理解東亞不可忽視的遺產，也是思考東亞議題不可或缺的基本事實。

由此視角，再次理解偽滿洲國文學及文學活動，在這個日本殖民統治區「東亞一體實驗場」中跨民族文學者的交流，可以觀察到反東亞殖民主義的東亞連帶意識東亞共同體意識如何發生，如何通過文學活動、文學形式呈現出來。中國知識人並不缺乏東亞意識，東亞視角也並非移植之物，而是在日常生活日常交往中自然生長起來。為了反抗那種強迫的東亞共同體實驗，生活在偽滿洲國的知識人反而將東亞作為自我之物，從抵抗到主體形成，發展出反日民族主義與國際主義相結合的東亞連帶意識。

第二節 「滿洲國」：東亞一體實驗場

「滿洲國」曾經是日本設想實體性「東亞一體」的關鍵所在，這個傀儡國相當於日本狂想的「東亞一體實驗場」——「大東亞」的原型。在偽國都「新京」的街頭，可以看日本式大屋頂、中式塔樓、印度式拱窗、暹羅風的外牆裝飾，可以聽到漢語、日語、朝鮮語、俄語、蒙古語等市聲，彷彿一個微觀東亞世界。日本在偽滿洲國進行了政治、經濟、文化各方面的實驗，這些實驗直接服務於「大東亞建設」。由日本關東軍參與籌建的偽滿洲國的「建國大學」（1936）[註4]，計劃更名為「亞細亞大學」，為「亞洲聯盟」服務；「株式會社滿洲映畫協會」即「滿洲映畫」（1937），不斷向其他日本佔領區包括東南亞推進，構築「大東亞電影圈」，「滿映」女明星李香蘭被塑造成「大東亞形象」的代言人[註5]；在偽滿洲國推行的「滿洲文學」是後來「大東亞文學」的雛形；「東亞新秩序」（1938）「大東亞共榮圈」（1940）以偽滿洲國為理念。在這個「東亞一體實驗場」中，既可以看到日本構想東亞一體的霸權性格；又可以發現殖民霸權催生出的東亞連帶真實情感。偽滿洲國既是東亞連帶的正題，又是東亞連帶的反題。日本以偽滿洲國為實驗場，強迫構建東亞統一體，使中國和東亞地區處於危機之中，但是也煉成了反「東亞一體實驗」的東亞連帶情感。

〔註4〕〔日〕山根幸夫，「滿洲」建國大學與日本〔J〕，周啟乾譯，抗日戰爭研究，1993（4）。

〔註5〕參見斯蒂芬森，到處是她的身影：上海，李香蘭和大東亞電影圈〔M〕//民國時期的上海電影與城市文化，張英進編，斯坦福大學出版社，1999。

　　日本明治維新之後，提倡「文明開化」「殖產興業」「富國強兵」，逐步修訂與西方列強簽訂的不平等條約的同時，也開始傚仿西歐在東亞殖民擴張。吞併臺灣（1895）和朝鮮（1910），侵佔中國東北（1931），扶持傀儡政權偽滿洲國，1937 年全面侵華，戰火一直燃燒到東南亞。東亞侵略擴張進程中，日本的殖民統治多種多樣，偽滿洲國的殖民統治是其投入最大的一場「豪賭」〔註6〕。這個人工「國家」──「滿洲國」，採取一種帝國主義新型殖民統治方式，既不同於西歐老牌帝國主義的殖民方式，也不同於日本早期殖民臺灣、朝鮮和「關東州」（旅順、大連）的方式。偽滿洲國號稱是一個複合民族的東方現代的獨立「國家」，推行一套「建國」意識形態：「王道樂土」「民族協和」「順天安民」「民本主義」等。

　　從理念上來看，偽滿洲國推行「王道主義」反對「霸權主義」，踐行亞細亞主義／大亞洲主義，所針對的問題不是在弱肉強食的現代世界中如何生存，而是如何為現代世界提供新的文明價值。偽《建國宣言》宣稱：「實行王道主義，必使境內一切民族，熙熙皞皞，如登春臺，保東亞永久之光榮，為世界政治之模型。」〔註7〕但關東軍和日本官吏主導的偽滿洲國，實際上是以日本「皇道思想」強力介入偽滿洲國的政治、社會規劃。1935 年溥儀訪日歸來，即頒布《回鑾訓民詔書》，宣稱「朕與日本天皇陛下，精神如一體。……與友邦一德一心，以奠定兩國永久之基礎，發揚東方道德之真義。」〔註8〕所謂的「精神如一體」，就是主體性完全轉讓給日本天皇；而「一德一心」，就是承認殖民地身份。偽滿洲國表面上是儒家的王道主義，實質是日本的皇道主義。就像「亞細亞主義」以反西方殖民主義為號召，最終演變成日本對東亞地區的殖民統治。所謂的「東亞新秩序」──「日滿華」三國相互提攜，也是迫使兩個偽政權──偽滿洲國和偽中華民國完全服務於日本，照此模式又構想範圍更大的「大東亞共榮圈」。從偽滿洲國的實驗到「東亞新秩序」再到「大東亞共榮圈」，其模式基本一致，武裝佔領之後，炮製獨立國／偽政府，為其進一步的擴張野

〔註6〕偽滿洲國，有東亞最快的火車──亞細亞號，有東亞最現代的城市──「新京」／長春，有東亞最大最先進的文化工廠──滿洲映畫。甘粕正彥（1891~1945），這個曾任「滿洲映畫」理事長、偽滿洲國的「夜皇帝」，日本戰敗時自殺，自殺前在辦公室的黑板上寫到：「一場豪賭，血本無歸，一無所有。」

〔註7〕「偽滿洲國建國宣言」，偽政府公告，偽大同元年四月一日（1932）。滿洲新六法〔M〕，中根不羈雄編譯，「滿洲行政學會」印製，1937：16。

〔註8〕溥儀宮廷活動錄（1932~1945）〔M〕，吉林省檔案館編，北京：檔案出版社，1987：78-79。

心服務。一旦走向這樣的東亞設想，就給東亞穿上了紅舞鞋，永遠停不下來的擴張的東亞。「大東亞共榮圈」的範圍從包括東亞、俄羅斯遠東地區、東南亞，不久就想像成包括大洋洲、印度、阿富汗，再接下來就是加拿大西部、美國西部、中美洲等。不是「亞洲是一」（岡倉天心語），而是世界是一。更重要的是，在這個狂想中，日本把自己想像成世界的中心，是世界上唯一的主人。

偽滿洲國另一個實驗性是「建國」理念——「民族協和」，自己宣稱是複合民族的東方現代國家。作為單一民族的日本，武裝佔領中國東北之後，較其他的日本佔領區，要面對的新問題是——多國族雜處。具體說來，東北地處中國邊陲，緊鄰朝鮮和俄國，加之日、俄分別強佔了北滿鐵路和南滿鐵路沿線的權益，有很多俄僑、日僑和朝鮮移民。東北本來就是一個多民族的雜居之地，漢族之外還有東北世居民族滿、蒙、鄂倫春、赫哲等，此外還有多種原因移民而來的朝鮮人、俄國人、日本人等。東北社會彷彿是一個微型東亞社會——東亞諸國、諸民族濃縮其間。日本處理偽滿洲國多國族／民族的方式，也是其後來「大東亞共榮圈」設想各國之間關係的先導。面對東北社會錯綜的民族現狀，「滿洲國」提出「民族協和」理念，《建國宣言》這樣宣稱：「凡在新國家領土之內居住者，皆無種族之歧視，尊卑之分別，除原有之漢族、滿族、蒙古族及日本、朝鮮各族外，及其他國人，願長久居留者，亦得享平等之待遇，保障其應得之權利，不使其有絲毫之侵損。」〔註9〕謀求漢、滿、蒙、日、朝五個民族平等、共存共榮，後來「民族協和」被直接宣傳為「五族協和」〔註10〕。但是與宣揚「五族協和」的偽政府文件相配套的，卻是充滿民族等級差的現實。與日常生活關係密切的糧食配給和工資等級規定毫不掩飾地呈現出民族等級差。在糧食配給方面規定：第一級為日本人，配給大米；第二級是朝鮮人，配給一半大米和一半高粱；第三級則是「滿洲人」（各民族的中國人——筆者注），只配給高粱。「滿映」明星李香蘭戰後回憶說：「在晚會或宴會上，大家圍著同一張圓桌，吃的是同樣的菜，喝的是同樣的酒，可是日本人吃的是白米飯，中

〔註 9〕「偽滿洲國建國宣言」，偽政府公告，偽大同元年四月一日（1932）。滿洲新六法〔M〕，中根不羈雄編譯，「滿洲行政學會」印製，1937：16。

〔註10〕「五族協和」，開始界定為漢、滿、蒙、日、朝五族，偽國務總理衙門的壁畫即日、漢、滿、蒙、朝五族少女共舞圖，還發行了此畫的郵票。後來出現另一種界定：日、滿、蒙、朝、俄五族，這種界定將漢、滿混在一起稱為滿洲族，當時流行的宣傳畫可以見到此類界定的五族。而且「五族協和」這個口號很容易讓人聯繫到孫中山提倡的「五族共和」。

國人則吃高粱米飯。」〔註11〕在工資收入等級上，日本人、朝鮮人、「滿洲人」的收入逐級遞減，1939 年的「勞工協會」調查數據顯示，偽滿洲國 22 個主要城市的勞動者中，日本男性和女性的日平均工資分別為 3.66 元和 1.5 元的，朝鮮男性和女性的日平均工資分別為 1.37 元和 0.59 元，「滿洲」男性和女性的日平均工資則分別為 0.94 元和 0.92 元。〔註12〕不僅僅普通勞動者如此，官廳也不例外，「日系薦任官加發本薪的四成，委任官加發本俸的八成。」〔註13〕日常生活中，乘坐交通工具也有規定，日本人坐特等座，中國人只能坐普通座。《滿洲評論》日本職員橘樸看到這些現象，感慨道：「構成滿洲國的諸民族無一例外地在事變初期報以熱烈的期待，漸漸地則表現出直線式下降的冷漠。」〔註14〕「熱烈期待」是日本人自己的想像，對「民族協和」態度「冷漠」倒是真實現象。

日本以偽滿洲國為實驗基地構建的「東亞一體」，設計出種種東亞理論、東亞一體的意識形態話語，實施過程中以日本國作為東亞的領導國，以日本民族為中心，確保日本人作為支配民族的特權，強迫東亞各國以日本為至高，其他各國、各民族依據受殖程度的深淺構成民族等級網絡。生活在日本高壓下的偽滿洲國各族人們，以各種不同姿態挑戰所謂的「王道樂土」「五族協和」。

第三節　去帝國的東亞連帶

在偽滿洲國，為了配合日本新型殖民方式的意識形態宣傳，在文化上構建出了「五族協和」的「滿洲文學」，允許／鼓勵各民族用自己的語言創作文學作品，形成了日本人用日語創作的「日系文學」、中國人用漢語創作的「滿系文學」以及朝鮮語系的「鮮系文學」、俄語語系的「俄系文學」等〔註15〕。為了彰顯這種姿態，在日本國內還專門出版了《「滿洲國」各民族創作選集》兩輯（1942，1944），收入「日系」「滿系」「俄系」和「蒙系」作家作品；雜誌

〔註11〕山口淑子、藤原作彌，她是國際間諜嗎？日本歌星李香蘭自述〔M〕，天津編譯中心譯，北京：中國文史出版社，1988：94。

〔註12〕高樂才、高承龍，偽滿洲國時期日本對朝鮮族的統治政策〔J〕，東北師大學報（哲學社會科學版），2012（1）。

〔註13〕東北淪陷十四年史吉林編寫組譯《滿洲國史》（上）〔M〕，〔日〕「滿洲國」史編纂刊行會編，內部資料，1990：44。

〔註14〕橘樸，弱小民族諸問題〔J〕，滿洲評論，1934（11）。

〔註15〕參見本書第三章「異態時空中的文學」。

《新滿洲》（1941.11）推出過專輯「在滿日滿鮮俄各係作家作品展」，刊出「俄系」作家阿爾魔尼‧聶斯迷羅夫、「鮮系」作家安壽吉、「滿系」作家田瑯和「日系」作家澀民飄吉的作品。但在這樣的文學建制安排下文學作品卻呈現另外一種姿態，除「日系」作品，其他語系作品中很少出現日本人形象，如果有也經常以抽象的形象寥寥幾筆帶過，而且不僅僅中國人作家作品如此，「鮮系」和「俄系」作品也有這種症候，在「滿系」「鮮系」和「俄系」作品中彰顯出另外一種「民族協和」。

安壽吉（1911～1977）是偽滿洲國「鮮系」代表作家，創作了大量以「滿洲」為背景的小說，其中長篇小說《北鄉譜》〔註16〕具有代表性。小說描寫了朝鮮知識人和農民一起在中國東北土地上艱難謀生的故事。作品涉及了朝鮮人、中國人和日本人三者之間的關係，在馬家屯，朝鮮人和中國人有摩擦，但很快相互理解、相互學習，中國農民潘成魁和朝鮮人一起生活久了，自然而然能用地道的朝鮮話與他們交流，朝鮮人老康也向潘成魁學習「滿人」歌曲。與這種和諧關係相反的是，朝鮮人與日本人交往中的屈辱感。小說中出現一個日本事務官沙道美，筆墨不多，他與朝鮮人吳燦九聊天時，說到朝鮮人的缺點便滔滔不絕，「走私鴉片、地下交易、不穩定、不講義氣、不守信、不健康、不負責任……」這裡我們可以看到「鮮系」作家安壽吉的「民族協和」意指——朝鮮人需要「民族協和」，但不是與日本人協和，是與同樣艱難求生的「滿洲人」協和，是與同樣被日本人蔑視的「滿洲人」協和。「在安壽吉內心深處堅信他們（中國人——筆者注）才是滿洲真正的主人。」〔註17〕無獨有偶，同一時期中國人作家李喬（1919～？）也寫了同一題材的作品《協和魂》，從題目來看是要迎合「民族協和」，但作品中所說的「民族協和」與《北鄉譜》一樣，不是「日滿協和」而是「滿鮮協和」。《協和魂》是一部劇本，刊於《青年文化》（1944.2）。劇情並不複雜，一個朝鮮人大老韓，移民東北某村種水稻，村裡人對這個異族人充滿了敵視。時逢村裏漲水，需要有人去開閘放水，水勢兇猛，開閘放水者會有生命危險，這時大老韓挺身而出，冒險前往。劇本中沒有出現日本人，也沒有處理中國人和日本人的關係。劇本以村長演講結束：「本來大

〔註16〕安壽吉，北鄉譜〔N〕，滿鮮日報，1944（12-1）～1945（4-7），中文版見，偽滿洲國朝鮮系作家作品集〔M〕，崔一、吳敏編，哈爾濱：北方文藝出版社，2017。

〔註17〕李海英，安壽吉解放前後「滿洲」敘事中的民族認識〔M〕，記憶與再現，李海英、金在湧，主編，上海：上海交通大學出版社，2016：91。

家的生活應該大家互相協力，外來人，不同的民族肯救我們，我們就應該一致地協和，大家都是好兄弟，大家都要握起手來，為了共同的生活，共同去齊心努力才對。」〔註 18〕這裡「一致地協和」，是沒有日本人的「協和」。1944 年正是「大東亞共榮圈」推進之時，朝鮮語的《滿鮮日報》和漢語雜誌《青年文化》相互應和，同時推出沒有日本人的東亞協和，文學以一種特殊的方式建立起一種新的東亞想像，沒有霸權者的東亞。

　　與「滿系」「鮮系」相比，「俄系」作家處於偽滿洲國文教監管的邊緣地帶，他們的東亞想像更加激進。阿爾魔尼·聶斯迷羅夫（1892～1945）的小說《紅頭髮的蓮克》〔註 19〕，講述了另外一種東亞連帶故事。俄羅斯妓女、詩人、中國商人、朝鮮農民、中國哨兵，還有一隻叉開腿站著的黑癩蛤蟆，他們在中朝俄東亞交匯之處謀生的故事。在符拉迪沃斯托克／海參崴，俄羅斯妓女蓮克，被姓孫的中國商販看上，以去哈爾濱生活為誘餌向蓮克求婚，但是孫欺騙了蓮克，沒有帶她去哈爾濱，而是回到滿洲鄉村，並且對性格固執、任性的蓮克很失望，便把蓮克賣給了另一個「滿洲」農民，這個沒有姓名的人如法炮製把蓮克賣給了朝鮮農民。倔強的蓮克，借朝鮮人去琿春辦事的時機，自己逃了出來，迷失在中國、俄羅斯、朝鮮交界處的荒原。俄羅斯詩人列瓦多夫，也在這個荒原游蕩。兩人相遇，一起在荒原流浪 14 天，終於走到了中東鐵路的第一站——波格拉尼契內／綏芬河站。詩人列瓦多夫繼續遷徙到哈爾濱，蓮克留在波格拉尼契內做女招待。小說信息飽滿，作者阿爾魔尼·聶斯迷羅夫調動了東亞地理學、宗教學、地緣政治學等多方面的知識，勾勒出海參崴／符拉迪沃斯托克—琿春／卡拉斯基諾—綏芬河／波格拉尼契內這一「中國—俄羅斯—朝鮮」的三角地帶，描述出風雲變幻的東亞局勢。但是在這個東亞局勢裏面，作者似乎忽略了東亞的重要角色——日本。描述東亞局勢時怎能缺失日本？日本這個角色被作者放在了何處？詩人列瓦多夫在荒原流浪，作者沒有描繪荒原景色，而是著力於一隻黑色癩蛤蟆，荒原中被遺棄的捕獸者或採參人小屋中，「在被毀的爐灶石頭上還留有煙黑，那裏一隻黑癩蛤蟆叉開腿站著，望著列瓦多夫。列瓦多夫也望著它。癩蛤蟆呼吸著，發黃的喉部脹成一個泡，癟下去又鼓起來……列瓦多夫把眼睛從癩蛤蟆身上移開，抬向上方，透過屋頂上的窟窿，透

〔註 18〕李喬，協和魂〔J〕，青年文化，1944（2-5）。
〔註 19〕阿爾魔尼·聶斯迷羅夫，紅頭髮的蓮克〔J〕，新滿洲，1941（3-11），下文均引於此，不再一一標出。

過過冬屋的荒涼空蕪……列瓦多夫又垂下眼睛，又遇到了癩蛤蟆的目光。」作品中反覆提及這個生物，這一神秘之物給人不祥之兆、不解之惑，「只有上帝才知道，這是什麼癩蛤蟆。」是的，作者把日本隱藏在黑色癩蛤蟆這裡，它雄霸東亞各地，直視各色人物，躍躍欲試，醜陋不堪。這篇小說彷彿一篇寓言，道出了二十世紀前半葉東亞歷史場景：在東亞生活的俄羅斯人、中國人和朝鮮人，他們有各種摩擦，有相互欺騙，有小奸小壞，但他們是同類，可以交流、可以理解，而醜陋的東亞殖民者與東亞各族並非同類。對於東亞各族來說，日本彷彿「一隻叉開腿站著的黑癩蛤蟆」，讓人恐懼，叫人噁心。

在滿洲傀儡國這個異態時空中，文學既是殖民統治的工具，構建「民族協和」的東亞一體的意識形態，也是消解這種意識形態的方法。文學橫跨統治結構，回應日本強迫的「民族協和」時，建構起去帝國化的東亞連帶，沒有日本人的東亞連帶。

第四節　與國際主義相結合的東亞連帶

在偽滿洲國這個「東亞一體實驗場」，去帝國化的東亞連帶想像，不僅表現在文學作品中，也體現在具體的文學活動、文學者實際交往層面。文學家的跨民族連帶意識和自身的共同體感覺，從自民族的民族主義走出來，與廣大的世界建立聯繫，發展出反日民族主義與國際主義相結合的東亞連帶。

偽滿洲國提倡「五族協和」的前提是所有其他民族都臣服於日本民族，日本人是偽滿洲國最高等民族，而在民族關係上採取「分而治之」的離間統治，各民族直接從屬於日本民族，而各民族之間交往被限制。在偽滿洲國文學場，「滿系」作家和「鮮系」作家的交流就是一個難題。朝鮮人在偽滿洲國身份尷尬，他們既是偽滿洲國「五族協和」之一的朝鮮族，又是「內鮮一體」日本帝國的皇民，可以成為帝國殖民體系中位階較高的殖民協力者。在偽滿洲國，「滿系」作家與「鮮系」作家相互隔閡，很少直接交往。打破僵局的是，《滿鮮日報》報社在 1940 年 3 月 22 日組織的一場文化座談會──「內鮮滿文化座談會」〔註20〕，通過刊於《滿鮮日報》的會議記錄可以瞭解當時的交往情況。參與座談會的有：「鮮系」作家朴八楊（詩人）、白石（詩人）、金永八（劇

〔註20〕該座談會記錄稿連載於《滿鮮日報》，1940 年 4 月 5-11 日。下文均引於此，不再一一標注。

作家）、今村榮治（作家）、「滿鮮日報」社的李甲基和「社會部長」申彥龍，
「日系」作家有杉村勇造、大內隆雄、吉野治夫、仲賢禮，「滿系」作家爵青
和陳松齡。「鮮系」作家組織這樣的座談會，讓朝鮮語系文學進入偽滿洲國文
壇，並能有機會被翻譯成日語或漢語，與其他語系文學有真實的平等的交流。
但是「日系」作家非常傲慢地認為，朝鮮人作為日本帝國的次等皇民，應該用
日語寫作。仲賢禮基於生活在朝鮮的作家日語寫作的事實向「鮮系」作家發問：
「鮮系作家用朝鮮語寫作是會被人看成異端？還是已成為主流？」很多朝鮮
作家之所以移居偽滿洲國，就是為了躲避「內鮮一體」的日語同化政策，利用
偽滿洲國「五族協和」政策用自己民族語言進行文化生產〔註21〕。面對這樣的
問題，「鮮系」作家李甲基回答：「承載該文學的母語語言不是比任何事情都更
重要嗎？……是朝鮮文學，為此朝鮮語文學才是首要的條件。在這個意義上，
朝鮮作家從事文學創作就是用朝鮮語寫作……」觸及到民族語言問題，「滿系」
作家爵青與「鮮系」作家站在了一起，爵青參與討論：「語言原本就不是一朝
一夕間形成的。語言是和一個民族的傳統、情緒不可分割的文化表現。因此以
滿洲人生活為素材創作時，不用滿洲語就無法將其情緒、傳統完整的傳遞給讀
者……」這場座談會充滿了殖民地力學關係，根本不是文人間的平等交流，處
在弱力一方的「鮮系」和「滿系」自然地結成同盟，捍衛對方的民族語言，就
是在捍衛自己的民族語言，聯合起來與強力方「日系」形成一種張力。

經過這次座談會，在殖民等級上處於不同位階的文人和文學越過帝國中
介直接展開了交流。《新滿洲》雜誌翻譯轉載了《滿鮮日報》上的小說《富億
女》，並且在「在滿日滿鮮俄各係作家作品展」專輯中刊出，這是「鮮系」文
學唯一一次與其他各語系文學共同出場，之後在日本國內出版的《「滿洲國」
各民族創作選集》，收入日、滿（漢）、俄、蒙各語系作品，未收入「鮮系」作
品。《新滿洲》雜誌編輯人吳郎和「鮮系」作家安壽吉建立了友誼。多年之後，
安壽吉回憶到：「拜見吳郎時，我說『你我處境相同，合作開展文學活動吧』，
他立即響應道『是是』。……之後與吳郎先生一直有文字往來。」〔註22〕不久

〔註21〕 韓國學者金在湧對偽滿洲國的朝鮮人文學有深入研究，中文著作有《韓國近
代文學和偽滿洲國》，哈爾濱：北方文藝出版社，2017 年；論文《東亞脈絡下
的在滿朝鮮人文學》，李海英、李翔宇主編《西方文明的衝擊與近代東亞的轉
型》，青島：中國海洋大學出版社，2012 年。
〔註22〕 安壽吉，龍井-「新京」時代〔M〕//中國朝鮮民族文學大系（10），哈爾濱：
黑龍江朝鮮民族出版社，2001：560。

《新滿洲》雜誌上刊出「鮮系」評論家高在騏的文章《在滿鮮系文學》〔註23〕，介紹「鮮系」作家作品。吳郎自己撰文《記我與鮮系的觸顏》〔註24〕，在這篇文章中，吳郎回憶了自己的朝鮮老師，表達了對朝鮮舞蹈家崔承喜的敬仰，談到作家安壽吉。與吳郎這篇文章相似的是楊絮的紀實散文《赴鮮實演雜記》〔註25〕，這篇散文是楊絮奉命去朝鮮「京城」參加「朝鮮大博覽會」的紀實，給楊絮留下深刻印象的不是博覽會內容，而是朝鮮的傳統歌舞表演——春鶯舞、朝鮮絲竹樂、四鼓舞、西道坐唱、僧舞等等，珍惜異民族的傳統，感慨自己的民族傳統，同命相連的感覺油然而生。座談會之後，《滿鮮日報》也開始對「滿系」文學進行介紹和評論，刊出系列文章：陳松齡《文學建設的黎明期：滿系文學的過去與現在》（1940 年 6 月 30 日），岡本隆三《最近滿系文學的動向》（1940 年 8 月 9～10 日），吳郎《昨年度滿系文學回顧》（1941 年 1 月 21～29 日），國本生《滿系文學的作風》（1941 年 11 月 26 日～11 月 29 日），北島生《滿系演劇管見》（1942 年 2 月 7 日～11 日）。〔註26〕

越過帝國的民族間直接進行交流，這本身就構成了對殖民者的挑戰，至少讓偽滿洲國以「五族協和」之名「分而治之」的殖民體制受到限制。共同的被壓迫被殖民的命運將兩個民族連在一起，共同抗拒虛假的「五族協和」和「東亞一體」幻想。不僅如此，透過作家交往、文化交流，民族之間相互瞭解，彼此珍惜他民族的文化傳統、文化現實，把自民族的未來與他民族的未來連在一起，構成具有國際主義性質的連帶關係。這樣的一種想像，不僅限於東亞內部被壓迫各族，還欲與世界上其他民族連在一起，「作風刊行會」及其編譯的雜誌《作風》懷抱這種文學理想。

「作風刊行會」於 1939 年底在奉天成立，計劃出版《作風》雜誌。與當時偽滿洲國另外兩個文學團體「文選、文叢派」和「藝文志派」以文學創作為主不同，他們計劃以翻譯文學為主要內容。就已經出版的一冊《作風》（1940）來看，366 頁，24 萬字，共 27 篇譯文，包括保加利亞、西班牙、澳大利亞、俄國、挪威、德國、朝鮮、英國、美國、法國、日本 11 個國家，作品內容側重思鄉、反戰、反侵略、反掠奪等內容，也包括愛情、母愛等人類永恆主題。

〔註23〕高在騏，在滿鮮系文學〔J〕，新滿洲，1942（4-6）。
〔註24〕吳郎，記我與鮮系的觸顏〔N〕，盛京時報，1942（6-24）。
〔註25〕楊絮，赴鮮實演雜記〔N〕，大同報，1940（10-17，10-19，10-20）。
〔註26〕這幾篇文章的詳細介紹及闡論，參見謝瓊《被忽視的凝視：偽滿洲國「內鮮滿文學」交流新解》《瀋陽師範大學學報》2018 年第 6 期。

《作風》編輯人田兵（1912～2010）說該雜誌「針對侵略戰爭，敵偽實施的『國兵法』『抓勞工』『思想矯正法』以及『出荷』『配給制度』等形勢而翻譯的。」〔註27〕刊行會還有更長遠的計劃，「我們之所以要編輯翻譯文集，就是要團結作者，凡是會日語、英語、法語、俄語等外國語的，我們把他們團結起來，將來可以再出別的作品。」〔註28〕非常遺憾，在因為資金及日偽檢查制度〔註29〕，「作風刊行會」在 1941 年解散。

　　在日本帝國文化圈中，宣傳「東亞／日本文明，抗擊英美文化」是主旋律，繞過日本及其以日本為核心的東亞文明，而與更廣闊的世界文化建立聯繫，這樣的活動在帝國文化圈中深具意義。在偽滿洲國出版的其他翻譯作品如《世界著名小說選》《世界名小說選》《近代世界詩選》〔註30〕也在這個層面上彰顯出特別的意義。逃逸日本帝國控制的「東亞一體」，與更廣闊的人類精神建立起聯繫。

　　1930 年代，日本無視中國和國際社會的反對，軍事佔領中國東北並炮製出偽滿洲國，以偽國為試驗場，打造一個微觀東亞社會，設計出種種東亞理論、東亞一體的意識形態話語，為其「大東亞」狂想服務，企圖用控制偽滿洲國的治理術，操控東亞世界。但是正是在這樣一個歷史空間，對於居住在偽滿洲國的人來說，他們在實際生活中可以感知到一種超越國族的東亞連帶，這種連帶感可以是尋常過日子式的，可以是反東亞殖民主義的抗爭，可以是國際主義的跨國相知相助。「東亞」並非日本殖民者射出的一支精準的意義之箭，東亞一詞也並非完全由日本殖民者決定其方向、力度與目標。受日本壓迫的東亞各族

〔註27〕金田兵，作風刊行會始末〔J〕，瀋陽文藝資料（內部資料），瀋陽市文聯地方志辦公室編，1986（2）。

〔註28〕2003 年 8 月 15 日，筆者在瀋陽訪問金湯（田兵）先生時，他如是說。存有錄音資料。

〔註29〕資金和檢查制度是連在一起的，金湯先生曾告訴筆者雜誌出版過程中的一個小插曲：「我們把雜誌送去審批，怕日偽不讓出，就湊錢行賄，向『奉天警察廳』警務課思想檢查股霍爾剛行賄 150 元錢，原稿得以免檢取回。出版後，又被勒令刪除木風譯文《雪萊與現代》一篇，再行賄，交上十幾冊的削頁本，蒙混過關。」2003 年 8 月 15 日，筆者在瀋陽訪問金湯（田兵）先生時，他如是說。存有錄音資料。

〔註30〕幾部作品的出版信息如下：
東方印書館編譯所，《世界著名小說選》，東方印書館，1939 年。
王光烈編，《世界名小說選》（共 5 輯），滿洲圖書株式會社，1941 年。
山丁選，梁孟庚編，《近代世界詩選》，滿洲圖書株式會社，1941 年。

也參與到了「東亞」意義的生成中，從而使「東亞」突破「東亞新秩序—大東亞共榮圈」的日本軍國主義的意義範疇，在一個新空間重新分配東亞的意義。「東亞」一詞借助其在偽滿的「合法身份」，反向串聯起各自民族情感和反抗意識，形成了沒有霸權的多國族／民族「協和」想像。在這種新的東亞想像中，出現了基於東亞各自民族視角、擁抱國際主義的、包容其他民族的去帝國的東亞現代主體。這便是偽滿洲國語境中「東亞」的正題與反題。

今天東亞，被稱為「後東亞時代」，殖民主義終結、冷戰結束、經濟合作也開始出現複雜的新情況，我們重新反思歷史上以東亞為出發的種種思考，理解後東亞時代的東亞共同體的多種可能性和限度。從一個區域視角出發，探討歷史如何在這個空間展開，從歷史中獲得思考未來的啟示。東亞殖民主義時代，日本暴力攪動東亞，以偽滿洲國做為東亞一體實驗場，迫使東亞各族在這個社會空間彼此相遇共同塑造，結成各種形式的東亞連帶感、東亞想像。這些遺產，曾被二戰後東亞複雜局勢層層覆蓋。為此，本章對相關史料進行初步發掘和探究，希望在傳統儒學視角、「現代化」視角、戰爭創傷記憶視角之外，為今日東亞研究提供一個新的維度。

第十章　東亞殖民主義與中國現代文學

　　討論中國現代文學，「五四」「傳統」「抗戰」「殖民」應該是繞不過去的四個關鍵詞，這四個關鍵詞與「民族國家」和「現代性」以多種姿態交織在一起，構成了思考中國現代文學的核心觀念。但是對這四個關鍵詞的討論並不均衡，「五四」「傳統」和「抗戰」備受關注，貫穿在中國現代文學系列研究之中，而「殖民」始終沉潛在背後，或作為半殖民半封建中國社會性質的背景忽隱忽現，少有學者從「殖民」視角綜觀中國現代文學。「殖民」視角的缺失造成的結果是，開啟於中外碰撞的中國現代文學彷彿是一個獨立的事件，對殖民話語有著天然的免疫能力，如若涉及殖民話語，則以「反帝發封建」的姿態出現。中國現代文學緊緊地嵌在中國現代民族國家的歷程之中，出於自我肯定的需要，如此觀察研究現代文學自有其意義。不過這會遮蔽中國現代文學中的重要構成因素，這不僅僅會造成對中國現代文學中殖民地文學、淪陷區文學缺少必要的關注；缺少談論中國殖民地文學的理論工具；而且也錯失了另外一種綜觀的眼光，在五四、傳統、抗戰、殖民四要素相互糾纏中理解中國現代文學中現代性、民族國家等系列問題。

　　打破這種中國現代文學研究現狀的，首先是殖民地、淪陷區的文學研究者，對日本殖民佔領區文學的發掘和研究，衝破了原有的五四、傳統和抗戰三維視野中的中國現代文學研究，開始處理日本佔領時期作家的精神歷程和作品多維面貌以及由此所衍生出的諸多問題。由此，研究者借用「半殖民」這個政治學概念，啟用其文化含義，用「半殖民主義」視角考察中國現代文學，依據「中國從未整體被殖民過」「多重帝國主義宰制」「碎片化的殖民地理分布」

現象，重新打量中國現代文學，學者史書美的著作《現代的誘惑：書寫半殖民地中國的現代主義（1917～1937）》，其方法論的意義溢出該書對中國現代主義文學現象的考察，啟發研究者以新的概念圖式、概念關係重新觀照中國現代文學。李永東提出「半殖民與解殖民」的文學史觀，「中國現代文學與其說是現代性的文學，不如說是半殖民與解殖民的文學。殖民性的嵌入、抹除、遺留問題，干預並決定了中國現代文學的主體走向和風貌。」〔註1〕試圖通過「半殖民與解殖民」整體性地勾連起中國現代文學的諸多現象與問題，呈現中國現代文學發展的另一幅畫面。

上述這些探索，以新的概念圖式、新的概念關係理解中國現代文學，打開了討論中國現代文學的新思路。當然如若落實這樣的研究，還需要很多學術工作。本章依據這樣的學術路徑，對「殖民」「半殖民」概念再思考，重返中國近代以來的紛繁勾連的殖民歷史，討論我們到底遭遇的是何種殖民境況；理解「東亞殖民主義」概念，辨析「東亞殖民主義」和「殖民主義」「半殖民主義」之間的關係，「東亞殖民主義」與文學的關係，並藉此解釋中國現代文學中某些文學現象；希望本書討論「東亞殖民主義」概念成為綜觀中國現代文學、現代東亞文學的理論工具之一，同時與現有的殖民主義理論、後殖民主義理論展開對話。

第一節 「東亞殖民主義」與「殖民主義」

之所以提出「半殖民主義」和「東亞殖民主義」，源於已有的殖民主義理論無法很好地解釋近現代中國遭遇的殖民境況，為了更好地認知近代中國，認知中國現代文學發生的殖民歷史語境。「半殖民」來源於列寧對亞洲殖民地的描述，為了區分非洲和美洲殖民地，把被多個帝國主義國家染指的「半開化」的中國、土耳其、波斯三個亞洲國家稱為「半殖民地國家」，〔註2〕後來經中國理論家的研究闡釋，成為中國近代社會性質的概括──「半殖民半封建社會」。史書美發展出「半殖民主義」文化現象，李永東發展出「半殖民與解殖民」的文化現象，進而解釋中國現代文學的諸多面貌。我們提出「東亞殖民主義」，

〔註1〕李永東，文化間性與文學抱負──現代中國文學的側影〔M〕，北京：人民出版社，2019：3。

〔註2〕列寧，論歐洲聯邦口號（1915）〔M〕//列寧選集（第二卷），北京：人民出版社，2012：552。

首先同樣基於特殊的區域性——東亞世界，其次探求其文化性格，進而解釋中國現代文學中的某些文學現象。

東亞殖民主義，不是殖民主義的子概念，不是「東亞」+「殖民主義」，也不是「東亞」+「半殖民主義」，「東亞」與其說是地理概念，更是一種文化和歷史的產物，一種觀念性概念。東亞殖民主義針對的是現有的西方知識語境中形成的殖民主義、後殖民主義觀念，意指另外一種殖民主義，另外一種政治狂想，東亞殖民主義與文化、文學有著歷史的密切聯繫。為此我們要梳理東亞殖民主義與殖民主義、半殖民主義之間的關係，在這些錯綜的關係中識辨東亞殖民主義的文化性格。

理清東亞殖民主義和殖民主義之間的關係，需要借用長時段歷史學的方法觀察世界。對於古代的部落、城邦、國家，最重要的事兒不是安居樂業，而是擴張自己的生活理念、政治方式、生活領地。生活在海島／半島的部落、城邦、國家，擴大領地的主要方式是航海到另一個島，建立殖民地。以規劃遙遠的領土作為想像世界、治理世界的方式。而在大陸內陸生活的部落、國家，以中心——邊緣的方式想像世界，以擴張為主要形式。古代世界有兩種不同的政治理念、兩種不同的世界想像、世界治理的方式：一種是謀求遠方利益、遠方領土的殖民主義，一種是以中心——邊緣想像世界的擴張主義。

殖民作為一種政治傳統、想像世界的方式源起於古希臘。位於半島的古希臘城邦、王國為了擴大領地，到海外建立殖民城邦、殖民王國。漂洋過海到他鄉，建立新的生活區域。如果被殖民地區有原住民，其手段是戰爭、屠殺、佔領。古希臘時代，地中海周圍、裏海周邊，布滿了希臘殖民城邦、殖民王國。〔註3〕殖民是對遙遠的土地懷有野心。近代歐洲人繼承了古希臘這個政治傳統，加之地理大發現和科學技術革命，地理傳播主義和歐洲中心主義史觀，以更殘酷的手段謀取更遠方的土地和利益，在非洲、美洲建立殖民地，同時染指亞洲地區。殖民，作為一種想像世界的方式，今天依然存在，比如俄羅斯的宇宙論，科幻作品中的登陸其他星球、宇宙移民等想像。殖民的主要目的謀求遠方的政治和商業利益，掠奪資源和財富。宗主國和殖民地的關係，很像強盜和被搶劫人的關係，強盜不關心被搶人的文化問題，一切都是為了搶起來方便而設置，比如讓殖民地人學習宗主國語言、學習勞作技術等。英國殖民埃及期間，

〔註3〕古希臘的殖民運動，參見〔蘇聯〕B.C.塞爾格葉夫，古希臘史〔M〕，繆朗山譯，章安祺編訂，北京：中國人民大學出版社，2011。

採取「因俗而治」的政策，主要維護自由貿易原則，不干預埃及王的政務，更無意監管當地人的文化問題，很少發布文化政策、文學綱領、新聞制度這樣的法律法規。

中心—邊緣這樣想像世界的方式源於古代中國。黃河流域的華夏文明，處在大陸內部，沒有想到天邊海外擴張自己的政治理念、生活方式、生活領地，而是以一種同心圓的方式想像世界，逐漸形成「天下觀念」「華夷秩序」「朝貢冊封體制」的「中華世界體系」，「華」即「文明」，以中心的「華」來「化」周邊的蠻夷，中國「文化」這個詞的本意就是以「文」來「化」周邊，「遠人不服，修文德以來之。」古代中國和周邊地區的關係，被想像成文明與有待教化的關係，好像家長和孩子、老師和學生的關係，希望通過教化，周邊的蠻夷也信仰中心的文化、文明。

近代東亞地區，日本向西歐學習，看到西歐憑藉堅船利炮，殖民非洲和美洲，染指亞洲，建立了新的世界規則、世界模式——宗主國和殖民地。明治日本傚仿歐洲的殖民模式，1870 年派特使柳原前光（1850～1894）到天津，要求與清國簽訂與歐美列強同樣的通商條約，1875 年炮擊朝鮮，欲使朝鮮脫離中華秩序。之後，日本在東亞地區發動了一系列的殖民戰爭、侵略戰爭，先後以武力強佔的殖民地有琉球群島、臺灣島、「關東州」（旅順、大連）、樺太（庫頁島）、朝鮮半島，在中國東北炮製出滿洲傀儡國，進而全面侵略中國，把戰火一直燃燒到東南亞地區。策略上，日本傚仿歐美的殖民方式——戰爭、掠奪、屠殺、移居。觀念上，一直生活在「中華世界體系」中的日本，彷彿中國的一個「分身」[註4]，是以「中心—邊緣」作為世界想像的基本構架，以「華夷秩序」來想像世界。當日本通過兩場對外戰爭——甲午戰爭和日俄戰爭，一戰後與美國、英國、法國和意大利同為「國際聯盟」（1920）常任理事國，日本自認為是亞洲最「文明國」，是「中華」——「中心文明」。在以中國為中心的傳統「中華世界秩序」坍塌過程中，日本改「脫亞入歐」的口號為「歸亞抗歐」的「大亞洲主義」「大東亞主義」，用「亞洲」（亞細亞）「東亞」取代「中華」，構建新的「中華世界體系」，以日本為同心圓的圓心，想像將日本文明、日本精神氣質輻射到周邊，周邊地區的發展要仰仗日本的領導和保護。所謂的「大東亞文化圈」是「華夷」文化圈的一種變形。這樣我們看到日本與周邊東亞地區的關係，既是西方殖民式的關係，又是文化擴張式的關係。第一，日本進行

〔註 4〕李永晶，分身：新日本論〔M〕，北京：北京聯合出版公司，2020。

戰爭、掠奪、屠殺、移居——西方殖民方式。第二，日本不遠渡重洋，在自己周邊建立殖民地。第三，日本注重對佔領區的「教化」工作，鼓勵殖民地的文學文化事業，策劃文學徵文、文學賞，制定文藝政策等，如在臺灣提出「皇民文學」，偽滿洲國鼓吹「建國文學」，華北偽政權炮製「新民文學」，華東偽政權提倡「和平文學」，這些文學口號意輸出日本文化、粉飾日本殖民侵略的同時，也鼓勵文化生產；不僅如此，日本佔領區還組織各種「文化協會」，廣泛地組織動員文藝人士為其服務，如偽滿洲國的「滿洲文藝家協會」、華北的「華北文藝家協會」、南京的「中國文藝協會」等。日本的殖民統治除了經濟、政治的目的之外，還有著文化改造的目的。由此可以這樣理解東亞殖民主義，日本借用歐美殖民主義的方式——殖民東亞地區，用「華夷秩序」構想東亞世界秩序。

　　東亞殖民主義，繼承了「中華世界秩序」的文化模型，又借用了現代西方殘酷的殖民手段，形成一種特殊類型的殖民主義。東亞殖民主義，是東亞世界秩序變遷的一種表徵，是近現代中國最深的創傷，創傷不僅來自於日本對中國部分地區的殖民、持續侵略戰爭中的暴行，也源於曾經作為天下與文明中心的榮光的消失和被曾經的附屬者「蕞爾小國」打敗的屈辱。借用前文對殖民主義和有教化關係的文化擴張主義的各自關係的隱喻——強盜與被搶劫人、家長和孩子，被強盜打劫固然是悲劇，但屈辱感沒有那麼重；而一旦家長被孩子挑戰，無論輸贏，都充滿了屈辱感。東亞殖民主義的創傷深深地嵌入感時憂國的中國近現代文學作品內部紋理。嵌入在郁達夫小說中那些在日本的中國青年的苦悶的背後。

第二節　「東亞殖民主義」與「半殖民主義」

　　通過梳理東亞殖民主義和殖民主義之間的關係，可以看到東亞殖民主義的一個側面。原有的「中華世界體系」內部力量位移，日本自封為「中華」——中心文明，卻拋棄了傳統中華世界體系中的和平主義性格，啟用了西歐的殖民主義手段，通過殘酷戰爭進行經濟掠奪、軍事佔領，同時對佔領區進行強制「教化」——文化規劃、文化統治，乃至時間和空間規訓。這樣的東亞殖民主義嵌入在近現代中國文化地層，其創傷深藏在被諸多帝國主義國家殖民侵略之疼痛的背面。接下來，我們從東亞殖民主義和半殖民主義之間的關聯，進一步探索東亞殖民主義的文化性格。

　　中國自 19 世紀中期開始，持續不斷地被多個帝國主義國家侵蝕，被迫開放 50 多個通商口岸、租借地以及鐵路沿線等地，十幾個帝國主義國家在中國有特殊權益，中國這種社會狀況被描述為半殖民半封建社會。史書美發展出半殖民主義文化理論，給予「多重性（multiple）、多層次性（layered）、不徹底性（incomplete）、破碎性（fragmentary）」〔註5〕的概括，指出在半殖民的中國語境中，中國知識分子大多自覺採取了「分岔策略」，即將西方分為「都市西方」和「殖民西方」兩維，都市西方被優先想像為學習倣仿的對象，而「殖民西方」才是要批評的對象。李永東從「空間結構、生成方式和動態流變」進一步描述「半殖民性」，同時提出「半殖民」和「解殖民」相伴隨的現象，「所謂半殖民性，是指近代中國受到多重帝國多層次的殖民宰制，殖民區域與主權地區、殖民文化與本土文化並置共存，二者構成了碰撞、協商、互動、交融的動態關係，殖民與解殖民同時進行，從而造成殖民宰制的有限、零散、流動和區域不均等。」〔註6〕這些分析不僅助於對中國現代文學發生的半殖民語境深入理解，同時也描畫出中國現代文學更複雜更生動的面貌，如史書美對中國現代主義作品的研究，李永東對晚清小說《文明小史》、民國租借等分析〔註7〕。不過這裡還需要對日本這個特殊的殖民者給予特別的關注和解釋。日本持有與歐美帝國主義國家不同的殖民想像，兩種殖民主義之間的差異，使得原本紛雜的半殖民中國情況更加複雜。美、英、法、意等多個帝國主義國家在中國的殖民勢力有相互競爭的關係，為了達成殖民勢力相互制衡減少殖民成本，他們意願中國領土完整、主權獨立〔註8〕，維持半殖民狀態。日本不是這些相互競爭的帝國主義國家之一，而是要與所有在華殖民勢力決一雌雄，獨佔中國，實現以日本為中心的「東亞新秩序」。日本不僅是造成半殖民中國諸多帝國主義國家之一，且 1941 年以後成為中國領土上僅存的殖民宗主國，日本還宣稱自己要「拯救」中國、「拯救」亞洲——把亞

〔註5〕〔美〕史書美，現代的誘惑：書寫半殖民地中國的現代主義（1917～1937）〔M〕，何恬譯，南京：鳳凰出版傳媒集團、江蘇人民出版社 2007：41。

〔註6〕李永東，半殖民與解殖民的現代中國文學〔J〕，天津社會科學，2015（3）。

〔註7〕於相風、李永東，半殖民中國應對西方文明的姿態——《文明小史》解讀〔J〕，福建論壇，2017（1），李永東，兩個天津與天津想像的敘事選擇〔J〕，文學評論，2016（4）。

〔註8〕1922 年，在美國主導下，國際聯盟五個常任理事國與中國、葡萄牙、荷蘭等九國，簽署了以維護中國主權獨立和領土完整為主旨的《九國公約》，史稱「華盛頓體系」。

洲從歐美殖民主義魔爪中拯救出來。也就是說，日本既是半殖民中國的製造者，又是反歐美殖民主義話語的製造者，而且反歐美殖民主義成為其在殖民地制定文化政策的首要綱領，偽滿洲國的「建國文學」、華北的「新民文學」、汪偽的「和平文學」都有反白人帝國主義、復興亞洲傳統文明的內容。1942年提出的「大東亞文學」宣稱是反歐美殖民主義的文學。從這裡，我們看到東亞殖民主義的另一側面，一方面按照西方殖民主義方式行事，另一方面又要抵抗西方殖民主義，抵抗的資源來自亞洲傳統的「中華世界秩序」，以日本為中心的亞洲作為文明的中心超克西歐文明，為此對亞洲地區訴諸暴力強制的「教化」。

　　從東亞殖民主義和殖民主義的區分，我們看到東亞殖民者主義是一種東亞洲世界的想像，主要針對中國，以中國為主要對手，褫奪中國文明中心的位置；從東亞殖民主義和半殖民中國的關聯中，展示出東亞殖民主義是一種世界想像，主要針對歐美，以歐美為主要對手，以東洋超克西洋，褫奪世界文明中心的位置，建立一個普遍性的世界帝國。〔註9〕東亞殖民主義這樣一個側面，在太平洋戰爭爆發時抵達頂峰。這樣的思想路徑在日本佔領區的文化和文學上都有體現。大阪每日新聞社和東京日日新聞社在日占區發行的《華文大阪每日》（後改為《華文每日》1938～1945）綜合文化半月刊，設有「東亞文藝消息」欄目，該欄目刊有日本、「中國」、「滿洲國」、泰國等地區的文藝消息，以日本的文藝活動輻射其勢力所及的亞洲地區。太平洋戰爭爆發前後，該欄目改為「世界文化消息」（1941.7）。從「東亞」到「世界」，其背後是東亞殖民主義的兩個側面的表徵。偽滿洲國出臺的文藝綱領《藝文指導要綱》（1941.3）宣稱「我國之文藝應以建國精神為其根本，以求八紘一宇精神美之顯現。為此，以移植日本文藝為經；以原各族居民之固有藝文為緯，（中略）我國之文藝屬於國家建設之精神文明財富，為東亞新秩序之建設，為世界文化之發展作出貢獻。」也是「日本」—「東亞」—「世界」的邏輯。上海1941年12月8日被日本佔領，孤島時期的文化格局被摧毀，文化界中國文人抗爭的聲音被剝奪，同時被取締的還有英美的文化產品。

　　東亞殖民主義，涉及日本與中國、東方與西方、亞洲與世界、傳統與現代等深層觀念，是近代以來東亞世界根本問題之一。攪動東亞，攪動世界。這樣

〔註9〕「世界史論」和「近代超克」是近代日本重要的國家理論，其目的指向是日本成為以東亞全體為中心的世界領域內的中心國家，建立普遍性的世界帝國。

一種特殊類型的殖民主義深深地影響著中國近代文化進程，影響著我們對自己、對日本的認知，對亞洲、對世界的認知。

第三節　東亞殖民主義與文學

東亞殖民主義與文學、文化的關係，亦呈現出東亞殖民主義特質的側面。

如果從殖民視角看西歐文學，可以分為宗主國文學和殖民地文學，而其殖民地文學主要指殖民者及其後代在殖民地創作的文學，即克里奧爾人（creoles）的文學，用西方語言創作的文學。殖民時代結束後，跨國的英語文學、法語文學、葡萄牙語文學、西班牙語文學成為全球的文學現象。在殖民時代的歐洲人看來，殖民地土著人沒有文學，也不需要有文學。今天這種思想仍有殘餘，比如「請告訴我非洲的托爾斯泰是誰？」這類傲慢的問題。

東亞殖民地文學——日本殖民地文學，偽滿洲國文學、朝鮮半島文學和臺灣島文學，其複雜性有別於歐美殖民地文學。首先，殖民地本地人的文學是東亞殖民地文學的主流，文學形式和文學語言，也多以殖民地世居民族的文學形式、文學語言為主。在朝鮮和臺灣，殖民政府推行了激進的語言政策，禁止用殖民地母語公開發表作品，但是朝鮮語文學、漢語文學的發表從未間斷過，殖民時代結束後，也沒有出現跨國的日語文學。另外，還有一種倒轉，就是殖民者用殖民地語言創作文學作品。在偽滿洲國，有日本文人用漢語寫作的現象，比如大內隆雄（1907～1980）在《滿洲畫報》《藝文志》等報刊上發表的漢文短章。其次，殖民宗主國文化界關注殖民地文化產品，主動翻譯殖民地作家作品，媒體刊載殖民地作家作品，出現過「滿洲熱」「朝鮮熱」「中國熱」的現象。日本翻譯出版的偽滿洲國本地作家作品有《滿人作家小說集原野》（1939）、《滿人作家小說集第二輯　蒲公英》（1940）、《日滿露在滿作家短篇選集》（1940）、《滿洲國各民族創作選集》（1942，1944）、《現代滿洲女流作家短篇選集》（1944）等十幾種。殖民地作家在日本的《改造》《文藝》《文學評論》《文學案內》《中央公論》等重要媒體發表作品。通過宗主國這個文化平臺，東亞知識分子之間也展開了文化交流，例如胡風和殖民地臺灣作家楊逵、朝鮮作家張赫宙的交往，他翻譯的楊逵小說《送報夫》、張赫宙小說《山靈》並刊載於上海《世界知識》（1935 年 6 月號、8 月號），把他們的作品引進大陸文藝界。再次，日本殖民者注重對佔領區的「教化」工作，日

本殖民政府干預文化生產、文學事業。一方面鼓勵殖民地本地人的文學文化事業，興辦報紙和文學雜誌，策劃文學徵文、各類文學獎，制定文藝政策等；另一方面鎮壓具有抗日傾向反日本殖民傾向的文學作品，欲引導文學為東亞殖民主義意識體系服務。

正因為東亞殖民主義的「文教」性格，在日本殖民統治佔領區，文學創作成為一種可能的生活方式，文學竟然繁榮起來，出現了新的文本策略、新的表達渠道，例如淪陷上海出現了張愛玲（1920～1995）、蘇青（1914～1982）為代表的新市民主義寫作，華北淪陷區出現了袁犀（1920～1979）、梅娘（1916～2013）為代表的新現實主義寫作，東北偽滿洲國出現多民族多語言的文學創作現象。在這些區域文化結構中，文化權力關係開始波動甚至倒轉，東亞殖民地文化圖景中真正的佔領者是那些生活在殖民統治下的本土知識者，他們開啟了與殖民者意圖相左的各種文學探索，以及應對東亞殖民主義的多種方式。東亞殖民主義既是文學發生的場域，也是解讀文學的一種方法，下面我們以東北偽滿洲國時期的文學作品為例，看東亞殖民主義作為一種理論工具如何在分析作品時起作用的。

上一章，我們論述了偽滿洲國是日本的東亞殖民主義實驗場。殖民者在偽滿洲國推行去中國化構建以日本文化為中心的意識形態，提出「滿洲文學」，鼓勵各民族用自己的語言創作文學作品。軍事鎮壓、經濟掠奪之外，計劃通過由上而下的文化同化工程，構建以日本為中心的文明秩序。同時提出「日滿一體」口號，以日本為中心的東亞一體，與歐美開戰，把「滿洲文學」納入「大東亞文學」，為抗擊英美為「大東亞戰爭」唱讚歌。日本人主導的文化對文學體制具有強大的支配力，不可能像早期哈爾濱文壇蕭軍、蕭紅那樣繼續發出抗爭的聲音，與殖民文化政策共存的文學需要另闢蹊徑。這裡以山丁的長篇小說《綠色的谷》、古丁的長篇小說《新生》和「獻納詩」為例〔註10〕，分析東亞殖民地文學應對東亞殖民主義的方式。

小說《綠色的谷》以空間為結構，寫了三個世界：都市「南滿站」、鄉村「狼溝」和「原始密林」，每一個世界代表一種情感方式、一種生活樣式、一種倫理。由林家經營的狼溝是典型的中國鄉村社會，地主與租戶之間既是主僕又是親鄰，危險臨近相互幫助共渡難關。南滿站是由日本大陸商行主導的，對不屬於自己的周邊鄉村世界進行謀劃，掠奪的同時改變鄉村倫理關係。原始密

〔註10〕《綠色的谷》和《新生》在第六章有過分析，具體版本等情況請見前文。

林是鬍匪活動的場所，處於善惡不明的混沌狀態。狼溝與原始密林的關係是一種教化關係，南滿站和狼溝是一種殖民關係，鐵路修築進狼溝，原有的鄉村社會解體。這篇小說彷彿是近代東亞世界的隱喻，原有的「中華世界體系」內部力量位移，象徵現代日本的南滿站以掠奪的方式擊碎平和的狼溝鄉村生活，成為小說世界中的勝利者。值得注意的是，小說故事邏輯之後的情感邏輯和倫理關係，南滿站和原始林是以狼溝為中心的。來自南滿站的勢力是日本大陸商行，大陸商行代理人錢如龍在狼溝目睹了一場狼溝和鬍匪的戰爭，他向大陸商行經理描述了狼溝世界的品質──堅韌、團結、淳樸、忠誠、勤勞。大陸商行經理的女兒美子和狼溝少東家林彪戀愛，這位日本少女，仰慕狼溝世界，讚美狼溝風景。原始密林的世界是自然衰敗和復興的循環世界，鬍匪大多來自周邊的農民，與鄉村世界既對立又溝通，鄉村世界的品質影響著密林的世界，被鬍匪綁票的林彪在鬍匪大熊掌的幫助下安全回到狼溝。被入侵的破碎的狼溝仍是文明的中心，即便暫時被破壞，修復這個世界仍需要狼溝的價值體系。小說透露出來這樣的信息，以象徵中國傳統文明秩序倫理的狼溝仍是文明的中心，過去是，未來也可能是。

《新生》初刊於 1944 年《藝文志》第 4 期，此時太平洋戰爭正酣，日本大力倡導「大東亞共榮」、抗擊英美的「大東亞文學」時期。小說故事情節簡單，「新京」「百死毒」流行期間，主人公「我」因鄰居染病死亡，「我」一家人被迫健康隔離，在隔離醫院「我」被日本人白眼也得到日本人的幫助，最後與日本人秋田相互幫助渡過難關。小說的確應和了「日」「滿」協和，也因此獲第二屆「大東亞文學賞」次賞。不過需要注意的問題是，如何達成「日」「滿」協和？「我」與秋田的協和，是因為「我」不同於隔離醫院裏的其他「滿人」，「我」與秋田一樣具有現代醫學知識、民族平等觀念。在這篇小說中，古丁重新啟用「國民性」批判理論。對「百死毒」，日本人有著科學的病理學觀念；而「滿系」中國人關於細菌、傳染病的知識幾乎為零，小說中的「我」給自己的鄰居鞋匠陳萬發講解「撲滅老鼠」「細菌感染」「打預防針」等相關知識，陳萬發卻報以嘲笑的姿態。欲達成「民族協和」，需用「現代文明」改造國民性，「民族進步」「民族平等」之後才能達成「民族協和」。這篇「日」「滿」協和的作品，其實也是擁抱現代文明，站在現代文明一側，希望透過現代文明應對東亞殖民主義的民族等級差，應對東亞殖民主義超克現代的品格。

　　「獻納詩」也被稱為「擊滅英美詩」，是太平洋戰爭時期日本在東亞地區倡導的一種政治詩，以「擊滅英美」和「歌頌亞洲解放」為主要內容，在日本殖民地報刊多有刊出，戰後的殖民地作家一直不願面對曾經寫過獻納詩的尷尬。當日本學者岡田英樹讀到大內隆雄翻譯成日文的山丁的獻納詩《新世紀的曉鐘響了》，非常慎重，分析這首詩時加了一個長長的說明。「這是首出處不明的詩的譯文。是否確是山丁的作品，翻譯是否準確，還留有很多應確認之處。之所以拋開猶豫在這裡提出此事，是因為我感到其中存在著靠漂亮話無法解決當時狀況的可能性。我想這即便是山丁的作品，也可能並不是他自發創作的作品，也許只是按別人規定了的題目而寫的。」〔註11〕當時健在的山丁先生對此事做了應答，致信給岡田英樹（1989年12月7日）：「擊滅英美詩，是我寫的，當時，是滿洲文藝家協（會）號召而寫的。但請仔細研究那些詩句。我是把美英和日本帝國主義者一律看待的。你的朋友很有智慧，請相信我的詩魂，亞細亞不僅指中國也包括被帝國主義侵略的弱小民族。」〔註12〕這裡有山丁所說的「智慧」，就是他在獻納詩中找到了一個切入點──「誅伐英美」──討伐一切強權勢力，發現了反抗的多頻聲道，憤怒的聲音可以通過這些頻道傳出。「起來。起來。起來。／啊！亞細亞。我們的亞細亞。／新世紀的曉鐘響了。／燃燒吧！憤怒的火把」〔註13〕。「起來　為了亞細亞的甦生／揮動我們的快劍／誅彼英美的群妖／你──過去曾用了貪婪的鐵索／緊緊地桎梏著我們的生存／現在掙脫了百年的羈絆。」〔註14〕

　　當日本褫奪亞洲文明中心位置時，東亞殖民地文學重返鄉土重返傳統社會，當日本褫奪世界文明中心位置時，東亞殖民地文學站在現代文明一側，當日本張揚抗擊英美的「大東亞文學」時，殖民地文學就勢發出壓抑已久的憤怒之聲。這些文學景觀透過東亞殖民主義視角被看到。不過這裡需要提示，這樣的分析並不是為殖民地文學解除「殖民性指責」的警報，而是希望就此看到東亞殖民地文學的史多維面，打開分析作品的更多方式。

　　20世紀80年代以後，國際學界有關帝國主義與殖民主義的研究發生了明

〔註11〕〔日〕岡田英樹，偽滿洲國文學〔M〕，靳叢林譯，長春：吉林大學出版社，2001：262～263。
〔註12〕〔日〕岡田英樹，劉曉麗，〔加〕史密斯編著，老作家書簡〔M〕，哈爾濱：北方文藝出版社，2017：42～43。
〔註13〕山丁，新世紀的曉鐘響了〔N〕，盛京時報，1943-6-16。
〔註14〕吳郎，鷹揚吧！我們的亞細亞〔J〕，藝文志，1944-1（7）：13。

顯的轉變，即研究重心從政治控制和經濟掠奪轉向了文化研究——把帝國主義和殖民主義看成一套複雜再現與話語運作體系。該轉向帶動了文學、人類學、社會學、政治學、語言學等領域新的問題、新的研究目標，相關學術研究著作斐然。但是這項國際人文學界的轉向，其研究工作的展開幾乎都是以解構歐洲帝國主義的全球控制話語為目標，可以說是一套基於歐洲帝國主義及其殖民地的理論話語，日本帝國主義及其殖民地的問題未被納入研究範圍。日本在向近代國家轉型的同時，迅速成為東亞帝國主義國家，而且持有與歐美帝國主義國家不同的殖民理念，給周邊地區帶來深重苦難，但是東亞殖民主義具體內容及細節並未得到充分討論。事實上，廣泛運用於西方語言地區的後殖民理論並不具備普遍意義。很顯然，帝國主義／殖民主義不是一個簡單和同質的現象，而是一套有關文化、想像、政治、經濟擴張與控制的複雜關係，並且隨著特殊的地方經驗而游移變動。本書所描述的東北偽滿洲國時期的文學現象，可以清晰地看到東亞殖民主義文化性格的幾個側面，東亞殖民主義不是基於現有西方殖民主義／後殖民理論的方法論，而是擁有不同於西方殖民模式的新的原理，以此原理，才能更深入地理解近代東亞文化內部邏輯結構，而身處其間的中國現代文學，有此視角，也可打開理解中國現代文學中隱而未現的層面，諸如深藏在底的東亞殖民主義創傷，諸如殖民地淪陷區文學作品的解讀方式，進而重新綜觀中國現代文學。

基於東亞殖民主義特殊的「文教」性格，存在於宗主國與殖民地的文化衝突改變了形態，東亞殖民地世居民族的抵抗話語也更加多樣。中國現代文學特別是殖民統治下的東北文學，經由其文學經驗及其東亞殖民主義理論的延展，可以豐富現有的殖民／後殖民主義文化理論。

附錄一 《藝文指導要綱》

（1941 年 3 月 23 日）

一、宗旨

1. 按文化之概念可分為廣狹二義。前者指為實現完善之人生目標，所創造之人類一切價值而言，廣泛包括政治、經濟、產業、交通各領域。後者則指依據科學、道德、藝術、宗教等精神文化所顯現之真、善、美、聖而言。然而現在所使用之文化一語，其含義頗為龐雜，甚至有僅指文化一部分之藝術為文化者，從而導致觀念上產生混淆；而阻礙文化本身之健全發展。為糾正此種弊風，茲將文化中之藝文、美術、音樂、戲劇、電影、攝影等界定為藝文，以明確文化之概念。

2. 鑒於我國之藝文較比產業、經濟、交通各部門之發展，尚處於較低水平，為此確定藝文之指導方針，以指導藝文向全國普及；培育其與其他部門相協調，以期使其與物質文明建設相併行，謀求完成精神文明建設之使命。

二、我國藝文之特徵

1. 我國之藝文應以建國精神為其根本，以求八紘一宇精神美之顯現。為此，以移植日本藝文為經；以原各族居民之固有藝文為緯，引進世界藝之精粹，以形成渾然一體之獨立藝文為目標。

2. 我國之藝文應適合國民各階層、各民族喜聞樂見；以典雅、壯麗、健全為準則。謀求使其將來達到世界藝文最高峰之目標；並進而使其內容豐厚；既具有城市又具有地方特色；既具有高尚又具有平易通俗性的彈性與融和性特徵。

3. 我國之藝文屬於國家建設之精神文明財富，故應向國民大眾提供美好而富於樂趣之精神食糧，以提高其情操；使其生活充滿歡樂與力量；鞏固國民之發展與團結，創造優秀之國民性，鞏固國家之基礎，促進國家之發展，為東亞新秩序之建設，為世界文化之發展作出貢獻。

三、確立藝文社團組織

1. 為謀求藝文家旺盛之創作活動，相互切磋，並為培育指導訓練新一代人才，於文學、音樂、美術、戲劇各部門，建立分別由專家組成之社團。

音樂戲劇社團，以樂團與劇團為其成員；藝文作家文學美術社團，由個人成員組成。原則上各部門組成一個社團，重要地區可設支部。鑒於滿洲映畫（電影）協會之性質，另行組成社團。戲劇則根據其劇種發展程度，逐漸組成社團。攝影則根據攝影業註冊登記制度的進展，以登記之攝影家組成社團。

2. 為謀求藝文之總體發展，以各藝文社團為其成員組成「滿洲藝文聯盟」（暫名）。

3. 由政府直接領導各社團。戲劇社團則可伴隨滿洲戲劇協會之發展，逐漸納入其領導。

四、促進藝文活動

按藝文創作之目的，以藝文家及藝文社團的活動，創作與豐富藝文作品，並向國民大眾普及，與獲得國民鑒賞的同時，藝文作家亦可在創作上得到滿足。從而，應使藝文創作深入全體國民，使群眾普遍享受到此精神文明之恩惠。為此，應採取如下舉措：

1. 作家與藝文社團，應具有肩負國家使命之自覺，以建國鬥士姿態，滿懷熱情投身創作，致力於滿洲藝文事業，獻身文化發展，推動建國之大業。

2. 政府應於領導培養藝文作家及藝文社團成長壯大之同時，促使全國藝文作家倍出；城市與地方藝文並舉，尤其應使城市之創作向地方深入普及。

3. 各報刊雜誌社、滿映、滿洲電臺廣播部、滿洲戲劇協會、滿洲唱片公司，以及其他弘報機關，應胸懷扶植我國藝文發展職責之自覺，使弘報（宣傳）與藝文進一步緊密結合。

4. 政府，公共機關，弘報機關等，應對藝文作家與藝文團體之藝文活動，給予相當報酬，以使其通過藝文創作而保證其生活之一定水準。

5. 確立對藝文作家之獎賞制度，對各部門之優秀作品，可授與國務總理大臣獎。

6. 作為發表藝文作品之機關刊物，可發行綜合雜誌。

7. 各地方可組成小樂團，由城市樂團輔導扶植培養。

8. 城市樂團與廣播部門，應致力於對民歌之調查研究，使民歌創作健全發展，通過唱片與廣播的發展。

9. 滿洲國美術展覽會，按慣例於新京召開，另外，亦可於地方舉行展覽會。

10. 提倡組織地方劇團，由滿洲戲劇協會輔導培育之。

11. 徹底貫徹攝影登記制度，以謀求攝影事業之向上發展。

12. 向開拓團普及藝文，扶植當地萌芽的新生藝文活動。

五、藝文教育及研究機構

將來創辦藝文學院，招考學生，於陶冶建國精神，傳授一般基礎課程之同時，分別按美術、藝文、戲劇、電影、音樂、舞蹈各科培養，以培育藝文作家。藝文學院由政府監督，各有關弘報社團負擔其經費。有關藝文調查、研究，由藝文學院進行之。

附錄二　作家辭典

　　說明：為了更好地呈現東亞殖民主義文學的實情，筆者曾參與組織策劃「東亞殖民主義文學事典」項目，該項目得到 The Core University Program for Korean Studies of the Ministry of Education of the Republic of Korea and the Korean Studies Promotion Service at the Academy of Korean Studies（AKS-2022-OLU-2250001）資助，由中國研究者、日本研究者和韓國研究者共同執筆完成，整體呈現日本殖民佔領區——臺灣、朝鮮半島、東北偽滿洲國的文學，事典由作家、作品、媒體、文學事件和文壇體制五部分組成，分別是介紹各個區域的重要作家、重要作品（含單行本和文集），媒體包括文學社團和期刊，文學事件包括文學爭論、文學口號、文學者大會、座談會等，文壇體制包括文學評獎、書店、出版社等。這裡把與本書相關的作家辭典附錄在此，供讀者瞭解作家生平創作情況，可與本書內容對照閱讀，亦可作為名詞解釋隨時參考查閱。所錄詞條由學者們共同完成，參見撰寫的學者大多是該領域的專家，如岡田英樹、張泉、大久保明男、蔣蕾、陳言、李海英等，還有些年輕的學者，他們是這個領域新晉專家，如王越、梅定娥、詹麗、代珂、李冉、陳實、謝朝坤、李麗、牛耕耘、杜曉梅等，學者們編寫的詞條均署名，沒有署名的詞條即筆者編寫。這些詞條筆者都做了認真修訂，如有問題責任在我。

A

　　阿爾魔尼·聶斯迷羅夫（1892～1945），生於莫斯科。著名詩人、作家、記者。1924 年以後來到中國東北，從此開始「自由創作人」的生活，直至 1945 年 8 月。他被認為是偽滿洲國「俄系」作家中最有才華的詩人，並贏得了「中

國第一俄羅斯詩人」的桂冠，其作品曾刊於當時的漢語雜誌《新滿洲》（1941年，3 卷 11 月號）上。著有詩集《詩歌》《階梯》《血色的反光》《沒有俄羅斯》《小車站》《白色艦隊》等。1945 年 9 月在符拉迪沃斯托克附近的格拉捷戈沃監獄離世。小說《紅褐色頭髮的蓮卡》收入《偽滿洲國俄羅斯作家作品集》（哈爾濱：北方文藝出版社，2017）。

　　阿爾弗雷德・黑多克（1892～1990），生於拉脫維亞。小說家。1920 年來到中國滿洲里，1921 年底他又舉家遷往哈爾濱。1929 年《邊界》雜誌上刊登了黑多克的處女作短篇小說《帶狗的人》，第一部小說集《滿洲之星》於 1934年問世，這部作品集給他帶來了聲譽。1947 年黑多克回到蘇聯，1990 年 6 月逝於茲梅伊諾戈爾斯克，享年 98 歲。小說《三顆啞彈》《滿洲公主》收入《偽滿洲國俄羅斯作家作品集》（哈爾濱：北方文藝出版社，2017）。（杜曉梅）

　　安壽吉（1911～1977），生於朝鮮咸鏡南道咸興。號男石。小說家。1925年隨家人移居到東北龍井，1930 年留學日本，進入早稻田大學高等師範部英語專業，未能完成學業。1936 年回到東北，擔任《間島日報》社記者。1937 年《間島日報》與《滿蒙日報》合併成立《滿鮮日報》後，繼續任職於《滿鮮日報》社，擔任記者。其間與朴榮蓍、姜敬愛等合作創辦文學刊物《北鄉》。1940年短篇小說《拂曉》發表於《在滿朝鮮人作品集——萌動的大地》。1944 年小說集《北原》（間島藝文堂）出版，此作品集係偽滿洲國時期唯一一部朝鮮人作家個人作品集。戰後，歷任擔任梨花女子大學講師、漢陽大學教授以及International PEN 韓國本部中央委員、韓國文人協會理事等職務。小說《北鄉譜》收入《偽滿洲國朝鮮作家作品集》（哈爾濱：北方文藝出版社，2017）。（李海英）

　　安犀（1916～1972），遼寧遼陽人。筆名曹達、柳稔河、安行文、張長有、柳敬亭、安西等。30 年代就讀於北京大學。回到東北後，曾在《盛京時報》工作。1941 年擔任「滿洲映畫協會」電影腳本創作員，還曾與山丁等人一起組織「滿映話劇團」。1943 年逃離偽滿洲國，來到北京，參與了華北淪陷文壇的文學活動。而後又轉往祖國，進入國民政府的抗戰文化機構，參加抗戰演劇二隊。抗戰勝利後，返回東北，在國民政府新六軍軍報《前進報》擔任編輯主任。此時，他的政治身份是中共地下黨員。共和國時期，在北京中國評劇院工作。安犀是偽滿洲國主要劇作家，1937 年曾加入奉天放送話劇團。出版有劇作集《獵人之家》（興亞雜誌社，1944），另有獨幕話劇《三代》以及《野店恩仇記》

《東方夫人》《朱買臣》等劇本。他的長篇小說《山城》在《新潮》雜誌上連載。安犀具有自覺的東北地域文化意識，他的劇作往往以曠野、密林、野店、山村等關外典型場景為背景，講述復仇故事，也在劇作中寓託自己的情懷。《獵人之家》《姜家老店》中，有將往昔個人恩怨轉化為共同抵禦外敵的情節。據說，這是偽滿洲國首都警察廳將他列為抓捕對象的證據。（張泉）

B

　　白朗（1912～1994），遼寧瀋陽人。作家，編輯。原名劉東蘭，筆名劉莉、弋白、杜徽、徽、白朗。1926 年考入黑龍江省立女子師範學校，1928 年因患眼疾，不得不中途輟學。1929 年，與青梅竹馬的表兄中國共產黨羅烽結婚。1931 年，正式成為楊靖宇領導的反日同盟會成員，並開始協助羅烽進行反滿抗日的宣傳活動。1933 年開始以「劉莉」為筆名，為《大同報》副刊《夜哨》撰寫帶有濃厚階級意識和左翼色彩的作品，包括短篇小說《只是一條路》《叛逆的兒子》。同年 4 月，在哈爾濱《國際協報》任文藝副刊編輯，次年開始主編中共地下黨在《國際協報》創辦的《文藝》週刊，並在日偽當局嚴密監控的險惡環境中堅持出刊一年之久，發表了大量影射時弊、宣傳反抗的作品。這是東北淪陷區由地下黨創辦的時間最長、影響最大的副刊。1935 年，與羅烽逃離哈爾濱，開始關內流亡，輾轉上海、武漢、重慶多地。流亡期間作品多反映東北故土遭受的侵略與同胞的鬥爭，代表作有短篇小說《伊瓦魯河畔》《輪下》。是抗日作家「東北作家群」的重要成員。1949 年後，一度活躍在中華人民共和國的政治舞臺，1994 年逝世。

　　拜闊夫（1872～1956），生於基輔市。作家、科學家，1901～1914 年，受彼得堡學院之命從事中國東北自然調查工作，這段經歷成為他日後文學創作的主要素材。1915 年出版了《滿洲森林》，用小說的筆法描寫了東北大自然和森林居民的狀況。1920～1922 年旅行非洲和印度等地。1923 年以後長居東北，從事科學研究和文學創作。作為偽滿洲國的「俄系」作家，受當局的重視，關東軍司令官、「弘報處」處長均接見過他，1941 年還為他舉辦了聲勢浩大的文藝創作、科學研究工作 40 年紀念會，出版了《拜闊夫文集》12 卷。1942 年受邀參加在東京舉辦的「大東亞文學者大會」。1945 年，東北光復以後，回到蘇聯。據說，他曾協助蘇聯紅軍駐哈爾濱司令部工作。還有一種傳聞，說他是蘇聯間諜。小說《牝虎》《獵鹿》收入《偽滿洲國俄羅斯作家作品集》（哈爾濱：北方文藝出版社，2017）。

阪井豔司（1918～1966），生於日本佐賀縣。詩人。1925 年跟隨父親移居東北鞍山，高中畢業後，進入「滿鐵」大連圖書館工作，後參與《作文》雜誌編輯，成為《作文》同人。1938 年到長春工作，先是在「滿洲新聞社」工作，後在「新京特別市圖書館」工作。1941 年「滿洲文藝家協會」成立後，被任命為事務局成員。1946 年返回日本。在偽滿洲國期間出版詩集《懸崖之歌》。詩歌《曠野風雪圖》收入《偽滿洲國日本作家作品集》（哈爾濱：北方文藝出版社，2017）。（大久保明男）

北村謙次郎（1904～1982），生於東京市曲町。作家。7 到 18 歲在大連生活。大連一中畢業後，進入東京的國學院大學，此後成為日本浪曼派同人。1937 年 5 月再次來到東北，進「滿洲映畫協會」工作。1938 年 10 月創刊《滿洲浪曼》，並為該刊主編。1947 年返回日本。北村謙次郎主要作品有長篇小說《春聯》，短篇小說集《歸心》，隨筆‧遊記《月牙》《旅心》等。小說《那個環境》（序章）最初以《天守》為題發表於《滿洲行政》（1939‧2），是作者構思的系列小說中的一部分，而該系列小說最終沒能結集出版。戰後出版的回憶錄《北邊慕情記》，具有重要的文獻史料價值。小說《那個環境》（序章）收入《偽滿洲國日本作家作品集》（哈爾濱：北方文藝出版社，2017）。（韓玲玲）

C

長谷川濬（1906～1972），生於日本北海道函館市。作家。1929 年考入大阪外國語學校俄語系。1932 年畢業，同年 5 月來到東北，進偽政府資政局自治指導部養成所（大同學院前身）接受培訓，畢業後進偽滿洲國外交部任翻譯官。1937 年轉入偽國務院總務廳弘報處，同年與木崎龍等人轉入「滿洲映畫」，曾任「滿映」宣傳科副科長。1938 年參與北村謙次郎等人創刊的《滿洲浪曼》。1940 年翻譯拜闊夫的小說《偉大的王》，成為暢銷書。1946 年 8 月返回日本。小說《騎烤鴨的小王》收入《偽滿洲國日本作家作品集》（哈爾濱：北方文藝出版社，2017）（岡田英樹）

陳邦直（1910～1956），湖北人。又名陳英三，筆名少虯。東北淪陷後，來到偽滿洲國，在司法界供職。1933 年，經羅振玉推薦，擔任「滿日文化協會」幹事。曾與古丁等人創辦《明明》《藝文志》雜誌。著有《鄭孝胥傳》（與黨庠周合著，滿日文化協會，1938）以及《羅振玉傳》（滿日文化協會，1943）等。父親陳增壽（1877～1949）為同光體派詩人，在偽滿洲國先後任執政秘書、近侍處長、內廷局局長等職。受父親的影響，擅舊體詩。滿清皇族後裔及前清

遺臣在偽滿洲國體制中很快被邊緣化，不少人陸續離開東北。陳邦直於 1942
年來到北京後，立刻發表《辛巳重九登舊京白塔感賦四首》（南京《同聲月刊》
2 卷 5 期），抒發逃離偽滿洲國的感懷。在北京時期，擔任武德報社庶務科長、
秘書。著有《太平天國》（北京：新民印書館，1944）。共和國時期，在中國人
民救濟總會上海分會工作。1956 年離世。

　　陳蕪（1917～1943），遼寧大連人。原名鄭毓鈞，筆名鄧冬遮等。1941 年
畢業於吉林師道大學。係國民黨系統的抗戰人員。1935 年在大連《泰東日報》
上發表童話、散文、詩歌。為奉天新文學團體作風刊行會同人。曾與楊野編輯
詩歌連輯《地平線》（1940）、《風景線》（1940）。他熟悉西方哲學與文化，尼
采、克魯泡特金、狄奧耶納以及希臘廟堂、煉獄、箴言等，均直接入詩，往往
引向對於公平、正義、永生、死亡等人類終極問題的思辨。他的《菌》（1940）
表達了反抗殖民的堅強意志。發表在《華文大阪每日》上的一批詩作，如《亞
波羅之歌》《為一個人》《世紀的小景》《沒有年月的歷史》《血的故事》《我們》
《無色的記憶》《昨夜》等，意象奇崛、密集，「黑色」「瘋狂」「枷鎖」「骷髏」
「葬衣」「囚徒」「強盜」「屠宰」「白骨」「厄難」「死亡」等語彙給人以視覺衝
擊和聯想。1941 年日本發動「大東亞戰爭」後，立刻在《大同報》上發表散文
《芥原》、詩歌《飲鴆鈔》，表達對於土地的眷戀，以及決心破釜沉舟出走的誓
言。後陳蕪逃至北京。1942 年 7 月，又前往祖國內地。1943 年，曾潛回偽滿
洲國，為西安中國國民黨軍事委員會戰時工作幹部訓練團招生，完成任務後南
返行至北京時，肺疾惡化不治身亡。著有散文集《人和狗的糾紛》。1946 年，
北光書店出版的《疾‧海‧寂寞——東北十二作家散文集》收有收陳蕪的多篇
作品。（張泉）

　　成弦（1916～1983），遼寧遼陽人。詩人、作家。原名成駿，曾用名成雪
竹，筆名成弦、雪竹，成雪竹、伍未折、伍不折、未哲、魏則、奈何堂、清道
人、刁斗‧阿竺、尤念蓮等。奉大美術專科學校畢業，《鳳凰》、《新青年》雜
誌編輯。以詩歌創作為主，詩歌頗似徐志摩，詩白如話，卻意境遼遠；話白成
詩，卻古韻悠揚。成弦的詩在當時東北擁有眾多的讀者。偽滿洲國期間出版了
詩集《焚桐集》和《青色詩抄》。1949 年後在遼寧省評劇院工作，與古丁同事，
創作長篇歷史小說《張作霖》。

　　崔束（1916～2007），遼寧海城人。原名高柏蒼。筆名崔伯常、影子、白
常、余有虞、耿叔永等。1938 年考入師道高等學校後，參與作風刊行會的活

動，在《新青年》上發表小說《車上》（1939）等。1943 年畢業，入職錦州第一國高。當年離開東北，進入西安戰時工作幹部訓練團。1944 年 5 月結業。11 月，考入四川三臺國立東北大學中文系，為聶紺弩主編的重慶《商務日報茶座》撰稿，參加文學社團活動。抗戰勝利後，隨東北大學復員回瀋陽。共和國時期，在遼寧文學、文化、教育機構任職。

D

大內隆雄（1907～1980），生於日本福岡縣。本名山口慎一，評論家，中國文學翻譯家。1921 年來到大連，1925 年畢業於長春商業學校，後作為「滿鐵」派遣留學生進上海的「東亞同文書院」學習。此間，結識田漢、郁達夫、魯迅等中國作家。1929 年畢業後返回大連，在「滿鐵」本社調查課等部署工作。1931 年為《滿洲評論》創刊同人，1932 年初就任該刊第二代主編。同年末以違反治安維持法嫌疑被捕，釋放後被偽滿洲國驅逐出境，到日本東京。1934 年再次來到東北，在雀巢株式會社奉天辦事處工作一段期間後，1935 年春進《新京日日新聞》社，並開始譯介漢語作品。1940 年轉入「滿映」工作。1946 年回日本，後在宮崎縣延岡市市立圖書館任司書等職。以山口慎一的名字出版過評論集《支那研究論稿》《東亞新文化設想》。此外有關文學方面的著作《滿洲文學二十年》《文藝談叢》等，都具有重要的文學史料價值。另著有中篇小說《一個時代》。大內隆雄最顯著的業績是向日本讀者譯介了大量的漢語作品，如小說集《原野》和《蒲公英》，古丁的《平沙》，山丁的《綠色的谷》，石軍的《沃土》，《滿洲現代女流作家選集》，爵青的《歐陽家的人們》和《黃金的窄門》等。（岡田英樹）

但娣（1916～1992），黑龍江省湯原縣人。作家，編輯。本名田琳，筆名、但娣、安荻、曉希、羅荔、田湘等，最常用筆名為但娣。1935 年畢業於黑龍江省立女子師範學校，在學校期間，但娣深受共產黨員金劍嘯的影響，並在其主編的《蕪田》上發表了處女座《招魂》。1937 年但娣通過官費留日考試，考入日本奈良女子高等師範學校，留日期間，但娣參加了梅娘、柳龍光在東京組織的讀書會，結識留日的中國留學生，同時寫下了《象》《足音》等散文，《獵人》《夢與古琴》等詩歌，《風》《砍柴婦》《呼瑪河之夜》《售血者》等短篇小說和中篇小說《安荻與馬華》。其代表作《安荻和馬華》獲得《華文大阪每日》「百頁中篇小說」徵文一等獎。1942 年畢業回到偽滿洲國，任教於開原女子高中，次年任「新京」近澤書店編輯。1943 年 12 月 14 日因企圖逃出偽滿洲國被日

本憲兵隊抓獲，期間，她的小說集《安荻和馬華》由長春開明書店出版，後又被禁止發行。1944 年 10 月，但娣帶著監外執行的身份到「滿映」編劇科工作。1945 年東北光復之初，但娣與東北作家李正中、張新實、張文華等共同編纂《東北文學》雜誌，小說《血族》《失掉太陽的日子》在《東北文學》刊出。1949 年後任《北方文學》編輯等職位。但娣的文學創作有小說、散文、詩歌、報告文學等，同時翻譯了日本和美國作家的作品，其創作的高峰集中在 1939 ～1945 年，是偽滿洲國後期的重要作家，其作品描寫了社會底層民眾的生存群像，諸如漁民、窮學生、孤兒、乞丐、流浪漢、傷殘者、賣春婦等形象，揭示了階級、民族以及性別壓迫現象，表現出對殖民權力的強烈抗議和對被權力擠壓者的深切同情。2018 年有《田琳作品及其研究》（上海交通大學出版社）出版。

端木蕻良（1912～1996），出生於遼寧昌圖縣鷺鷥樹村。原名曹漢文，又名曹京平。曾祖父為清朝官吏。到他父親的後期，家道開始中落。生母為被曹家強娶的佃戶的女兒，大房去世後雖被扶正，但屈辱感依舊。端木從小厭惡父親、同情母親，對關外大家族的變遷以及階級間的對立有著切身的感受。1923 到天津匯文中學讀書。1927 年入讀家鄉的昌圖縣中學。第二年離開東北，入天津南開中學。1932 年曾短期參加孫殿英的抗戰部隊，秋季考入清華大學歷史系，並加入北平左翼作家聯盟，負責編輯機關刊物《科學新聞》。1933 年，左聯遭到北京當局的鎮壓。他退學返回天津，潛心寫作《科爾沁旗草原》，力圖展現東北地主和農民的關係以及「九一八」事變後軍民的抗日鬥爭長篇小說。南下上海後，發表了步入上海文壇的第一篇小說《鷺鷥湖的憂鬱》（1936）。1937 年出版短篇小說集《憎恨》。《科爾沁旗草原》上卷終於在六年後面世（上海開明書店，1939）。由此，成名較晚的端木蕻良得以躋身早已名噪一時的東北流亡文學代表作家之列。生養他的科爾沁旗草原記憶，是他文學想像的源泉。端木的這一系列意緒飽滿、表現別致的作品，在抗日救亡的潮中，自由地表現他個人記憶中的家鄉黑土地，飽含著深沉的眷戀與憂鬱。戰時一直活躍在左翼抗日文化陣營，輾轉於武漢、桂林、重慶、上海、香港等地。共和國時期，為北京文聯、北京市作家協會的專業作家。

G

塙英夫（1912～1988），生於日本東京。作家。本名塙正。就讀第一高等中學英文科時期參加日本共產黨，1932 年 2 月被校方開除後，任共產黨機關

報《赤旗》記者，1937 年來到東北，後在濱江省等地推廣農業合作社運動。1941 年 11 月 4 日因牽涉「北滿合作社事件」被逮捕，直到 1945 年 8 月在監牢中渡過。在偽滿洲國的作品有《進屯》《序文》等。小說《鹽鹼地》收入《偽滿洲國日本作家作品集》（哈爾濱：北方文藝出版社，2017）。（大久保明男）

古川賢一郎（1903～1955），生於日本香川縣綾歌郡美合村。詩人。筆名有何冰江、冬木卓等。1923 年來到東北，就職於「滿鐵」地方部土木課，同時從事詩歌創作。1929 年出版了第一詩集《老子降誕》（詩之家出版社），1930 年同高橋順四郎、落合郁郎等人創刊詩歌雜誌《燕人街》，同年參加《戎克》雜誌，並在《協和》《滿蒙》《作文》《滿洲詩人》等雜誌上持續不懈地發表作品。後就業於華北交通株式會社、大連日日新聞等處，1947 年回到日本。著作另有《冰道》《蒙古十月》《寒酸的化裝》等詩集，以及散文集《芽柳》。並為日本內地的《詩之家》《干》《九州藝術》等雜誌同人，以及「滿洲鄉土特色研究會」會員。（岡田英樹）

古丁（1914～1964），吉林長春人。小說家、翻譯家、出版人。本名徐長吉，後改名徐汲平。筆名還有史之子、史從民等。小學、中學畢業於日本南滿鐵路株式會社設立的長春公學堂、南滿中學堂。1930 年進入東北大學學習，「九一八」事變後南下北平，1932 年進入北京大學國文學系學習。同年加入中國左翼作家聯盟北方部，任組織委員，以日本小說翻譯、詩歌創作等活躍於其機關雜誌《科學新聞》等。被捕後休學回到故鄉，1933 年底任職於偽滿洲國國務院總務廳統計處。1934 年 10 月作為日本內閣統計局統計職員養成所旁聽生第一次訪問日本。1936 年 12 月與疑遲等結成「藝術研究會」，開始從事文學創作活動。1937 年 3 月參與日本人誠島舟禮出資的漢語綜合雜誌《明明》（後改為純文藝雜誌）的創刊及編輯工作。1938 年「誠島文庫」開始刊行。1939 年 6 月藝文志事務會成立，參與創刊文藝雜誌《藝文志》。1940 年 2 月與外文一起訪日，受到日本文壇上下的追捧。10 月因黑死病被健康隔離近一個月。1941 年 5 月辭去公職，10 月籌資設立出版社兼書店的株式會社藝文書房，任社長。1942 年、1943 年、1944 年作為偽滿洲國文學者代表參加了三次「大東亞文學者大會」，並在第二次大會的分科會上提議設立「國立編譯館」。1943 年 11 月滿洲藝文聯盟漢語機關雜誌《藝文志》在藝文書房創刊發行。1942 年、1944 年與川端康成等編輯出版《滿洲國各民族創作選集》。1946 年任吉林中蘇友好協會秘書。1948 年任哈爾濱評劇院管理委員會主任、1949 年任瀋陽唐山

評劇院院長。1958 年被打成極右分子，1964 年病死獄中，1979 年平反。偽滿洲國時期主要作品有短篇小說集《奮飛》（1938，次年得第四回文藝盛京賞）、雜文集《一知半解集》（1938）、散文詩集《浮沉》（1939）、長篇小說《平沙》（1939）、雜文集《譚》（1942）、小說集《竹林》（1943）、長篇小說《新生》（1944，第二屆大東亞文學賞次賞）。其中《原野》《平沙》等在日本翻譯出版。主要譯作有《魯迅著書解題》（1937）、石川啄木著《悲哀的玩具》（1937）、夏目漱石著《心》（1939）、中島健藏著《學窗與社會》（1941）等。1949 年後進行評劇劇本的整理工作和翻譯，主要有劇本《快嘴李翠蓮》，譯作《箱根風雲錄》（楠木清著）、《生活在海上的人們》（葉山嘉樹著）出版。（梅定娥）

戈壁（1917～？），遼寧蓋縣人。原名申弼，又名申述。在新京《新青年》上發表過《趣味的獨享》（1939）等作品。1942 年，滿洲農業改進社出版的《農業改進》雜誌舉辦第一回「滿洲建國」十年紀念中篇小說徵文活動，他的《落葉》等十一篇作品入選。1943 年移居北京，擔任《婦女雜誌》編輯長。出版有創作童話集《駱駝》（新民印書館，1944），以及小說、童話和散文合集《離鄉記》。後者收 1939 至 1944 年間的作品，主要是他在從偽滿洲國到日本再到北京的流離過程中陸續完成的。小說《離鄉》講述述日本佔領區農民在背井離鄉、艱難求生的困境中，仍相互安慰、相互幫助。童話《池邊的春天》傾訴鸚鵡學舌的痛苦，《話匣子的悲哀》訴說收音機「曲承人家的意旨」的疼苦。小說《小鳥》更像是寓言。一隻剛剛會飛的落難小鳥，為掙脫鐵籠子而不惜犧牲了弱小的生命。小鳥的寧死不屈，深深刺痛了在官方文化機構任小職員的敘事主人公，引發他對於自己的自私懦怯、苟且偷生的反省。這些童話是淪陷區民眾內心苦悶與不甘的真實寫照。共和國初期，在解放軍軍委總政文化部任「志願軍一日」編輯部副主編。曾因「歷史問題」被審查。從軍隊轉業後分配到北京電影製片廠，曾任總編室主任。（張泉）

H

何靄人（1899～？），字雲詳，東北地區重要的作家、教育家和語言文字學者，也是吉林新文化運動的猛將。1920 年代初，何靄人就在茅盾、鄭振鐸主編的大型刊物《小說月報》上發表過作品《一個瀑布》。1922 年 5 月組織「國語研究會」，極力鼓動白話文創作；同時創辦「國語函授學校」，普及白話文。1923 年 8 月與穆木天等創辦東北最早的新文學團體「白楊社」，以「發表文藝的創作，促進吉林新文壇」為建社宗旨，出版不定期純文藝刊物《白楊文壇》，

刊行叢書，內容包括創作、批評及民間文學，多以反映追求婚姻自由、強調個性解放為主題。1925 年與朱藝士等人發起成立「探美藝術社」，出版《探美》月刊。1920 至 1930 年代，先後任教於著名的私立毓文中學和敖東中學，扶持當時毓文中學的三種校刊《春鳥秋蟲》《大膽》《零》，也是這些刊物的重要撰稿人。1934 年編纂「女子新文藝作品集之一」《窗前草》。偽滿洲國時期，不主張學生參與武裝抗日活動，認為學生當兵不現實，但一直暗中保護地下黨和抗日力量。曾保釋被捕的金日成，營救共產黨楚圖南。偽滿洲國後期與日本人合作，擔任營口教育局局長（還有一說，在偽滿洲國國務院部委任職）。事偽之後仍然從事文學創作，如創作童話《愉快島的進擊》《一個村子》《兒童衛生講話》《清代的偉業》《春情的撥動》等。1949 年之後任東北師範大學教授，在語言文字學和古詩研究方面成績斐然。1957 年被劃為右派，「文革」時被下放到河子灣偏僻的農村，後跳江自殺，據其外甥女劉延君估計，自殺時間在 1974～1976 年間。（陳言）

黃軍（1920～1986），河北昌黎人。原名戴青田，曾用名戴光樞、戴孟浣，筆名葉福、莘野、梁紫、戴推、端木泉、何關珠、莫鯨奇、戴南枝、南枝、魯百平、孟浣、小青、胡冰、墨軍、青田、辛娜、戴北濤、何月棠等。1937 年投靠哈爾濱的親屬，考入哈爾濱航務局並開始文學創作。1940 年夏季辭職前往北京淪陷區，專事寫作，出版了小說集《山霧》（北京：藝術與生活社，1941）。而後，前往南京、河南、上海等地，曾編刊物，也在機關、軍隊任職。他淪陷期的大量作品，是無所適從的飄泊者的心靈苦悶的昇華。特別是他「在極悲痛的時候」在北京發表的系列鄉土小說，在題材上別具一格，使北京文壇為之一振，擴展了淪陷區文學的表現範圍。戰後，經復旦大學郭紹虞教授介紹去臺灣。1946 至 1947 年，擔任臺灣《人民導報》記者、主編。臺灣二二八事件之後，報社遭查封，社長宋斐如遇難，他僥倖逃回大陸。共和國時期，在遼寧綏中中學教書。因人事糾紛命運坎坷。（張泉）

J

爵青（1917～1962），出生於吉林省長春市，祖籍河北省昌黎縣。本名劉佩，另有筆名遼丁、可欽、老穆、劉爵青等。曾讀於長春日本公學堂、奉天美術學校，1933 年從「新京交通學校」畢業後進入「奉天美術專業學校」學習，同年加入由成雪竹、馬尋、姜靈非等組織的文學團體「冷霧社」。1935 年美專

畢業，11 月左右赴哈爾濱，先後在「滿鐵」哈爾濱鐵道局佳木斯公署、哈爾濱鐵路局附屬醫院擔任文職秘書和翻譯。1935 年加入《新青年》雜誌，1939 年成為《藝文志》主要成員。1938 年 5 月出版小說集《群像》，奠定東北現代主義代表作家的地位。1939 年底辭職返回長春加入偽滿洲國的「滿日文化協會」。1940 年發表中篇小說《麥》，獲「文話會作品賞」。1941 年發表小說《歐陽家底人們》並出版小說集《歐陽家的人們》。1942 年，《歐陽家的人們》獲「盛京時報文學賞」，同年底開始在《新滿洲》發表長篇小說《青服的民族》（未完成），當年 11 月 3 日至 10 日，爵青、古丁等赴日本東京參加「第一屆大東亞文學者大會」並作為代表發言。1943 年，發表長篇小說《黃金的窄門》並獲第一屆「大東亞文學賞」，同年 5 月，「滿洲文藝家協會」改組，爵青兼任審查二部和計劃部副部長，地位僅次於日本人大內隆雄和宮靖川，11 月出版小說集《歸鄉》。1944 年，爵青赴南京參加「第三屆大東亞文學者大會」，會後與古丁等到蘇州、上海等地觀光、發表講演。東北光復後，爵青擔任東北參議會參義長畢澤宇秘書。1952～1957 年獲罪在獄。出獄後就職於吉林長春大學圖書館資料系，從事圖書管理工作。1962 年 10 月 22 日，病逝於長春結核病防治所。爵青嗜讀福樓拜、紀德和陀思妥耶夫斯基等作家的作品，文學創作深受外國現代派的影響，綜合運用新感覺派、意識流、超現實主義等現代主義文學表現手法，同時加入左翼文學元素，形成了獨特的風格，取得了極高的成就，被人譽為「鬼才」。爵青精通日語，發表過《凍った庭園に降りて》（來自冰凍的庭院）、《転んでゐる人》（倒下的人）等日文作品，和川端康成等日本作家有過交集，其小說《哈爾濱》《歐陽家的人們》被大內隆雄翻譯成日文在日本出版。（謝朝坤）

季瘋（1917～1945），遼寧省遼陽市人。作家、詩人、文學評論家，原名李福禹，筆名季風、季瘋、李季瘋、磊磊生、亦醉、方進等。曾進入北京的警察學校，盧溝橋事變後參加過游擊戰。1938 年回到偽滿洲國，在「新京」《民生報》做校對員，後任職於《大同報》編輯。因組織了左翼抗日團體「青年讀書會」，在 1941 年的「一二・三〇事件」中被逮捕，1942 年 1 月 13 日避開監視逃脫，但很快就再被逮捕，1943 年 11 月 5 日再次脫獄成功。到 1945 年 4 月第 3 次被逮捕為止，一直潛伏於地下從事抗日活動。東北光復後被暗殺於瀋陽街頭。主要作品有：有散文集《雜感之感》，長篇小說《曇花一現》《婚姻之路》《夜》等。（蔣蕾）

加納三郎（1904～1945），生於日本琦玉縣北足立郡加納村。本名平井孝雄，法官，文藝評論家。1933 年 10 月作為關東州地方法院法官來到大連，後為《作文》同人，文話會大連支部幹事。1942 年 5 月回到日本，1945 年 7 月因肺結核病故。加納三郎是「在滿日系」文化人良心派的代表人物之一，在有關「滿洲文學」和「滿洲文化」的討論中，一貫主張人道主義和現實主義，發表了大量具有理論建樹的文字，後結集為代表作《為了滿洲的文化》。（大久保明男）

今村榮治（1911～？），出生於朝鮮半島。本名張喚基。1929 年夏移居長春，從 1935 年前後開始從事文學創作，加入「新京文話會」「新京文學集團」。1942 年，在「滿洲文藝家協會」秘書處擔任書記。1945 年之後消息不祥。今村榮治用日語寫作，曾發表小說《未完稿》《新胎》《孤兒》《毛毛雨》等，隨筆《榮興村的鮮農們》等，他被稱為第一個在偽滿洲國用日語寫作等朝鮮作家，而且一直用日本名字，很少人知道他的真實的身世背景。小說《同車者》收入《偽滿洲國日本作家作品集》（哈爾濱：北方文藝出版社，2017）。該小說表達了日本殖民統治下被殖民者民族身份認同危機及自我撕裂的傷痛。

金音（1916～2012），遼寧瀋陽人。作家，編輯。原名馬家驤，筆名金音、馬驤弟、驤弟、馬尋等，畢業於瀋陽第一師範、吉林國立高等師範，1938 年任教於齊齊哈爾女子國民高等學校，1942 年到長春任職出版社編輯和電影公司編輯。參加過「冷霧」社詩、「文叢」同人，是「滿洲文藝家協會」和「滿洲放送文藝協進會」會員。作品有長篇小說《生之溫室》《明珠夢》，小說集《教群》《牧場》，詩集《塞外夢》《宵行》，主編《滿洲作家小說集》。1945 年抗戰勝利後參加「東影」，後任職於東北畫報社。

金人（1910～1971），河北南宮人。原名張君悌。又名張少岩、張愷年。筆名田風等。在家鄉以及江蘇、北京入讀中小學。1927 年入職哈爾濱東省特別區地方法院。1928 年被聘為《大北新報》編輯。1934 年轉任東省特別區檢察廳俄文翻譯。曾在《哈爾濱公報》上發表翻譯文章和詩歌。1935 年，經蕭軍介紹，魯迅將他的短篇小說譯作《退伍》（普列波衣）推薦到上海《譯文》雜誌發表，同時也在《大同報》上連載。而後，陸續在上海的雜誌上發表了大量譯作。魯迅與蕭軍、蕭紅的通信中，十三次提及金人，對於他的翻譯給予較高的評價。1937 年初，金人從哈爾濱移居上海，在私立培成女中任教，專注於蘇聯文學翻譯。出版有譯作集《在南方的天下》、綏拉菲摩維支的長篇小說《荒

漠中的城》（海燕書店）、蕭洛霍夫的《靜靜的頓河》等。1941 年 11 月上海全境淪陷後，金人前往中共蘇北根據地，先後在抗敵報社、蘇北行政公署司法處任職。戰後，金人在東北文協、東北司法部等單位工作。共和國時期，曾出任北京出版總署翻譯局副局長。長期在時代出版社和人民文學出版社專事編譯，譯作達六百萬字。

姜靈非（1912～1943），出生於瀋陽，祖籍山東。作家、編輯。原名姜維璽、姜琛，筆名未名、靈非、姜靈菲、倦鴻、未明、零非等。1930 年在瀋陽讀書時，曾主辦過《南郊》刊物，並在《商工日報》《新民晚報》《大亞公報》等報章發表詩歌和短篇小說等。1933 年與成弦、金音等組建文學社「冷霧社」，借《東三省民報》等版面出版《冷霧》週刊。1935 年後先後編輯了《新青年》《滿洲新文化月報》。作品有長篇小說《新土地》《灰色的運命與戰慄的人》，短篇小說《三人行》《人生劇場》，童話有《盲人與豬》《蝴蝶的滅亡》等。1943年因傷寒病故去，他的朋友金音、成弦等為了紀念他，收集整理他的著作及遺作，《未名集》作為「星光文學叢書」之一得以出版。

姜椿芳（1912～1987），江蘇常州人。筆名有林陵、蠡仿、綠波、賀青、常江、少農、泥藕、江鷗、三羊、老牛等。1928 年來到哈爾濱與父親團聚。1930 年初擔任哈爾濱光華通訊社俄文翻譯。1931 年任職中共滿洲省委宣傳部，先後主編地下刊物《滿洲青年》《滿洲紅旗》等。1932 年 5 月進入掛牌英吉利亞細亞通訊社的蘇聯塔斯電訊社。在秘密宣傳工作以外，與金劍嘯一起編輯《大北新報畫刊》的文藝副刊，換用各種筆名發表 40 餘篇文章。他的作品廣泛涉及人生理想、社會百態、文化修養諸問題，即展現出他個人的文學愛好，也有利於開闊知識青年讀者的眼界。在 1936 年六一三黑龍江民報事件中被逮捕。關押 35 天獲釋後，攜眷逃離偽滿洲國，轉至上海文化界。共和國時期，為俄蘇文學翻譯家、翻譯界和出版界的領導者、共和國大百科全書的首倡者。

K

柯炬（1921～2020），吉林省伊通縣人。作家、詩人、書法家，原名李正中，筆名柯炬、韋長明、常風、李莫、李一癡、常青藤、裏予、魏名、槐之子、萬年青、余金等。1941 年畢業於偽滿洲國「新京法政大學」，後就職於偽滿洲國地方法院法官。1939 起開始在《大同報》《興亞》《新滿洲》《學藝》《麒麟》《斯民》《新潮》《盛京時報》《華文大阪每日》等報刊雜誌上發表小說、散文、

詩歌、劇本。偽滿洲國時期李正中的主要作品有：中篇小說集《鄉懷》、短篇小說集《筍》、短篇小說集《爐火》、散文集《無限之生與無限之旅》、散文集《待旦集》、詩集《七月》。東北光復後曾創辦《東北文學》雜誌，1947 年參加中國共產黨領導的東北民主聯軍，後在遼寧省多個地區工作過，榮休後曾任瀋陽市文史研究館館員、瀋陽市書法家協會顧問、瀋陽軍區老戰士書畫會顧問、瀋陽市榮譽文藝家，出版有《正中翰墨》《李正中書法展》《墨海留痕》《九秩揮墨──李正中書法集》等。

孔羅蓀（1912～1996），出生於山東濟南。原名孔繁衍，筆名有魯孫、野黎、葉知秋、秋娘、紫微等幾十個。少年時期在山東、上海、北京生讀書。1927 年來到哈爾濱。後他考入哈爾濱吉黑郵局。為蓓蕾社同人。1932 年 9 月撤離開哈爾濱，轉上海郵局。後參加左翼作家聯盟，投身抗戰文藝運動，先後擔任漢口《大光報》《戰鬥旬刊》主編、重慶《文學月報》主編等。戰時出版有評論集《野火集》（1936）、《文藝漫筆》（1942）、《小雨點》（1943）等。創作常常觸及東北。長文《從封鎖到通郵》（《中華郵工》1935 年 1 卷 1 期）留下了那一特定時空中的郵政史，也是對日本帝國主義侵略東北行徑的聲討。散文集《最後的旗幟》（1943）中的篇什基於作者的親身經歷，反映「九一八」事變後東北人民的悲慘生活與英勇鬥爭，表達對淪陷區親友的思念，抒寫一己的逃亡經歷和在祖國的感受。共和國時期，曾任《文藝報》主編、中國作家協會書記處書記、中國現代文學館名譽館長等職。（張泉）

匡廬（1911～1996），遼寧蓋縣人。詩人、散文家、評論家。原名匡扶，又名昨非，另有筆名不可登廬、容與、禾穗、佃奴等。曾借讀私塾，後入官立小學，並自學考進了後期師範國文科。在校期間就在《東三省公報》《東北民眾報》發表大量新詩、散文和小說等。「九一八」事變爆發後，學校關閉，匡廬輟學後，重新致力於舊體詩創作；1935 年前往「新京」，從事編輯工作。1947 年，匡廬任遼東文法學院任職。1950 年去西北地區任教。偽滿時期的代表作有《匡廬隨筆》《東遊吟草》。匡廬於 1937 年、1940 年兩次到日本，留下相關詩作，如《晚發》《過朝鮮平州》《別府旅邸》《朝發下關》《前題次少虯韻》《再過平州》《漢水上作》等。（詹麗）

L

藍苓（1918～2003），河北昌黎人。作家，詩人。原名朱堃華，筆名：莉莎、林苓、阿華、朱華等。黑龍江省女子師範畢業，後到齊齊哈爾同信小學教

書。1937 年開始文學創作，以詩歌創作為主，《科爾沁草原的牧者》《在靜靜的榆林裏》《我別了故居》是其詩歌中的代表作。此外，還有詩劇《大地的女兒》，小說《端午節》《日出》《夜航》等。

　　李輝英（1911～1991），吉林永吉人。本名李連萃，滿族，作家、文學評論家。1932 年 1 月，李輝英第一篇抗日題材短篇小說《最後一課》在丁玲主編的左聯雜誌《北斗》上發表。之後李輝英以「萬寶山事件」為素材，創作了長篇小說《萬寶山》。《萬寶山》比蕭軍的《八月的鄉村》早兩年問世，堪稱中國大陸抗日題材長篇小說的開山之作，這部作品得到了周揚、茅盾、丁玲等人的稱讚，李輝英作為抗日作家活躍於 1930～40 年代。1950 年，李輝英移居香港，主編過《熱風》《文學天地》《筆會》等刊物，出版了《中國現代文學史》《中國小說史》等。

　　李光月（1920～1979），長春人。作家。常用的筆名「李蟾」。1937 年 12 月於長春兩級中學校畢業。1938 年 4 月到雙陽縣長嶺小學任教員，同年 8 月到長春孟家屯農事合作社擔任職員。1939 年 3 月，在長春郵政管理局保險科任科員。1941 年 8 月，任博文印書館編輯。1942 年至 1945 年先後任偽滿雜誌社電影畫報、康德印書館編輯和國民書店編輯主任。他最為知名的童話作品，是興亞雜誌社刊行的童話單行本《禿禿歷險記》，這本長篇童話創作完成於 1942 年夏，但由於「弘報處」的原稿審查，直至 1945 年 7 月才得以印刷，除此之外他還著有《蠟燭臺的幸運》《小鴉》《月球旅行記》《破皮球》《十二枝蠟燭》等短篇童話。《禿禿歷險記》是至今為止所知的偽滿洲國時期唯一一部印刷發行了的長篇童話。從現存的童話來看，他的作品充滿兒童的幻想，情節趣味性強，並沒有迎合殖民宣傳。除了兒童文學作品，他的小說創作也取得了一定成果。遺憾的是，由於他在偽滿洲國時期的童話創作集中於偽滿洲國即將覆滅的幾年中，除了《禿禿歷險記》得以刊行外，另一篇長篇童話《黑國王與白國工》及 些短篇童話都未能付梓，並流失在歷史長河之中。中華人民共和國成立後，李光月仍持續創作童話，並被譽為「東北解放後至『文革』前，在童話創作上成就最大的」童話家，1957 年創作出版的童話故事集有《長耳朵的故事》《三個朋友》等。1979 年 1 月 21 日病故。（陳實）

　　李喬（1919～？），遼寧瀋陽人。作家、劇作家。原名李公越，筆名，李喬、野鶴。1935 年主編「平凡」週刊，1936 年開始文學創作，曾歷任《正義團報》《民報》《民聲晚報》編輯，《盛京時報》編輯長，《文選》同人，「滿洲

文藝家協會」會員。1937 年後開始轉向戲劇創作,與安犀、徐百靈、成雪竹、田菲、潘玉奎等組成業餘劇團。主要作品有《小夜曲》《五個夜》《虛榮》《肥皂》等小說,《生命線》《血刃圖》《大地的呼喚》《家鄉月》《協和魂》《夜航》等劇本。

勵行健(1917～?),吉林省長春市人。原名馬紓,又名馬洗園,筆名勵行健、杜父魚、西原、洗園、唐瓊等。1937 年為哈爾濱《大北新報》文藝副刊「大北風」撰稿。主要作品有小說集《風夜》《寧波船》,中篇小說《鄰》。其中《風夜》是繼悄吟(蕭紅)、三郎(蕭軍)《跋涉》後在淪陷後的東北出版的第二部小說集,當時,為了避免傀儡機關的審查,謊稱由上海印刷發行。小說《潰敗一族》被收入《滿洲作家小說集》。1945 年東北光復後後擔任東北民主聯軍後勤部上尉軍醫,後調甘肅工作。

柳龍光(1911～1949),北京人,滿族。作家,文學活動家,出版家。本名柳瑞辰,筆名紅筆、系己。1929 年 9 月從北京崇德中學畢業,其後考入北京輔仁大學理學院,1933 年 9 月完成大學學業。1934 年 4 月到偽滿洲國的《盛京時報》報社供職;不久即赴日本,先後就讀於東亞高等預備學校和日本東京專修大學經濟學部,1936 年 4 月畢業,6 月到長春《大同報》報社任職。1938 年主編《大同報》副刊,銳意改革,推出「文藝專頁」專欄,在他的組織策劃下,副刊登載了 20 餘篇攻擊古丁的文章,加強了偽滿洲國文壇的分化和對立,不久擔任《大同報》編輯長,設置「新刊介紹」欄目,介紹引進日本、北京等日本及其殖民地新刊行的書刊,在不同的知識體系之間充當中介,把自己的活動置於跨文化的語境中,1938 年 11 月 20 日離職。1939 年 2 月受聘到日本的大阪每日新聞社,在擔任《華文大阪每日》雜誌的編輯期間,增加文學評論和翻譯的比重,設立「東亞文藝消息」「海外文學選輯」「文壇隨話」欄目。作為《華文大阪每日》的記者,到淪陷區考察,留下了考察淪陷區的人類學筆記《和平與祖國》,從民族生命內部觀察中國人生存狀況,摒除了日本戰時人類學家旁觀者式的、獵奇的和單方面的觀察,生動地描繪了殖民主義與佔領區之間的動態關係,為考察淪陷區歷史和文化留下了珍貴的歷史資料。1941 年下半年辭職,到燕京影片公司擔任協理,同年秋到武德報社擔任編輯長,其間曾短暫擔任《國民雜誌》主編。1942 年 9 月擔任新成立的「華北作家協會」幹事長,掌管實際事務。出席第二屆、第三屆「大東亞文學者大會」。日本戰敗後,在事先得知自己被列入漢奸名單後逃往四平,後赴上海。1948 年冬前往臺灣;

1949 年 1 月 27 日，從上海駛往臺灣基隆中聯輪船公司的太平輪遭遇海難，搭乘該輪、化名「孫敬」的柳龍光遇難。（陳言）

冷歌（1908～1994），遼寧遼陽人。原名李迺賡，筆名冷歌、李文湘、紫函。1916 年隨父親到吉林市，曾跟隨穆木天、徐玉諾學習，1930 年代初在北平輔仁大學史學專業讀書，受劉半農影響翻譯英美詩歌，畢業後回母校吉林市毓文中學任教，1935 年學校解散失業，1936 年入益智書店任編輯。冷歌以詩歌創作為主，著有詩集《船廠》（長春：益智書店，1941 年），該詩集 1991 年在臺北大化書局再版。1949 年後，冷歌曾在吉林省四平師範學院任歷史系教教。

駱駝生（1913～？），遼寧瀋陽人。作家。原名仲同升，又名仲統生、仲公撰，筆名駱駝生。1928 年由奉天三中轉入旅順第二中學，1931 年考入旅順工科大學預科，1932 年作為偽滿洲國的官費留學生留學日本，1935～1941 年就讀於東京工業大學。1929 年起，駱駝生開始在《滿洲報》文藝副刊上發表詩歌。1933 年，駱駝生在東京組建以東北文學青年為主的「漠北青年文學會」，並計劃出版在《綠洲》雜誌，後因多種原因沒有出版。在東京期間，參加「東京左聯」活動，在「東京左聯」機關刊物發表詩歌，參加「東京左聯」成員組織的詩歌朗誦會和出版紀念會，與當時的日本普羅作家、日本左翼文化人、臺灣作家、朝鮮作家均有聯繫。1942 年春天，駱駝生因「利用雜誌等向滿洲國人進行共產主義啟蒙活動」的罪名被捕入獄，後被驅逐出境，下落不明。

駱賓基（1917～1994），吉林琿春縣人。原名張璞君。青少年時期往返於琿春、祖籍山東、北平讀書。1935 年入哈爾濱一所外語補習學校學習俄語並兼任語文、英語教員。後與日籍教員發生衝突，於 1936 年 4 月移居上海。6 月，在上海發表了第一篇文章《他仍活在我們心中》，紀念高爾基逝世一週年。報告文學《大上海的一日》（《烽火》1937 年 12 期）、《東戰場別動隊》（1940）等，報導了慘烈的 1937 年淞滬抗戰。長篇小說《邊陲線上》（1939），講述琿春中蘇邊境「土字界碑」附近，一支自發成立的義勇軍的戰鬥故事。藉此，駱賓基躋身於東北流亡文學作家群。《罪證》（1940）、姜步畏家史第一部《幼年》（1944）等小說，也是以故鄉琿春為背景，為他進一步贏得了東北流亡作家的聲譽。曾短期在新四軍工作，後輾轉桂林、廣州、澳門、香港。1941 年 11 月初，在香港結識蕭紅、端木蕻良。1942 年 1 月料理完蕭紅的喪事後，回到桂林。1944 年 9 月，桂林文化人大撤退，駱賓基前往重慶，在中學任教。曾兩

度被國民政府逮捕入獄。共和國時期，先後在人民日報社、山東省文聯、北京電影製片廠工作。（張泉）

M

梅娘（1916～2013），吉林長春人。作家。原名孫德芳，又名孫嘉瑞，曾用名孫加瑞，筆名孫敏子、敏子、芳子、麗娘、梅琳、柳霞兒、孫翔、劉遁、瑞芝、高翎、柳青娘等吉林省立女子師範學校高中部畢業後，入職大同報社。1936 年出版習作集《小姐集》（益智書店）。1939 年 2 月至 1941 年 5 月僑居大阪時期，小說集《第二代》（1940）的出版使她躋身東北淪陷區知名女作家行列。短篇小說《僑民》和《女難》裏出現朝鮮人形象，首次把宗主國交叉糾纏的多重殖民議題引入淪陷區文學。移居北京後，發表了《侏儒》《魚》《蚌》《蟹》《春到人間》《陽春小曲》《黃昏之獻》《行路難》等膾炙人口的中短篇小說。小說集《魚》（1943）獲第一屆大東亞文學賞賞外佳作。《蟹》（1944）獲第二屆大東亞文學賞二獎。連載有長篇小說《小婦人》（1944）和《夜合花開》（1944～1945），均未刊完。出版了大量的兒童讀物。日本文學翻譯有中長篇小說《母之青春》《母系家族》等。她的創作與時代緊密關聯。作為東北富賈的庶出女，梅娘還在幼年就體驗到人情冷暖、世態炎涼。小學階段遭遇東北淪陷，又讓她親歷異族入侵所帶來的遽變。父親的早逝，進一步加劇了大家庭人際關係的緊張，傳統大家庭迅速瓦解。她的小說如實描寫了殖民地的家族史、知識男女的生活史，以及底層民眾求生的艱難、卑劣人物的可惡，而著墨最多的還是戰亂中的婦女，藉由她們的坎坷和不幸，呼喚性別平等和女性權利。梅娘的人生歷程和社會關聯，融函了和折射出近代中國一百多年以來的演化史，是中國現代文學史上的區域代表女作家之一。戰後梅娘在東北、北京、上海、臺灣等地漂泊。共和國初期，在上海的報紙上發表了一大批作品。1958 年被打成右派。1978 年平反後重返中國農業電影製片廠。（張泉）

穆木天（1900～1971），吉林伊通人。原名穆敬熙。詩人、翻譯家。為創造社的七位發起人之一。1926 年東京大學法國文學專業畢業後，在吉林省立大學等高校任教。1930 年前往上海，投身左翼文學運動。他的《旅心》（1927），借鑒法國象徵派，追求「純粹的詩歌」。「九一八」事變後，詩的題材與風格發生巨大改變。在《流亡者之歌》（1937）中，有對家園故鄉的神遊夢回，有取材於東北民眾抗日故事的長篇敘事詩。《江村之夜》講述「九一八」事變五週年之際，各界民眾在江村集會，或報告武裝抗日的輝煌戰果，或控訴殖民者的

暴行，或表達各個被壓迫民族的共識。為了更緊密地配合現實，開始向朗誦詩的寫法靠攏，進而借用通俗樣式鼓詞。《抗戰大鼓詞》（1938）講述北京、東北、上海、蘇北等地軍民奮勇抗戰的事蹟，具有淺白流暢、朗朗上口的特點。1938年以後，詩作轉向個人感悟，平實地表現流寓西南邊陲的日常生活和情感思緒（《新的旅途》，1942）。在行動的層面上，一直是抗戰文化活動的積極參與者。1947年返回到上海。1949年後，先受聘於東北師範大學、北京師範大學。（張泉）

木崎龍（1911～1943），生於日本東京市曲町區。本名仲賢禮，評論家。1936年畢業於東京帝國大學文學系研究生院，後在東京帝國女子專門學校任教。1937年6月來到偽滿洲國，在偽國務院「弘報處」任《宣撫月報》編輯。1940年春轉入「滿映」企劃科。《滿洲浪曼》同人，《作文》同人。1943年1月16日因肺結核病故。（大久保明男）

孟素（1913～？），遼寧新民人。批評家。原名王尚志，筆名孟素、王孟素、顧盈、望梅等。新民文會卒業，供職鐵路多年。《文選》同人。曾經主動退出「滿洲文藝家協會」會員。孟素以文藝評論著名於當時的文壇。1940年，計劃出版評論集《我的意識》，編入「文選叢書」第三輯，但未能如期出版。另外作品評論文集《指畫集》（未印）。

穆儒丐（1884～1961），生於北京西郊香山健銳營正藍旗旗人家庭，滿族人。作家，翻譯家，編輯，劇評人。原名穆都哩，號六田，別署辰公。幼年入旗人的虎神學堂、方知學社學習。1903年入北京宗室覺羅八旗學堂的前身經正學院讀書。1905年清末到日本早稻田大學學歷史地理，三年後又繼續學政治經濟學。1907年與旗人宗室日留學生恒鈞、佩華、隆福、榮升、烏澤生、裕端在東京創辦《大同報》，穆儒丐翻譯了日本《太平洋報》島居龍藏的《經濟與蒙古》、淺龍虎夫的《中國紙幣起源考》，發表了《世界列國現今之狀勢》《蒙回藏與國會問題》兩篇論說文·1911年前半年畢業回國，並通過清政府考驗遊學畢業生考試，授予法政舉人，因辛亥革命爆發，他失去入仕的機會。民初到烏澤生創辦的《國華報》做編輯。1916年《國華報》停刊後，穆儒丐到瀋陽。1918年在瀋陽《盛京時報》創辦副刊「神皋雜俎」，該副刊為東北報紙中的第一個文藝副刊，直到該報1944年終刊。穆儒丐是東北地區知名文人，也是偽滿洲國的文化名流。他在文化上的主要成就在於：創作了小說《梅蘭芳》《笑裏啼痕錄》《北京》《香粉夜叉》《同命鴛鴦》等，劇本《馬保羅將軍》《兩

個講公理的》等，劇評《新劇與舊劇》《中國的社會戲》和《小說叢話》《文學的我見》《美學史綱要》等論文，此外還創作了大量舊體詩與散文等。翻譯了《情魔地獄》《儸西亞郡主傳》，以及雨果的《哀史》（即《悲慘世界》）和大仲馬的《庫里斯特伯爵》，谷崎潤一郎的《春琴抄》等。偽滿洲國時期，他創作的長篇章回小說《福昭創業記》，曾獲第一屆偽民生部大臣文學獎。1945 年東北光復後，穆儒丐離開東北返回北平，1953 年任北京文史館館員，研究岔曲和單弦，並創作岔曲《敬愛的毛主席》。（李麗）

　　沫南（1919～2005），生於吉林，滿族。原名關東彥，筆名沫南、關沫南、東彥、冬雁、關雁、泊丐、孟來等。關沫南繼承蕭軍、蕭紅、羅烽、白朗、舒群、金劍嘯開展的哈爾濱初期抗日活動，還開展了一些左翼色彩較濃的文學活動，組織了「哈爾濱馬克思主義文藝學習小組」。1941 年 12 月 31 日，讀書會組織被檢舉後，沫南和陳隄、王光逖等人一齊被逮捕。這便是「哈爾濱左翼文學事件」。偽滿洲國時期出版著有小說集《蹉跎》（與厲戎合集），之後在當時的文學雜誌上發表了《船上的故事》《某城某夜》《霧暗霞明》《流逝的戀情》《落霧時節》《沙地之秋》等 20 多篇小說。1945 年以後出版了《霧暗霞明》《流逝的戀情》，長篇小說《沙地之秋》，電影劇本《冰雪金達來》等。關於關沫南的研究資料見《關沫南研究專集》（北方文藝出版社，1981）。

N

　　睨空（生卒年不詳），作家。從現存資料可知，睨空是在偽滿洲國後期活躍文壇的「新生代」作家。他汲取了中國傳統文化、民間文化和西方文化的營養，以《麒麟》《新滿洲》等刊物為陣地，發表了大量文體風格獨特的小說——山林實話·秘話·謎話小說，如《韓邊外十三道崗創業秘話記》《大興安嶺獵乘夜話記》《吉林韓邊外興衰記》《九盤山的二毒》等。小說創作融故事傳說、說明文字、小說筆法、童話、神話、人間傳奇於一體，在創作技巧上採用傳統和現代的雙重敘事方法，融入神秘主義、魔幻現實主義和浪漫主義等多種手法，建構了一種獨特的審美空間，實現了文學視野由生活到大自然的擴展，開拓了東北文學類型的新領域，頗具地域文化色彩。從系列作品可看出，睨空作品深受俄國作家拜闊夫、德國自然科學家愛德華·阿納特及部分日本作家創作的影響。（詹麗）

　　牛島春子（1913～2002），生於日本福岡縣久留米市。作家。1932 年 2 月因涉嫌勞工運動被拘捕，釋放後，1936 年與牛島晴男結婚，同年秋隨夫到偽

滿洲國，因丈夫任職濱江省拜泉縣縣長，牛島春子一同前往。1938 年秋遷居
長春。1946 年回到日本，定居福岡縣小郡，主要以《新日本文學》為中心繼續
從事文學創作。1937 年，牛島春子發表的短篇小說《豬》，獲《大新京日報》
主辦的「第 1 屆建國紀念文藝獎」，後改編為話劇《王屬官》，由大同劇團上
演。以拜泉的生活體驗為原型發表的《姓祝的男人》，入選日本第 12 屆芥川獎
候選作。另有《苦力》《雪天》《處女地》《張鳳山》《福壽草》等作品。（鄧麗
霞）

Q

青木實（1909～1997），出生於日本東京市下谷區金杉町。小說家，文學
評論家。1928 年畢業於法政大學商業學校，進「滿鐵」東京分公司工作。1930
年 12 月調至滿鐵大連圖書館，同時東洋大學文學系中途退學。1932 年 10 月
在大連與同人創刊文藝雜誌《文學》（《作文》前身），1940 年 4 月轉到奉天鐵
路總局附業局愛路課，1944 年 10 月任鐵路局股長。主要作品有，隨筆集《花
筵》（1934），《幽默》（1943），《文藝時論集》（1944），隨筆‧短篇集《部落民》
（1942），短篇集《北方的歌》（1942）等。青木實是「日系」作家中熱衷於描
畫中國民眾生活的作家之一。《呼倫貝爾》揭露了殖民者日本人對異己民族的
歧視和傲慢自大的態度，該作在收入單行本時，被檢查機關強行刪除一部分。
而《關於滿人題材作品》一文更直截犀利地提出了對欺壓「滿人」的批判。1946
年回日本。1950 年 7 月任國立國會圖書館司書至 1975 年退休。1964 年與秋
原勝二等參與《作文》復刊工作，後一直是該刊物的主編。（大久保明男）

秋原勝二（1913～2015），出生於日本福島市榮町。作家。本名渡邊淳。
1920 年秋隨長兄移居中國東北奉天。1926 年 10 月升入大連「滿鐵」職員培訓
學校，1930 年畢業，進「滿鐵」總社會計部工作，1939 年調任到吉林鐵路局
會計部。1932 年末加入《作文》同人，1940 年末創設「文話會」吉林支部，
主持《吉林新聞》和《大吉林》雜誌文藝版，並在上面發表文章。秋原文學的
主體基調是現實主義，擅長以輾轉細膩的筆致描寫「滿鐵」職員的生活以及當
時中國東北的底層社會。從《肌膚》中能看到他對「民族協和」的絕望，而《故
鄉喪失》則傾訴了「滿洲殖民地二代」的精神失落和迷茫。1946 年回日本。
1964 年參與《作文》復刊工作，青木實故後一直擔任該刊主編，發行至第 208
集（2014.7）停刊，使該刊成為日本文學史上發行時期最長的同人雜誌。（大久
保明男）

R

日向伸夫（1913～1945），生於日本京都府舞鶴市。本名高橋貞夫。1935年舊制第三高級中學中退，到偽滿洲國進「滿鐵」工作。在哈爾濱鐵路局雙城堡車站工作一年多，後調到滿鐵鐵路總局旅客科，主要從事《滿洲觀光》（滿洲觀光聯盟）的創刊和發行業務。1943年1月回到日本，在「滿鐵」東京分公司工作，同年7月應召入伍，1945年4月7日在沖繩戰死。日向伸夫代表作《第八號轉轍器》，獲第1屆「文話會」獎（1940年），入圍第13屆芥川獎候選作品。著有短篇小說集《第八號轉轍器》《冰原之記》，隨筆‧遊記《邊土旅情》等。（大久保明男）

S

山丁（1914～1997），出生於遼寧開原縣，祖籍河北冀州。原名梁夢庚，又名鄧立（建國以後使用），筆名小蒨、小茜、蒨人、蒨、梁蒨、梁茜、山丁、梁山丁等。中學時期開始接觸新文學作品，受到左翼文學薰陶，處女作《火光》發表在東北大學學生創辦的具有左翼文學傾向的雜誌《現實月刊》上。就讀開原師範學校時期曾與同學創辦紅蓼社並出刊《紅蓼》。1933年任稅務局文員的山丁與《大同報》編輯李默映、以及後來成為《大同報‧大同俱樂部》文藝副刊編輯的孫陵結識，開始在《大同報》、《泰東日報》發表作品。同年《大同報‧夜哨》創刊，山丁得以經由編輯陳華介紹結識哈爾濱的蕭軍、蕭紅、白朗、金劍嘯等人，並由此成為「北滿作家群」一員。此後，殖民統治日益嚴酷，蕭紅、蕭軍、孫陵等人逃離偽滿洲國，金劍嘯被捕犧牲，山丁也暫時擱筆。1937年山丁重返文壇，承繼「北滿作家群」未竟的文學理想，提出「鄉土文學」主張，並成為《文藝專頁》作家群以及後來成立的文叢派的核心人物。1943逃往北京，在新民印書館和《中國文學》雜誌任編輯，此後山丁與袁犀主編刊物《糧》《草原》等。山丁曾在《大同報》《國際協報》《新青年》《斯民》《華文大阪每日》等報刊發表大量作品，出版短篇小說集《山風》《鄉愁》《豐年》，長篇小說《綠色的谷》，詩集《季季草》，並編選《世界近代詩選》，其中《山風》於1938年獲《盛京時報》文藝賞。長篇《綠色的谷》是偽滿時期漢語長篇小說的重要收穫之一，該書出版前遭受偽滿洲國弘報處的「削除濟」處理，導致部分內容的缺失，並間接導致山丁逃離偽滿洲國。作為偽滿時期「鄉土文學」主張的主要提出者和重要實踐者，山丁把「描寫現實」「暴露黑暗」的文學追求鎔鑄到對每一個被黑暗社會傷害到的底層民眾命運的表現裏，用樸素的文學語

言表達出最強烈的控訴。山丁以卓越的文學活動能力推進了《文藝專頁》作家群和文叢刊行會的形成，「鄉土文學」主張帶動了偽滿漢語文壇現實主義文學創作的發展，以山丁為首的文叢刊行會作家面對殖民話語所做的民族主義式的文化抗爭，深刻影響了偽滿漢語文學的面貌與發展道路。1948 年起先後在《生活報》《生活知識》《東北青年報》任職。（王越）

　　舒群（1913～1989），黑龍江阿城人，滿族。祖籍山東青州。原名李書堂。曾用名李春陽、李旭東、李村哲。筆名黑人。1931 年，哈爾濱一中未及畢業便進入航運局擔任俄文翻譯。「九一八」事變後參加抗日義勇軍。1932 年回到哈爾濱，為隸屬於第三國際的洮南情報站工作。曾資助蕭紅、蕭軍出版兩人的作品集《跋涉》（1933）。1934 年 3 月逃亡青島，後去上海。在上海發表短篇小說《沒有祖國的孩子》，並繼續在偽滿洲國的《國際協報》上發表作品。後在武漢、山西、桂林等地工作。1940 年到延安，任延安魯藝文學系主任等職。戰時出版有中篇小說《老兵》（1936），短篇小說集《沒有祖國的孩子》（1936）、《戰地》（1937）、《海的彼岸》（1940），長篇報告文學《西線隨徵記》（1940）等。舒群曾在中東鐵路蘇聯子弟第十一中學讀過半年書。代表作《沒有祖國的孩子》中朝鮮少年、蘇聯女教師的原型，均為這所學校的師生。小說的主人公是一個移居中國東北的朝鮮少年。作品以中東鐵路路權的變化為背景，涉及殖民語境中的日本人與中國人、朝鮮人和蘇俄人的殖民／反殖民關係，寓託具有世界視域的中國左翼作家的抗日戰略，擴展了中國現代文學的書寫題材。抗戰勝利後，隨中共軍隊返回東北，參與「滿映」的接收接管工作。現有 4 卷本《舒群文集》（瀋陽：春風文藝出版社，1982～1984）行世。（張泉）

　　石軍（1912～1950），遼寧金縣人。原名王世濬，筆名石軍、季良、世濬、寒畯、文泉等。1928 年考入旅順師範學堂，1932 年畢業，任小學教員及普蘭店公學堂教員，後任岫岩縣公署行政科長等「公職」，「滿洲文藝家協會」會員，「大東亞聯絡部」副部長，出席第三屆「大東亞文學者會議」。1930 年左右開始向大連的《泰東日報》投稿，1934 年與田兵等人結成以大連為活動據點的文學社「響濤社」（之後改名為「開拓文藝研究社」）。1939 年參加奉天「作風刊行會」，「作風」同人。1930 年代以來，在偽滿洲國幾個重要報刊《泰東日報》《滿洲報》《鳳凰》《新青年》《藝文志》《文選》等上發表小說、詩歌、散文等。偽滿洲國時期出版的作品有長篇小說《沃土》（獲第一屆「大東亞文學賞」次賞），短篇小說集《邊城集》《麥秋》《新部落》等。

孫陵（1914～1983），山東省黃縣人。原名孫鍾琦，又名孫虛生，筆名小梅、梅陵、陵、孫陵等。1925 年移居哈爾濱，在政法大學讀過書。1932 年入職哈爾濱郵局。常與同好楊朔一起在《五日畫報》《國際協報》上發表舊體詩。主持《大同報》文學副刊期間，大量刊發反映現實的作品，以及與祖國和世界保持溝通的稿件。俄蘇作家高爾基科逝世後編發的一批報導、悼念稿件，以及影射北平日本駐軍的文章，引起報社日本人的暴怒。經報社中國人上層人物斡旋，孫陵立刻辭職離開東北，於 1936 年 9 月抵達上海。曾發起組織「作家從軍」活動，創辦北雁出版社，曾任國民黨第五戰區政治部主任秘書兼宣傳部長，同時主編《宇宙風》《筆部隊》《文學報》和《自由中國》等四種重要文學刊物。長篇紀實文學《邊聲（寄自長春）》，全面介紹偽滿洲國情況，引起廣泛關注。1948 年移居臺灣。（張泉）

T

檀一雄（1912～1976），出生於日本山梨縣南都留郡谷村町。作家，詩人。少年時代由於父親的工作調動頻頻輾轉各地。1932 年考入東京帝國大學經濟系，後加入日本浪曼派，與太宰治等人過往甚密。1936 年夏到大連短期旅遊，1937 年 7 月以在學時期的作品為主出版第一本作品集《花筐》（佐藤春夫裝幀），同年應召入伍。1940 年退役後來到偽滿洲國，進「滿洲生活必需品公司」工作。1942 年 5 月與高橋律子結婚，同年秋回到日本。檀一雄「在滿」期間不長，而北村謙次郎對其評價極高，所以他的作品大多發表在北村主持的《滿洲浪曼》上。主要有《月地抄》《僻土殘歌》《緣木求魚》，此外有短篇《漆黑的天堂》，隨筆「新文化構想」系列：《民族與文化》《文化整頓》《與生長的結合》《民族之日》等。（大久保明男）

陶明濬（1894～1960），蒙古族，遼寧瀋陽人。通俗小說家、評論家、教授。字犀然，別號豫園。1917 年，因為作文成績優秀，被北京大學校長蔡元培破格錄取；「五四」運動時任班長，曾率全班同學參加示威遊行，火燒趙家樓；課餘參與編輯《北京大學學生週刊》與《正言報》。1920 年秋畢業回瀋陽，先在奉天高師、後到東北大學任教，同時兼任「清史館」纂修等職，參加了《奉天通志》的編輯。1927 年創辦《新亞日報》，致力於發展東北新聞事業。陶明濬是一位勤奮的多產作家，先後出版了詩、筆記、文藝理論和小說共一百多種，還有大量遺稿未及出版。他的文學活動可分為兩個時期：1934 年以前，以詩文和文藝理論寫作為主，如《荀子釋義》《沈南詩文初集》《文藝叢考初編》等。

1934 年後，是他創作的高峰期，並以通俗小說創作為主。1936 年出版的長篇小說《紅樓夢別本》，是他後期的代表作，並被授予第二屆「盛京文學賞」。此外還有《紅樓三夢》《新續紅樓夢》《紅樓夢傳奇》、神怪小說《呂仙外傳》《東遊記》，公案小說《陳公案》《湯公案》及武俠小說《少林寺演義》《雙劍俠》等作品。陶明濬善於續寫、仿寫中國古代長篇小說，這是一個值得研究和探討的現象。1949 年後，移居北京，1952 年被聘為北京市文史研究館館員。（詹麗）

田兵（1912～2010），遼寧瀋陽人。作家、編輯。原名金德斌，現名金湯，筆名田兵、吠影、蔚然、黑夢白、金閃等。1932 年畢業於旅順師範學校，組織過「望洋社」「野狗社」「響濤社」等文學社；編輯過《泰東日報》上的「響濤」「水笑」「開拓」週刊，《撫順民報》上的「滿洲筆會」週刊，《滿洲報》上的「曉潮」。1940 年發起和主編大型文化雜誌《作風》，譯翻譯為主。後曾擔任過《麒麟》雜誌主編，創辦大地圖書公司。主要作品有：詩歌《海潮呀呀》，小說《T 村的年暮》《老師的威風》《火油機》《阿了式》《同車者》等，大膽描寫了偽滿洲國日本人形象。1949 年後在遼寧人民出版社工作。

田瑯（1917～1988），黑龍江齊齊哈爾人。作家。原名於明仁，筆名田瑯、努力、於逸秋、白拓方、白樺。黑龍江省立第二中學校畢業後，到日本京都帝國大學經濟學部留學。《文選》同人。1940 年小說《大地的波動》獲得「華文大阪每日」徵文獎，1943 年到偽滿外交部工作。主要作品有長篇小說《大地的波動》《聖夜》，短篇小說《飲血者》《月光和少女的幕——獻給坤》《甦生》《風雨下的堡壘》《饑餓的生客》。1945 年後，田瑯先在『長春中學』當教師，後在吉大經濟系任教，最在北京『經濟研究所』任所長和教授。

W

瓦列里‧別列列申（1913～1992），俄羅斯人，詩人、翻譯家。1920 年隨父母到哈爾濱，先後就學於哈爾濱商業學校（1924），基督教青年會中學（1925～1929）、哈爾濱北滿工學院（1933～1934），1935 年畢業於哈爾濱政法學院，在校期間就開始寫詩並發表作品。1938 年 5 月成為修士，1943 年在哈爾濱神學院通過神學副博士學位論文答辯。1943 年後僑居北京、上海，1953 年移居里約熱內盧，1992 年在那裏去世。早在 30 年代中期，他就被稱為哈爾濱最著名和最受崇敬的詩人之一。他是一位在中國土地上成長起來的俄國詩人，他還將許多中國文學作品翻譯成俄語。移居巴西後，他創作了許多優秀的對中國滿

懷深情厚誼的詩篇，是最懂中國，也最愛中國的俄系詩人。他在哈爾濱先後出版了四本詩集：《途中》（1937）、《完好的蜂巢》（1939）、《海上星斗》（1941）和《犧牲》（1944）。（王亞民）

王秋螢（1913～1996），遼寧撫順人。作家、編輯、文學史家。原名王秋平，筆名秋螢、王秋螢、牧歌、黃玄、谷實、林緩、阮英、洪荒、蘇克、舒柯、牛何之、孫育等。高中畢業時時逢「九一八」事變，1932 年開始投稿《滿洲報》，1933 年與友人一起組織了「飄零社」，在《撫順民報》設「飄零」報中刊。1934 年考入奉天的《民生晚報》，由此開始來新聞生涯，歷任《民生晚報》《大同報》《盛京時報》記者、編輯。1940 年主編大型民間同人文學刊物《文選》。1944 年，王秋螢為躲避憲兵的追查逃到上海，後因旅費告罄，一個月後又返回了奉天。偽滿洲國時期主要作品有：短篇小說集《去故集》《小工車》和長篇小說《河流的底層》《風雨》，其短篇小說《小工車》收入《中國新文學大系（1937～1945）·小說卷》。王秋螢的作品敏銳地表現了當時東北農村急速「工業化」的苦難，不僅是物質上的貧困，還有精神上茫然。此外，王秋螢不僅是作家、編輯、記者，還是偽滿洲國時期的著名文學史家。著有《滿洲文學史》《滿洲新文學之發展》《滿洲新文學之蹤跡》《滿洲古代文學檢討》《滿洲新文學年表》《建國十年滿洲文藝書提要》《滿洲新文學史料》《滿洲的詩壇》《滿洲雜誌小史》等。東北光復後，王秋螢遷居鞍山，在那裏做一名中學教員。

王光逖（1918～1981），生於大連金州縣。筆名金明。金州公學堂畢業後，成為《大北新報》的記者，並援助關沫南等人組織的「哈爾濱馬克思主義文藝學習小組」（讀書會）活動，王光逖的家是「讀書會」活動的一個聚會場所。1940 年王光逖到抗日游擊區參加抗日戰爭，但因對現實感到失望，3 個月後又回到哈爾濱。發揮日語特長翻譯作品，同時創作了短篇小說《山洪》。東北光復後王光逖去了臺灣，之後使用司馬桑敦的名字，作為臺北《聯合報》的特派員記者在日本待了 20 年之久。晚年去了美國，1981 年 7 月 13 日在洛杉磯逝。

王光烈（1880～1953），瀋陽人。字西哲、希哲、昔則。書法家、篆刻家，善寫舊體詩文。曾任奉天書畫金石協會副會長，《東三省公報》主筆，1931 年 5 月發起成立奉天新聞記者協會，1932 年擔任偽滿洲國政府機關報大同報社社長，1939 年擔任《新滿洲》雜誌主筆。作為東北文化名流，因其文名，同鄭

孝胥、羅振玉、寶熙並稱「滿洲四筆」。王光烈在偽滿洲國美術「國展」中，多次擔任第 4 部（書法篆刻部分）審查委員，其作品在歷屆偽滿美術「國展」中均入選或獲獎。其著述甚豐，著有《篆刻百舉》《篆刻漫談》《印學今義》《古泉文集聯》（共 2 冊）、《希哲廬藏印》（共 3 冊）、《希哲廬印譜》《夫椒山民印存》等。1948 年後移居北京。

王度（1918～2014），吉林人。曾用名適民、林時民、林怡民、杜白雨、姜衍、呂奇、王介人等。1936 年 4 月入讀日本大學藝術學部。在北京發生七七事變的第二天，用日文印行《新鮮的感情——林時民詩集》（1937），表達左翼無產階級文學傾向和抗日情緒。詩集一面世就遭到日本警方的查禁。1939 年 5 月被遣返回東北，列入首都警察廳特務科監視名單之中。但他很快又活躍於「滿洲文壇」，成為藝文志派成員，擔任「滿日文化協會」囑託、「滿洲映畫協會」編劇。即有附和日本「國策」的口號詩《粉碎英美》，也發表反話正說的反抗詩《歡迎你》。出版譯著《島崎藤村集》（1942）。寫有《龍爭虎鬥》（1941）、《鏡花水月》（1941）、《娘娘廟》（1942）、《黑臉賊》（合著，1942）、《纓珞公主》（1942）等古裝戲電影腳本。《龍爭虎鬥》成為滿映的第一部具有商業價值的電影，成功打入上海市場，他也成為「滿映」娛民電影的金牌編劇。1943 年 6 月，偽造證件逃離東北。到北京後入職武德報社，先後擔任武德報社譯述科長、《新少年》《兒童畫報》編輯長、武德報社整理科長等職，活躍於華北文壇。出版有《藝術與技術》（1944）、詩集《櫻園》（1944）。1948 年後，入職陣中日報社、中國晚報社。1949 年返回長春，在吉林省直屬機關業餘幹部政治文化學校工作。（張泉）

王則（1916～1944），遼寧營口人。原名王義孚。筆名則之、周國慶等。1935 奉天商科學校畢業。入職黑龍江密山縣興農合作社。1938 年「滿洲映畫協會」演員養成所第二期結業後，任《滿映畫報》雜誌編輯、主編。後被派往日本進修導演。1939 年 11 月調入「滿映」制作部，躋身第一批「滿系」導演之列。為藝文志派成員。長篇小說《晝與夜》在家族故事框架中展現鄉村新老兩代人思想觀念與生活方式的衝突，進而引發對於民族精神與習性的省思。曾獨立執導《家》《滿庭芳》《巾幗男兒》《小放牛》和《大地女兒》《酒色財氣》6 部故事片，後兩部審查未通過。報刊上對於他執導的電影多有好評，王則本人卻撰文自我貶低，進而全盤否定偽滿洲國的電影業。1942 年離開東北，入職北京武德報社，先後擔任《國民雜誌》主編、《民眾報》編輯長等要職，參

與組織徵文活動，籌備成立華北作家協會，計劃創辦話劇團等。發表有戲劇、電影評論以及小說《轉變》等。移居北京後，仍頻繁往返於東北、內地。1944年 3 月，偽滿洲國首都警察廳探員在「新京」開往北京的火車上逮捕王則，六個多月之後病重不治身亡。（張泉）

外文（1910～？），湖南人。翻譯家、詩人。原名單更生，筆名外文。北京鐵路大學畢業，1936 年回到東北，1939 年加入藝文志事務會，任藝文書房編輯部長，做過偽滿洲國國務院總務廳屬官，1940 年參加「滿洲作家代表團」赴日考察。在偽滿洲國文壇以寫敘事長詩而著名，出版了詩集《詩七首》，另有詩集《刀叢集》（未印），譯著有《魯迅傳》（小田岳夫著）。1945 年光復後擔任中蘇友好協會會長，後去北京。

吳瑛（1915～1961），吉林省吉林市人，滿族。作家、編輯、文學批評家。本名吳玉英，另有筆名吳玉瑛、瑛子、漢子、小瑛等，吳瑛是其最常用的筆名。1929 年前後進入吉林省女子中學。1931 年從吉林省女子中學肄業，與編輯吳郎結婚，同年成為《大同報》外勤記者。1934 年成為《斯民》雜誌編輯。1938年 7 月 1 日在《大同報‧文藝專頁》上發表小說《人相》，介入「鄉土文學」論爭。1939 年短篇小說集《兩極》出版，並獲得偽滿洲國民間文藝獎——文選賞，逐漸在文壇嶄露頭角。同年與梁山丁、梅娘、吳郎等在《大同報》工作過的作家同人一起組建「文叢」派。1940 年 2 月 3 日作為偽滿洲國記者代表赴日參加「東亞操觚者大會」及相關紀念活動，後在《大同報》上發表連載文章《東遊後記》記述赴會經過。同年，大內隆雄主編的《日滿露在滿作家短篇選集》在東京三和書店發行，收錄吳瑛的《白骨》。1941 年進入《新民畫報》社擔任編輯工作，不久該社與偽滿洲國通訊社合併，改稱滿洲圖書株式會社。1942 年 2 月，進入滿洲圖書株式會社主辦的《滿洲文藝》雜誌擔任編輯。1942年 11 月，作為偽滿洲國唯一女性作家代表赴日本東京參加第一次「大東亞文學者大會」。1942 年 6 月在華北《中國文藝》雜誌上發表小說《墟園》，翌年12 月《墟園》獲得藝文社「文選賞」。1943 年小說《鳴》遭到審查，偽滿文化官員認為小說具有反滿抗日的意味。之後，吳瑛主動要求減少工作量，逐漸淡出文壇。1945 年東北光復，吳瑛與丈夫吳郎離開東北。1950 年吳瑛夫婦跟隨親戚、時任國民黨東北接受大員的張清華到達南京，並定居南京。1951 年進入華東人民革命大學接受思想改造，後被分配至南京建鄴區文化館擔任文化教員。1961 年 6 月因病去世。（李冉）

X

蕭紅（1911～1942），黑龍江呼蘭人。原名為張廼瑩，筆名蕭紅、悄吟、玲玲、田娣等。1932 年，結識蕭軍，參加了哈爾濱的左翼文化組織，與蕭軍、白朗、舒群等人在抗日演出團體「星星劇團」中擔任演員，參加中共黨員金劍嘯組織的賑災畫展等，1933 年以悄吟為筆名發表小說《棄兒》，登上文壇，在偽滿洲國境內的《大同報》、《國際協報》發表作品。1933 年 10 月，在舒群等人的幫助下，蕭紅、蕭軍合著的小說散文集《跋涉》自費在哈爾濱出版，該作品集在當時的哈爾濱文壇引起了很大轟動，受到讀者的廣泛好評，也因《跋涉》中大部分作品揭露了日偽統治下社會的黑暗，歌頌了人民的覺醒、抗爭，引起偽滿洲國特務機關注意，為躲避迫害，1934 年 6 月，蕭紅、蕭軍逃離哈爾濱，經大連乘船到達青島，開始了流亡生活。蕭紅在上海得到魯迅等文化人幫助，出版了長篇小說《生死場》，成為東北流亡作家群中翹楚。1936 年，蕭紅東渡日本，創作散文《孤獨的生活》、長篇組詩《砂粒》等。1940 年在香港，發表中篇小說《馬伯樂》、長篇小說《呼蘭河傳》等。1942 年 1 月 22 日，病逝於香港，年僅 31 歲。

蕭軍（1907～1988），遼寧義縣人。原名劉鴻霖，筆名蕭軍、三郎、田軍等，1929 年，蕭軍以「酡顏三郎」為筆名，在《盛京時報》上發表了第一篇白話小說《懦……》，該小說揭發了軍閥殘害士兵的暴行。1932 年，蕭軍在哈爾濱以「三郎」為筆名發表作品，並和哈爾濱中共地下黨員、進步青年一起開展反滿抗日的文學藝術活動。1933 年 10 月，在舒群等人的幫助下，蕭軍與蕭紅合著的小說散文集《跋涉》自費在哈爾濱出版，該作品集在當時的哈爾濱文壇引起了很大轟動，受到讀者的廣泛好評，也因《跋涉》中大部分作品揭露了日偽統治下社會的黑暗，歌頌了人民的覺醒、抗爭，引起偽滿洲國特務機關注意，為躲避迫害，1934 年 6 月，蕭軍與蕭紅逃離哈爾濱，經大連乘船到達青島，開始了流亡生活。在上海，蕭軍、蕭紅得到魯迅等文化人幫助，蕭軍在魯迅的幫助下，他的文學創作進入高產期，同時成為「左翼」文化運動的一名「主將」，出版了長篇小說《八月的鄉村》，奠定了蕭軍在中國現代文學史上的地位。

小松（1912～1996），生於河北唐山。作家，編輯。原名趙孟原，又名趙樹權，筆名小松、夢園、白野月、MY 等。1934 年畢業於奉天文會高中文科。1932 年開始創作，經常在《滿洲報》《泰東日報》副刊發表文章。1933 年成為「白光社」成員，任《白光》編輯。後來考入奉天《民生晚報》編輯「文學七

日刊」。之後又在《明明》《電影畫報》《藝文志》等編輯。偽滿洲國時期出版的主要作品有：短篇小說集《蝙蝠》《人和人們》《苦瓜集》，中篇小說集《野葡萄》，中篇小說《鐵檻》，長篇小說《無花的薔薇》，詩集《木筏》。1947 年後，曾任小學教師，後定居錦州。小松是偽滿洲國時期文壇的活躍分子，「藝文志」同人這樣描繪他，「身材不高於普通的日本人，在『協和服』流行的『國都』裏，依然愛穿一身並不怎麼漂亮的西服。」還被偽滿洲國時期評論家陳因稱讚為「在文藝的全能上，真可稱為十項的健將。」作品總類多，形式多樣，內容豐富。既寫都市小知識者病態的愛情生活，也寫部落民和流浪者。小松的作品非常具有形式感，他把造型藝術移入文學作品，創作出獨有的現代意味。

辛嘉（1912～？），北京人。原名陳松齡，筆名辛嘉、毛利、夏簡、宋海等。清華大學卒業後入職京郊火車站。為上海左翼作家聯盟成員，在北京加入中共後又脫黨。1937 年七七事變後移居偽滿洲國，曾任職新京滿日文化協會，以及建國大學講師等。為藝文志同人，負責編輯《明明》《藝文志》。1939 年 8 月，參與組織詩歌刊行會。譯有據山守本的日譯本轉譯的《蒙古民間故事》（1939）、川端康成的《雪國》以及《培根隨筆集》等。他被認為是左翼進步文化人。曾在 1939 年 6 月 6 日曾舉辦「國都文化動向座談會」上反駁官方的文藝政策。1941 年底或 1942 年初，在政治的壓力下，逃回故鄉北京。進入教育總署編審會，而後，又入職武德報社、新民印書館。同時兼任興亞雜誌社北京駐在員。出版有隨筆集《草梗集》（1944），有不少文章抒發回到故鄉北京後的心境。1944 年底，北京文化機構關停並轉，辛嘉轉入影藝學院。抗戰勝利後，離開北京。1948 年進入華北大學。共和國時期，在山西省太原採礦技術學校、山西省長治財經學院工作。（張泉）

Y

楊絮（1918～2004），遼寧瀋陽人，回族。作家、歌手、編輯、演員。本名楊憲之，筆名楊絮、皎霏、阿皎、憲之。1934 年起發表短篇小說和詩文，被稱為「奉壇女作家」，先後就讀於省立第一女子初級中學、瀋陽坤光女子高級中學，參與組建當地文化人組織「奉天放送話劇團」。高中畢業後孤身至「新京」謀生。1939 年 3 月考入「滿洲國中央銀行」任銀行女職員，4 月起在「新京音樂院」和「新京放送局」廣播流行歌曲，5 月起任「滿洲映畫協會」音樂助教，該年秋被「滿州蓄音器株式會社」聘為專屬歌手，代表曲目有《我愛我滿洲》《念舊》等。1940 年在「文藝話劇團」先後主演《主僕之間》《狂潮》《日

出》等劇，被譽為「滿洲陳白露」，9 月以滿洲演藝使節身份赴朝鮮「京城」博覽會演出，著文《赴鮮實演雜記》。1941 年 4 月離開偽滿洲國，在北京、大連、青島等地流浪五個月，歸來後自「滿蓄」辭職，於「藝文書房」任職。1942 年春任「國民畫報社」記者，後任雜誌編輯長，6 月成為《麒麟》雜誌週年紀念號封面女郎。1946 年在《東北文學》和《新生報》陸續發表詩文。1951 年轉至瀋陽新華印刷廠了弟學校任文化教員，因偽滿時期的事業被判入獄八年，1952 年假釋出獄。1958 年被劃為「右派分子」，再次入獄，1961 年刑滿釋放。1978 年平反，其文學作品得以在各文學選集中選錄再版。1940 年至 1943 年是其文學創作的高峰期，主要發表陣地有《大同報》《麒麟》《新滿洲》《滿洲映畫》，與梁山丁、小松、爵青、吳瑛、大內隆雄等作家交好。偽滿時期共出版 3 本作品集，《落英集》（1943）、《我的日記》（1944）和《天方夜譚新篇》（1945），《落英集》風靡一時，而《我的日記》被警察廳查禁並銷毀，作家本人受到特務科審查。楊絮憑藉文筆優美、真實坦率的自敘式「私寫作」在四十年代初聲名鵲起，是滿洲文壇的一位明星作家，創作內容主要有兩類，一是記述情感奔突、抒發個人感懷，一是繪寫職業生涯、暴露生存現實。楊絮因其獨佔的特殊文化身份和身處的複雜殖民環境，用文學作品鋪展開偽滿洲國的生存面影，讓當代人得以窺視異態時空的堅硬與柔軟。（徐雋文）

　　楊慈燈（1915 ～1996），出生於膠東平原。原名楊小先，筆名慈燈、赤燈、楊影赤、楊光天、楊思曾、恥燈、劍秋、楊上尉、夏園等。1927 年左右「闖關東」到遼寧大連。1931 年，慈燈處女作《淚》刊登在《泰東日報》「藝苑」，隨後《破碎了的心》《不幸的青年》等自傳體小說發表。從第一篇文章刊登，至 1945 年 8 月 15 日東北光復，短短 15 年間，楊慈燈筆耕不輟，出版了大量作品。其中包括《月宮裏的風波》（童話作品集）、《童話之夜》（童話作品集）、《老總短篇集》（短篇小說集）等各種小說集 10 餘部，在《泰東日報》《大同報》等刊物發表文章上千篇，總計逾 500 萬字，其中短篇小說 700 餘篇。他的創作，以短篇小說和童話為主，短篇小說中又以軍旅小說為主，積極用各種方式描寫偽滿洲國社會的現實，表現軍隊和民間的黑暗面。「軍旅」和「童話」這兩個偽滿洲國時期罕有作家涉足的領域，他都留下堅定而長久的足跡。1941 年 12 月，太平洋戰爭爆發。不願稱為傀儡軍一員，裝病並成功在 1942 年初脫離部隊，潛回大連，積極參與共產黨地下黨的工作。1945 年東北光復後，他被安排在《平津晚報》工作。1946 年，楊慈燈與金冶、姜德明、呂平等人集資

創辦《魯迅晚報》，並在該報連載長篇小說《窮小子漂流記》。1946 年末，慈燈撤離到解放區，任晉察冀行政公署秘書，改筆名「夏園」繼續創作。1949 年，楊慈燈隨中央機關進入北京，先後擔任工會主席、重工業部秘書，並曾為陳雲、何長工、呂正操、劉建章等中央領導做過短暫的秘書。1958 年，赴貴陽從事文化工作，直到 1996 年去世。（陳實）

　　野川隆（1901～1944），出生於日本千葉縣千葉郡。作家，詩人。東洋大學輟學後，與兄長野川孟等人創辦文藝雜誌，作為先鋒派詩人登上文壇。後傾向於無政府主義及共產主義思想，1929 年後曾參與編輯左翼文學刊物《戰旗》，1933 年 2 月一度被捕。釋放後 1938 年來到偽滿洲國，開始參與農事合作社運動，並就任濱江省呼蘭縣農事合作社專務董事。1939 年 9 月調至濱江省農事合作社聯合會編輯室，在肇東縣農事合作社任職，擔任《農事合作社報》等刊物的編輯工作。1941 年 11 月以牽涉「濱江事件」嫌疑再次被捕入獄，1943 年 4 月被「新京高等法院」以違反「滿洲國」治安維持法為由判處三年徒刑。由於嚴酷的監牢生活導致身體衰弱，1944 年秋被送進奉天醫科大學醫院，年底醫治無效病故。野川隆在東北寫下了大量描寫中國農民生活的作品，詩集有《九篇詩集》，小說《狗寶》被提名日本第 14 屆芥川獎入圍作品，後收入田邊澄夫編《滿洲短篇小說集》。《去屯子的人們》收入川端康成等人編輯的《滿洲國各民族創作選集》。（大久保明男）

　　袁犀（1920～1979），遼寧瀋陽市人。作家、翻譯家，原名郝維廉，又名郝慶松，筆名有瑪金、郝慶松、吳明世、梁稻、李無雙、馬雙翼、李克異等。1933 年發表處女作短篇小說《麵包先生》，同年因抗拒用日語演講被開除學籍；1934 年因議論國事的信件洩露被偽滿洲國警方列入黑名單。1937 年之後發表，在《明明》月刊發表一系列小說，如《鄰三人》《十天》等，其間洋溢的對野性生命力的迷戀，隱蔽地傳達了反抗的意志，引起偽滿洲國文壇的矚目。1941年出版的短篇小說集《泥沼》反映了袁犀對生活的獨特領悟力和對於人性的深刻理解。被當時的評論家譽為「天才作家」。1941 年年底為逃避搜查，從偽滿洲國逃往北京。因參與 1942 年 1 月的西直門爆炸案被捕入獄，半年後出獄，仍是被監視對象。入職武德報社，編輯《時事畫報》，加入華北作家協會，1943年到新民印書館任編輯。在《中國文藝》《中國文學》《華北作家月報》等北京重要的文藝刊物發表了大量的小說作品，出版三部短篇小說集：《森林的寂寞》《紅裙》《時間》；兩部長篇小說：《面紗》《貝殼》，一部中篇小說集《某小說

家的手記》，成為當時北京文壇成就最為卓著的小說家。曾出席第二屆「大東亞文學者大會」，《貝殼》獲得「大東亞文學者大會賞」。與《燕京文學》同人、日本左翼畫家久米宏一、玉城實和作家中薗英助等結下厚誼。在 1945 年 10 月編輯純文學半月刊《糧》，11 月奔赴晉察冀邊區參加革命。先後擔任《哈爾濱日報》副刊主編、松江省人民政府主席馮仲雲秘書及科長等職，曾主編文藝刊物《草原》。抗美援朝期間，兩次赴朝採訪，寫了《不朽的人》《宿營車》等戰地通訊和小說。1949 年之後曾任北京《人民鐵道報》、工業出版社、《煤刊》、工人出版社、珠江電影製片廠的編輯或記者。這個時期的創作主要有電影劇本《歸心似箭》、長篇小說《歷史的回聲》等。1950 年代翻譯中篇小說《黨生活者》（原著：小林多喜二）、短篇小說集《街》（原著：德永直），1960 年代翻譯《日本電影史》（岩崎昶）。1979 年 5 月 26 日猝死在文學創作的案頭。（陳言）

　　疑遲（1913～2004），遼寧鐵嶺人。作家，翻譯家。原名劉玉章，筆名疑遲、夷馳、疑馳、遲疑、劉郎、劉遲。1932 年畢業於中東鐵路車務處專科傳習所。畢業後，在中東鐵路東線做搬道員、副站長等，1936 年開始從事文學創作及俄文翻譯，1940 年在《麒麟》和《電影畫報》做編輯工作。疑遲在《明明》《新青年》《藝文志》等刊物上發表了大量的文學作品，在《大同報》連載長篇小說《同心結》，同時翻譯契訶夫（當時譯為柴霍甫）和高爾基的小說。他在偽滿洲國時期出版的主要作品有：小說集《花月集》《風雪集》《天雲集》，長篇小說《同心結》《松花江上》。疑遲以小說《山丁花》登上文壇，並引起了「鄉土文學」與「寫與印」的文壇爭論。可以說，疑遲是在東北實踐「鄉土文藝」的第一人，山丁也稱疑遲為「一位勇敢嘗試的鄉土作家」。疑遲通曉俄語，喜歡俄羅斯文學並深受其影響。1948 年後，疑遲參加東北電影廠工作，曾先後參加蘇聯影片《普通一兵》《列寧在十月》《斯大林格勒保衛戰》《靜靜的頓河》《被開墾的處女地》等譯製片製作。晚年創作了反映偽滿洲國生活的長篇小說《新民胡同》。

　　夷夫（1916～1979），遼寧旅順人。原名陳守榮，又名陳大光。1926 入旅順公學堂讀書，1931 年考入旅順師範學堂。1933 年為響濤社成員，1935 年為開拓研究會成員，在《泰東日報》編輯「開拓」副刊，1939 年為作風同人，主持「作風」文藝叢書，編輯出版了石軍的《麥秋》，但不久就查封，夷夫受牽連入獄。1945 年東北光復後，曾任吉林省中蘇友協秘書長，吉林市江北區區長、永北縣江密峰區游擊隊隊長、省委宣傳部科長。1953 年後任職吉林日報社。

Z

趙秋鴻（1894～1976），遼寧遼陽人，回族。通俗小說家、詩人、散文家、評論家、編輯。原名趙微祥，筆名穆欣，又名木心。「九一八」事變前，赴哈爾濱，任小學教員、國民黨哈爾濱黨務辦事處助理幹事等職；「九一八」事變後，先任偽滿地畝管理局秘書。1933 年冬，任《國際協報》副刊編輯，後任該報編輯長。1937 年，轉入《濱江日報》任編輯長。1941 年，因有反日言論，被日偽當局逮捕，後經擔保獲釋。趙秋鴻擅長舊詩。小說方面的代表作有《北地胭脂》《塞上笳聲》《松浦新潮》《月餅》《四小姐先後媲美》等。小說致力於本地人寫本地事，多用俗語，善於展現本土風光和風俗，內容上涉及地方野聞、掌故、政聞、清史，可謂是一部地方百科全書。散文方面以《秋吟館雜拾》作品集為代表，收錄散文數十篇，如《哈爾濱四十年回顧》《一齣絕劇》《無名氏詩》《張朝墉詩》《鄭板橋軼事》《王阮亭借聊齋一夜》《王太史軼事》《宋文信國公史略》等。其中《宋文信國公史略》發表於 1941 年。當時，偽滿洲國的《藝文指導要綱》剛出籠，太平洋戰爭在即，民族危亡之時，作者以讚頌文天祥「忠義篤行，畢生大節、寧死不屈」的高尚情操和愛國精神，彰顯本土文人的反殖心態，具有重大現實意義。（詹麗）

趙任情（1900～1969），遼寧撫順人。作家、編輯。原名趙蔭青，筆名任情。青年時期，曾在楊宇霆督辦的瀋陽兵工廠工作。1933 至 1935 年，個人出資，在奉天創辦《晶畫報》，這是集文藝、生活、娛樂一體的刊物。後專職寫作，影響力涉及報界、文學界、評論界和影視界，在東北頗負盛名。《麒麟》在作家群像中將其與劉雲若、白羽等華北大家相比肩介紹。偽滿洲國時期，在《晶畫報》《大同報》《盛京時報》《麒麟》等刊物上發表系列作品，如長篇連載官場小說《孽鏡臺》，於嬉笑怒罵中諷刺亂世民苦的社會。系列幽默小說《米老鼠與虞美人》《佟二》《碗》《金老師》《道學家》《謎》《難兄難弟》《風流小生傳》《新帳中說法》《故事裏的人物》《歲暮》《兒子》等善於從日常生活中發掘幽默因子，於插科打諢中揭露社會不公。1944 年，長春開明圖書公司將其幽默小說結集出版──《碗》。歷史小說《潯陽琵琶》，取材白居易《琵琶行》中的「商人婦」的人生經歷，描寫得淒婉動人。整體來說，趙任情的小說以幽默、詼諧見長。東北光復後，趙任情參加了太廟太極拳研究會，後成為吳式太極拳傳人。（詹麗）

趙恂九（1905～1968），大連金州人。小說家、編輯。原名趙忠忱，筆名大我、竹心、豬心。1925年入旅順第二中學，品學兼優；1929至1944年就職於《泰東日報》社。1937年以「日本內地視察團」團員身份去日本旅行一個月。趙恂九被稱為「滿洲唯一之大眾小說家」，曾創作過23部中長篇小說，如《我的懺悔》《故鄉之春》《春夢》等，大都描寫男女青年愛情故事，並融入關東風情，情節跌宕，結局淒婉，深受青年讀者歡迎。東北光復後，趙恂九任過中學校長、教育長、副編輯等職。1968年在泰來勞改農場病故。（詹麗）

朱媞（1923～2012），北京人。原名張杏娟。幼年遷居吉林，1936年考入吉林女子中學，1941年畢業於吉林女子中學附設的師範班。先後在吉林、長春任小學老師。中學時期，朱媞由於愛好文學，開始試筆寫作。1943年在北京《時事畫報》以「朱媞」筆名發表第一篇小說《大黑龍江的憂鬱》，從此陸續在偽滿洲國的報刊上發表作品。由於她寫的作品中著重反映東北各族人民在日本殖民統治下的種種苦難生活以及災難，小說《小銀子和他的家族》曾被敵偽審查機關撤銷，《渡渤海》被勒令撕頁。朱媞從此被迫停筆。1945年長春國民書店出版朱媞散文小說集《櫻》，這是偽滿洲國時期發行的最後一本女性文學作品集。東北光復後，1947年朱媞赴哈爾濱參加東北民主聯軍。在青年幹部學校及軍區機關文化學校任教員、教務主任等職，其後轉業到遼寧省商業廳、遼寧省科學器材公司工作。1983年離休。

竹內正一（1909～1974），出生於大連，原籍日本神奈川縣。父親竹內默庵由明治末年來到大連，後任《滿洲新報》社大連分社長。竹內正一從初中到入學在東京就讀。1926年畢業於早稻田大學文學系法文科，再來東北，進「滿鐵」公司，在大連圖書館工作。1934年1月任哈爾濱「滿鐵」圖書館館長。1939年5月圖書館報《北窗》創刊後，為其出版發行做了大量工作。1945年6月任「滿洲出版文化研究所」理事，同年回到日本。竹內正一主要作品有短篇小說集《冰花》《復活節》《向日葵》，長篇小說《哈爾濱入城》等。竹內正一的作品多以哈爾濱為舞臺，關注多偽滿洲國多民族的生活狀態，描寫了日本青年的頹廢生活，掙扎在社會底層頑強求生的中國人，以及背井離鄉的白俄和猶太人。

左蒂（1920～1976），瀋陽人。原名左希賢，筆名左蒂、左憶、左辛，左鳴、何琪、岳獲、羅麥、羅邁、巴爾、紅蘋、今疊、智等。1938年南滿醫科大學附屬藥劑師專科學校畢業。曾任《滿洲婦女》《新滿洲》雜誌編輯、記者。

編有《女作家創作選》（1943），將流亡多年的蕭紅和白朗的作品也納入其中。因編輯山丁的長篇小說《綠色的谷》被工作單位開除。1943 年年末也離開東北，與丈夫山丁團聚。在北京處於失業狀態。著有小說《沒有光的星》（1945），以及為北京新民印書館撰寫的童話《白貓變成黑貓》《大灰馬》等。1945 年東北光復後回瀋陽工作，1953 年調職北京《中國少年報》。（張泉）

收錄論文期刊一覽

說明：

本書的多數章節曾經在國內外書刊上刊載過，感謝下面這些書刊及編輯們對本項研究的支持。收錄到本書的這些論义，都做了修改。

第一章 打開「新滿洲」：宣傳、事實、懷舊與審美

1. 《打開「新滿洲」──宣傳、事實、懷舊與審美》，《山東社會科學》2015（1）。

2. 《「新滿洲」的帝國主義修辭──劉曉麗教授在耶魯大學的演講》，《文匯報》〔文匯學人・每週講演〕2014 年 3 月 17 日。

3. 《「新滿洲」的修辭──以偽滿洲國時期的〈新滿洲〉雜誌為中心的考察》，《文藝理論研究》2013（1）。

4. "Unpacking New Manchuria Narratives: Propaganda, Facts, Nostalgia and Aesthetics". *Manchukuo Perspectives : Transnational Approaches to Literary Production,* Edited by Annika Λ. Culver and Norman Smith, Hong Kong University Press 2019.

第二章 「滿洲文學」：誰的文學，何種文學，是否實存

1. 《「滿洲文學」：誰的文學，何種文學，是否實存》，《吉林大學學報》2020（1）。

2. 《「滿洲文學」：誰的文學，何種文學，是否實存》，《新華文摘》2020（9）（轉載文）。

第三章 異態時空中的東北文學

1.《東亞殖民主義與文學──以偽滿洲國文壇為中心的考察》,《學術月刊》2015（10）。

2.《偽滿洲國時期文學雜誌新考》《中國現代文學研究叢刊》2005（6）。

3.《從〈藝文志〉雜誌看偽滿洲國時期的文學》《求是學刊》2005（6）。

4.《被遮蔽的文學圖景──對 1932～1945 年東北地區作家群落的一種考察》《上海師範大學學報》2005（2）。

第四章 殖民與文化抗爭

1.《反殖文學‧抗日文學‧解殖文學──以偽滿洲國文壇為例》,《現代中國文化與文學》2015（12）。

第五章 解殖性內在於殖民地文學

1.《解殖性內在於殖民地文學》,《探索與爭鳴》2017（1）。

第六章 作家、作品的面相

1.《措置的啟蒙主義者──偽滿洲國時期作家古丁論》,《現代中國文化與文學》2018（5）。

2.《自然寫作的詩學與政治──以山丁的長篇小說〈綠色的谷〉為中心的考察》,《瀋陽師範大學學報》2018（2）。

3.《國土淪陷 文人何為》,日本《中國東北文化研究の広場》第 3 號,2012.8。

4.《複數的「他者」:東亞殖民地「看」與「被看」的辯證──梅娘作品「他者」敘事的意義》,《東疆學刊》2024（1）。

5.《「玻璃缸裏的魚」與「飄落的楊絮」──殖民地的弱危美學》,《學術月刊》2019（3）。

第七章 「附和作品」的虛與實

1.《試論偽滿洲國文學中的「附和作品」》,《文藝理論研究》2008（6）。

第八章 殖民體制差異與作家的越域／跨語和文學想像

1.《殖民體制差異與作家的越域／跨語和文學想像──以臺灣、偽滿洲國、淪陷區文壇為例》,《社會科學輯刊》,2016（2）。

第九章 「滿洲國」,東亞連帶的正題與反題

1.《偽滿洲國語境中東亞連帶的正題與反題》,《廈門大學學報（哲學社會科學版）2021（2）。

第十章　東亞殖民主義與中國現代文學

1.《東亞殖民主義與中國現代文學》,《福建論壇》,2020（9）。

2.《東亞殖民主義與文學》,韓國《滿洲研究》2016（12）。